My Brilliant
Career

我的璀璨人生

（澳）迈尔斯·富兰克林 ● 著　　钟睿 ● 译　　何亮 ● 丛书主编

首都师范大学出版社

CAPITAL NORMAL UNIVERSITY PRESS

图书在版编目(CIP)数据

我的璀璨人生/(澳)富兰克林著;钟睿译.—北京:首都师范大学出版社,2016.7(2019.7重印)

(奥斯卡经典文库)

ISBN 978-7-5656-2511-4

Ⅰ.①我… Ⅱ.①富… ②钟… Ⅲ.①长篇小说-澳大利亚-现代 Ⅳ.①I611.45

中国版本图书馆 CIP 数据核字(2016)第 213380 号

WODE CUICAN RENSHENG

我的璀璨人生

(澳)迈尔斯·富兰克林著 钟睿译

责任编辑 刘志勇

首都师范大学出版社出版发行

地 址 北京西三环北路 105 号

邮 编 100048

电 话 68418523(总编室) 68982468(发行部)

网 址 www.cnupn.com.cn

印 刷 龙口市新华林文化发展有限公司

经 销 全国新华书店

版 次 2016 年 7 月第 1 版

印 次 2019 年 7 月第 2 次印刷

开 本 880mm×1230mm 1/32

印 张 10

字 数 222 千

定 价 32.00 元

版权所有 违者必究

如有质量问题 请与出版社联系退换

总序： 电影的文学性决定其艺术性

　　不是每个人都拥有将文字转换成影像的能力，曾有人将剧作者分成两类：一种是"通过他的文字，读剧本的人看到戏在演。"还有一种是"自己写时头脑里不演，别人读时也看不到戏——那样的剧本实是字冢。"为什么会这样，有一类人在忙于经营文字的表面，而另一类人深谙禅宗里的一句偈"指月亮的手不是月亮"。他们尽量在通过文字（指月亮的手），让你看到戏（月亮）。

　　小说对文字的经营，更多的是让你在阅读时，内视里不断地上演着你想象中的那故事的场景和人物，并不断地唤起你对故事情节进程的判断，这种想象着的判断被印证或被否定是小说吸引你的一个重要原因，也是作者能够邀你进入到他的文字中与你博弈的门径。当读者的判断踩空了时，他会期待着你有什么高明的华彩乐段来说服他，打动他，让他兴奋，赞美。现实主义的小说是这样，先锋的小说也是这样，准确的新鲜感，什么时候都是迷人的。

　　有一种说法是天下的故事已经讲完了，现代人要做的是改变讲故事的方式，而方式是常换常新的。我曾经在北欧的某个剧场看过一版把国家变成公司，穿着现代西服演的《哈姆莱特》，也看过骑摩托车版的电影《罗密欧与朱丽叶》，当然还有变成《狮子王》的动画片。总之，除了不断地改变方式外，文学经典的另一个特征，是它像一个肥沃的营养基地一样，永远在滋养着戏剧，影视，舞蹈，甚至是音乐。

我没有做过统计，是不是 20 世纪以传世的文学作品改编成电影的比例比当下要多，如果这样的比较不好得出有意义的结论的话，我想换一种说法——是不是更具文学性的影片会穿越时间，走得更远，占领的时间更长。你可能会反问，真是电影的文学性决定了它的经典性吗？我认为是这样。当商业片越来越与这个炫彩的时代相契合时，"剧场效果"这个词对电影来说，变得至关重要。曾有一段时期认为所谓的剧场效果就是"声光电"的科技组合，其实你看看更多的卖座影片，就会发现没那么简单。我们发现了如果两百个人在剧场同时大笑时，也是剧场效果（他一个人在家看时可能不会那么被感染）；精彩的表演和台词也是剧场效果；最终"剧场效果"一定会归到"文学性"上来，因为最终你会发现最大的剧场效果是人心，是那种心心相印，然而这却是那些失去"文学性"的电影无法达到的境界。

《奥斯卡经典文库》将改编成电影的原著，如此大量地集中展示给读者，同时请一些业内人士做有效的解读，这不仅是一个大工程，也是一件有意义的事。从文字到影像；从借助个人想象的阅读，到具体化的明确的立体呈现；从繁复的枝蔓的叙说，到"滴水映太阳"的以小见大；各种各样的改编方式，在进行一些细致的分析后，不仅会得到改编写作的收益，对剧本原创也是极有帮助的，是件好事。

——资深编剧　邹静之

主编的话： 跟随文学人物走进各种各样的命运险境

能参与《奥斯卡经典文库》丛书的编辑工作，我感到特别的荣幸和高兴。说实话，这套丛书的编辑过程不仅给我，也给我们整个编辑团队带来了莫大的兴奋感。

兴奋之一：这是国内首次以大型丛书的形式出版经典电影的文学原著，这无疑是奉献给广大读者的一场阅读盛宴，我们相信无论何种口味的读者，都会从这套丛书里找到自己的最爱，甚至找到陪伴自己一生的精神伴侣。

兴奋之二：我们选择的书目全部是奥斯卡奖得奖或者提名的电影原著。奥斯卡本身就是全球最值得大众信赖的品牌之一，在奥斯卡异常严格的选拔标准下，这一批电影原著小说的艺术质量，还有部分原著是第一次出中文版本，我们之前也并未读过，但读过之后，深为震撼——世界一流的小说确实能带给人直击心灵而又妙不可言的独特感受。

兴奋之三：这套丛书让我们重新认识了文学原著和电影作品之间的互动关系。有的作品我们只看过小说，没有看过电影；而有的作品我们只看过电影，没有看过小说(后一种情况更多一些)。于是在编辑的过程中，我们重新补课，将同一故事的两种艺术形式尽量都补看完整。补完课才发现，文学与电影之间的关系真是太有趣了——电影或者因为时长所限、或者因为视听特性的发扬、或者因为求新求变，通常都要对原来的文学作品做出取舍和改动，电影编剧和导演如何取舍如何改动，背后其实都隐藏着电影创作者的深入思考。而很多文学名著又被不同的电影创作者多次改编，这些不同的电影版本所体现出来的电影创作者的不同趣味、不同表达以及独特个性，每每让我们生出一种"又发现了一片新大陆"的感觉。我们作为读者和观众，往往会为哪一个电影版本改得更好而争论得面红耳赤——而对于那些两种艺术形式都没看过的朋友来说，我个人的建议，最好先读小说，充分展开自己的想象世界之后，再去看电影，收获绝对不一样。

兴奋之四：比起编剧和导演对文学作品的改编，演员、明星们对文学人物的演绎无疑更能引起大家的好奇和关注，在看完小说之后，带着悠闲而挑剔的眼光，再去评论、比较电影里的明星的表现，甚至去评论、比较不同版本的明星的表现，这给我们带来了数不清的快乐时光。

因为部分原著小说和电影也是我们第一次接触，以上所呈现的，都是我们在编辑过程中非常真实的感受。我们也非常期望我们的工作能带给广大读者同样的兴奋和快乐。《奥斯卡经典文库》为您精心挑选的这些非常优秀的原著小说，完全值得您腾出一点业余时间，全身心投入其中，跟随着那些精彩的文学人物走进各种各样的命运险境，去迎接那些意想不到的感动和震撼。

——北影老师 何亮

导读：勿忘初心，坚持始终

《我的璀璨人生》（*My Brilliant Career*），有着"澳大利亚第一本书"的美誉，从初版至今，仍在澳大利亚占有很重要的地位。作者迈尔斯·富兰克林（Miles Franklin）十六岁"兴之所致"所创作的这部卓越的作品，更是因为"女权主义"浓厚，而被世人津津乐道。迈尔斯·富兰克林一生共写过十二部小说，但《我的璀璨人生》被公认为最具影响力和文学价值。

本书中的女主人公西比拉·梅尔文，从小就宣示她想成为文学家的野心，在 20 世纪初女性尚未得到应有社会地位的年代，她的奋斗故事是女性主义成长的一页重要诗篇。尽管幼年生活在一个封闭落后的山村里，西比拉身上却没有一般女人"愚昧、顺从"的气息。小的时候，她就已经做出了一些传统女孩子不会去做的事情；而在思考方式上，更是偏向男性。在那个男权主导的社会，她不甘屈服于现实生活，而是勇敢打破"传统"。对当时女性的地位受歧视的情况，她备感痛苦：女人只能在家里煮饭、洗衫、补衣服，最多只能帮忙干干农活，并不允许自己去找工作，做独立女性。但这不是她想要的生活，她想过自己想要的生活！于是，她的"抗争"便从来没有停止过。

在爱情方面她亦是如此"离经叛道"：如果真有自己喜欢的人的话，无论他是富有还是贫穷，她都义无反顾。她始终认为，贫穷或富有都不是衡量真爱的关键因素。可是她又崇尚自由，思想中大有"婚姻是自由的坟墓"之意。所以，在她与哈洛德·比澈的爱情里，当要谈婚论嫁时，她因为追求自由，最终还是拒绝了结婚。按照当时的传统，这是一件难以置信的事。哈洛德家庭宽裕，魁梧潇洒，当时很多人都会觉得，有这样的条件，她却竟然没有结婚，简直就是个傻子。

就像是作者其他书中的女主人公一样，西比拉具有聪慧独立的人格魅力。但从另外一方面看，西比拉也代表着年轻人的角色。在缓慢的成长中，她认为自己不同于其他人，是"有内涵""有才华"的，却无人欣赏，也无处大展拳脚，只恨生不逢时。现实、社会、家庭，就像是恐怖的梦魇，束缚着自己，越想挣脱它捆得越牢，最终动弹不得。所以西比拉又是无奈、痛心的。可是她亦明白，人生不可能一帆风顺，我们的满腔热情，并不能因为现实所泼的冷水而熄灭。

作者在书里的中后段对西比拉的描写非常巧妙，从父母的不理解送她去山区当家庭教师，每天煎熬，到害怕哈洛德在失意时无人鼓励走歪路而答应求婚，看似西比拉接受了这种无奈的现实，实则不然。在最煎熬的日子里，她也从未放弃过写作，也从未忘记自己"抗争"的初心。最后，西比拉回到生长的贫穷山村，因为帮衬家里拼命工作而变得憔悴、失去了往日的光彩，想要成为的"作家"也还没实现，看似一切回到原点，"抗争"徒劳无功，她也屈服于现实的压迫。但从她毅然决然拒绝东山再起的哈洛德的求婚、继续坚持自我、不计较世人的看法的行为里看到，西比拉从未放弃初心，在"抗争"路上一步一个脚印，慢慢成全自我。

书中有浓厚的"女权主义"色彩，是源于作者迈尔斯·富兰克林的性格——迈尔斯·富兰克林，生于澳大利亚的一个农场主家庭，幼年接受家庭教育，后来在老师的鼓励下接触写作。青年时期她成了一名自由新闻记者，并在 1906 年移居美国。第一次世界大战期间奔赴英国，在苏格兰妇女医院和军队内任职。1933 年在离开故土三十年后重返澳大利亚定居，从事专业写作。

其作品对澳大利亚文学有着长期的影响，后来创立了著名的"迈尔斯·富兰克林文学奖"。迈尔斯书中的女主人公大都机巧敏慧，意志坚定，流露出作者本人的女权主义倾向。她的一生中，虽有许多追求者，但却终生未婚。

迈尔斯·富兰克林的一生亦是女性独立的伟大诗篇，留下的作品也极大地影响了女性思想独立的进程。本书于 1979 年改编成电影，并获得奥斯卡奖多项提名。

目　录

第一章　我记得，我记得

"啊，呼！哎哟，哎哟。啊！啊！我要死了！啊，呼！痛！痛！痛死我了！啊！呼!"

"好了，来了，来了！爸爸的小朋友可不是这么调皮捣蛋的，对不对？呐，我现在要从餐袋里拿点猪油，敷上去，再用手绢包扎好，这样就好了是不是？别哭了，好了，好了，不要再哭了。你要是总这样大吵大闹的话，就会惹怒大灰马老达尔特（Dart）了!"

这是我有生来所记得的第一幕。那时候我应该才不过三岁。我还能记得苗壮参天的桉树围绕着我们，阳光在笔直的树干上闪闪发亮，洒落在两岸蕨树丛生的涓涓溪流里，那条小溪隐没在我们左边崎岖陡峭的灌木林小山之下。那是一个漫长而晴朗的夏日，午后的一点钟。我们正在一个牧场比较偏远的地方，我爸爸来这里是为了要把食盐存储起来的。在露水盈盈的清晨，他就已经带上我早早地离开家门了。他让我坐在他前面的棕色小枕头上，那是我妈妈特意为了这趟行程而缝制的。我们把一块块的岩盐放在小溪对岸的木槽里。放盐的那间小屋的屋顶是用桉树皮做的，这样可以使里面的木槽免受雨水之害。小屋就像画一般掩映在周围郁郁葱葱生长着的麝香灌木和胡椒树林里。从我们吃午餐的地方看过去，清晰易见。我从小溪里取水，斟满了刚烧好茶的铁水壶，爸爸用里面的水灭掉了火，然后用生兽皮把水壶系在了他的马鞍上。盛过食盐的兽皮袋挂在固定马鞍的钩子上，马鞍下是一匹栗色的驮马。爸爸的马鞍，还有棕色的小枕头，都放在大灰马达尔特的背上，而大灰马达尔特总是驮着我。这时，我们踏上了归途。

为出发做好准备之后，爸爸给刚吃完剩饭的狗戴上了口套。尽管它们看上去是十分不情愿的，但由于没有办法反驳，它们也只能这样了。我还记得那天，爸爸随身带着"士的宁"药瓶，想要毒死几只野狗，所以在我们看到的几头野兽的尸体上倒了这些毒力很强的药水。

爸爸在给狗狗带上口套的时候，我正专心致志地采摘着山蕨和野花，怎知却惊动了盘在蕨树下的一条大黑蛇。

"咬我了！它咬我了！"我大声哭喊着，爸爸立刻赶来救我，用马鞭把那条蛇赶走了。他本来还吸着烟，这时他却把烟斗扔在了蕨树丛里。我把烟斗捡了起来，滚烫的火星从烟斗上掉了下来，烫到了我那脏兮兮、胖乎乎的小手。于是，就出现了故事开头的那番吵闹声。

或许完全是因为伤到了手指，才让这件事情在我幼小的心灵中留下了无法抹去的阴影。爸爸也习惯于把我带在他的身边，但只有那一天的短途观赏，我到现在都还记得，而且，那已经是我记忆所能企及的全部内容。我们当时离家还有十二英里，但至于后来我们是怎样回到家的，我已经不记得了。

在那段时间里，我爸爸是一个非常了不起的人——独自打理着布鲁格布朗、宾宾东和宾宾西三个牧场，总面积将近二十万英亩。爸爸完全是靠他自己的地位而跻身上流社会的。根据家谱的记载，除了爷爷，家里就没有别人是有什么声望的了。而我的妈妈，拥有着纯贵族的血统。她是卡达加地区博斯厄（Bossiers）家族的一员。这个家族把一个曾经参与占领者威廉对英国的掠夺的老海盗，也归为了他们祖先的行列。

迪克·梅尔文（Dick Melvyn）的好客和他的乐观一样出名。我们那栋舒服的、带有回廊而外形不规整的木板房，坐落于蒂姆林比利山脊的一个绿树成荫的幽静角落里。这里向来都宾客满堂、座无虚席。医生啊，律师啊，牧场主啊，旅游销售员啊，银行家啊，记者啊，游客啊，来自各个阶层的各类男人，在我们长长的餐桌边上围坐得满满的。不过，除了我的妈妈，很难看到一张女性的面孔。布鲁格布朗其实是一个非常闭塞的地方。

在这个牧场里，我既招人爱，又讨人嫌。负责边界巡逻的老者，还有那个赶着牲口的人，到现在都还饶有兴趣地问起我。

我知道每个人做过的事情，而且因为我的个性，它们会面临在不适当之时被公之于众的危险。

从牧场帮手的俚语里我学到了花言巧语，加上在客人那边挑选到的庄重字眼，我总是能提出一些让人难以解答的问题，就连蛮横的老酒鬼也因此而脸红起来。

无论什么事情也不能使我在牧场估价师和边界巡逻者之间，选择更加尊重牧场估价师；或者是在牧师与牧者间，选择更尊重牧师。时至今日，我也依然坚持着这一观点。在我身上专司尊敬之职的器官，一定是比平底锅更加扁平的，因为我从来也没有、将来也不会去因为某一个人的地位高而对其肃然起敬。对我而言，威尔士王子与一个剪羊毛的工人也是没有什么区别的，除非他能撇弃王子的身份，在我们的面前表现出其他好的品格来——不然的话，他也要靠边站。

我也记不起来我是什么时候拥有自己的第一匹马了，不过我觉得那应该是很早的时候，因为在我八岁的时候，我就已经什么都会骑了。女座马鞍、男座马鞍、没有马鞍，或者是双腿分开，对于我来说都是一样的。我在牧羊人中间策马奔腾，像任意一个被太阳晒得皮肤黝黑的丛林人一样勇敢。

我的妈妈并不喜欢我这样，因为她觉得我以后会成为一个假小子，爸爸却不以为然。

"她喜欢这样，就随她吧，露丝，"他说，"随她吧。捆绑住女人的无非也是一些无聊的习俗，她很快就会觉得厌烦的。随她吧！"

妈妈微微一笑说："她应该是个男生才对的。"于是我妈妈就不再说我什么了。我虽然个头矮小，但骑马的时候，甩起马鞭来，也跟其他人一样响。意外发生的事故也奈何我不得，我曾多次出事，最后也一直安然无恙。

我什么都不怕。如果有一个喝得烂醉的流浪汉无端生事，我总会第一个起来去给他一点教训——以我那二英尺六英寸的矮矮胖胖的却颇有威严的身躯，去质问他到底想要干什么。

后来，在离我家不远的地方，淘金热开始了。那是两个意大利人的儿子，长着黑浓的眉毛。妈妈因为他们，常常感到不安，她觉得这些人不是好人，是靠不住的。可是我喜欢他们，我也相信，他们是好人。他们让我坐在他们宽厚的肩膀上，还在我的口袋里塞满糖果，把我变成了他们的宠儿。我毫不畏惧地坐在吊送矿工和废土的木桶里，随他们下到最深的矿井中。那个大木桶还是用一根绳子拴在一个粗糙的轳辘上的呢。

我的兄弟姐妹们曾经患过腮腺炎，还出过麻疹，闹过猩红热，得过百日咳，我跟他们一起在床上玩耍打滚，却什么事也没有。我跟狗一起跑来跳去，爬树去掏鸟蛋，还听着放牛的本大叔的指挥，驾起车赶起阉牛来。我常常和爸爸一块儿，去两岸都长着灌木丛的、水流碧澈的小溪里玩水游泳。神秘莫测的山谷生养了这条小溪，小溪蜿蜒流淌后又回到了山谷的隐秘处，水深且荒凉。山谷里还铺上厚厚的一层铁线蕨还有其他种类的数不清的蕨树。

妈妈对着我无可奈何地摇头，觉得我的前途渺茫。可是我的爸爸却丝毫没有觉得我有什么不正常的地方。他是我心中的英雄，也是懂我识我的知己，是一部百科全书，是一个好同伴，甚至，是我的信仰。但这只维持到我十岁的时候，自从那之后，我就再也没有什么信仰了。

李察·梅尔文（Richard Melvyn），在那些日子里，你真是一个好伙伴！一个既善良又爱孩子的爸爸，一个会尊重妻子的丈夫，一个热情好客的主人，同时也是一个满腹雄心壮志而且风度翩翩的绅士。

而我，在离开礼佛里那一百多英里的卡达加优美又欢乐的环境时，我在这样的美好氛围里，度过我童年时代最初的几个年头。

第二章　波索姆谷的初印象

在我快要九岁的那个夏天，我爸爸认为他把他的聪明才智都浪费在像布鲁格布朗和宾宾牧场这样偏僻的地方了。因此，他决定搬家到更能施展他的才华的地方。

当他把这样的想法说给我妈妈听时，他用了这样的理由：牛和马的价钱近些年一直在下跌，以至于都不能饲养得更多了。现如今，羊是唯一盈利的品种，但却不能在布鲁格布朗或是宾宾这样的地方去放养。澳洲野狗总是会时不时地来糟蹋羊群，而剩下的那些羊也会很快被贼偷掉。至于让警方介入，那只会比没有更加糟糕。他们不仅阻止不了贼进入，到头来还使那些盗贼把怒气撒在农场主身上。结果就是，农场的栅栏毫无疑问地会被烧掉，像布鲁格布朗这种崎岖的乡野，上百英里的原木篱笆被毁掉，可不是一件开玩笑的事。

这些理由为爸爸的迁居点亮了一束可行的光。事实上，这个理由的真相是不满，它无情的魔爪攫取了爸爸的心。爸爸的客人总是使他相信蒂姆林比利的山沟葬送了他的才华。他们断言，一个男人在畜牧业如此有才华，若在生意场上一试身手，定会名利双收。李察·梅尔文自己也开始这样想，然后，他变得跃跃欲试。他确实也这样尝试了。

爸爸丢弃了布鲁格布朗、宾宾东和宾宾西的牧场，买下了占地一千亩的波索姆谷这个小农场，然后举家迁往古本（Goulburn）附近。我们到达时正值秋天，那是一个下午。爸爸、妈妈和孩子们挤在四轮马车中，我和同行的女仆骑在马背上。一位老伙计在新家等着我们。他带着满车的家当细软先于我们出发，车上装着的是爸爸的全部财产。爸爸说，这些足够我们生活了，等他有时间了就再去添置些。

波索姆谷给我的第一印象让我非常失望，以至于这种印象没有办法随时间消散或是被记忆冲淡。经历了蒂姆林比利山脉崎岖多变的峰峦后，这里的景致是那么平坦、普通而又枯燥乏味！

我们的新家建在一个贫瘠的山腰上，有十间木质结构的单间。在那些弯曲的、生长缓慢的橡胶树和长喙桉下，是茂密的野樱桃矮树、啤酒花和杂交的金合欢树，地面上覆盖的马刺攀延到独栋的厨房后面。房子前面是一片铺满庄稼的平原，庄稼地里干涸得一滴水都看不到。后来我们发现了几处杂草茂盛的深水坑交错在平原上。雨天的时候河水上涨会把深水坑统统掩盖。波索姆谷是这个地区雨水最充足的地方之一，因此它能抵御最严重的旱灾。实践和经验告诉我们它那相当清澈美丽而又柔和的水的价值。即便如此，从拥有清澈小溪的山谷搬过来的我们，也会一想起要饮用这里的水就感到恶心。

在我们的新家奔跑时我感到有些狭窄。这个地方最宽处也不过三英里。难道我要一直、一直、一直生活在这里而永远、永远、永远不回到布鲁格布朗了吗？在我们抵达后的第一个晚上，带着这份伤心的我呜咽着入梦。

妈妈对爸爸管理这千亩地的能力感到怀疑，因为这里一半以上的土地空旷得除了沙袋鼠什么都没有，但是爸爸却踌躇满志，他对未来十分乐观。被自负充斥的他从不打算温顺地蜷伏在一个地方。在他的生意里，他打算仅仅将波索姆谷作为一个置放便宜货稍后再卖掉的仓库而已。

"亲爱的，唉，亲爱的！"一想到他一生中最重要的部分浪费在山林中简直太可怕了。那里，邮差一周才来一次，靠得最近的拥有着六百五十个居民的城镇，距离我们也有四十六英里。同时，道路没有办法通行机动车。而在这里，达到好像是古本这样的城市仅需十七英里，而且道路宽阔；邮差一周来两次，距离火车站仅有八英里。

"我的运气就要来了！"这样的情绪自他出生后就一直激荡在充满希望的心田里。

布鲁格布朗在淘金热开始之前，靠我们最近的邻居，也有十七英里。布鲁格布朗的矿区倒闭前，波索姆谷是一个人口密集的区域，我们被相距半英里到二三英里的居民的房屋围绕着。对我们来说这是一个新体验，并且需要我们花些时间来习惯这种有利有弊的生活。我们发现这里买东西很方便，但另一方面，邻居向我们借东西更加方便，当然在大多数情况下，他们是不来归还的。

第三章 毫无生趣的生活

伴随着所有旧城镇的萧条，波索姆谷的发展也变得停滞不前。

这里的居民大多是已婚人士和十六岁以下的孩子。那些男孩子们，在他们成人后就漂泊到内陆开疆拓土去了。他们远行是因为发现家乡的生活节奏太慢，而且长大之后，家里已经没有他们容身之地了。

波索姆谷根本就是死水一潭。时间形同虚设，日子悄无声息地年复一年地滑入河水中，知名人士一个接一个地只留下一串名字在空气中飘荡。偶尔的婴儿出生或有人死亡是一件大事，而新居民的到来是更重大的事。

当新居民搬进来时，所有的一家之主照例要去探查一下，判断这些新来的人是否值得被允许加入当地的邻里社交圈子。倘若他们的报告得到赞成，那他们的妻子则会进行一个友好的访问来结束开始时的客套。

搬入波索姆谷之后，爸爸潜心于生意，所以妈妈自然接受了男男女女来访者的严峻考验。当地人都忠厚朴实可以信赖，是典型的土生农民。短暂的串门太客套了，他们进来后坐下几个小时闲聊些鸡毛蒜皮之类的琐事。这让我妈妈感到极度无聊。她试着引入些近期的文学作品或是时事的话题，但那徒劳无功。或许她还是同他们讲些法语的好。

来访者可以数小时谈论乳制品业，散布关于在我们之前住在这里的主人的小道消息。我觉得很乏味无趣。

在我们布鲁格布朗，厨房伙计们生动地描述在内陆大牧场的生活，绘声绘色地讲述精彩的冒险故事：捕蛇，非洲狩猎等等，还谈起了旅行的经历以及社交生活。相形之下，这些关于农产品价格和庄稼质量的喋喋不休的话题简直寡味至极。

那些男人，也像其他人一样，只会谈论商店。对此，我并不是有意谴责，仅仅是说出我们并没有什么兴趣，因为我们之前从没在那商店附近居住过。

梅尔文夫人（我的妈妈）在波索姆谷人的心目中，是一位深受欢迎的人，因此，所有当地已婚妇女争先恐后地拜访她，并且竞相表示她们朋友般的情谊和善良。她们带来家禽肉、果酱、黄油这一类的小礼物。她们下午两点钟来，然后待到深夜才走。她们的谈论从清点家具，到给我妈妈食谱，再到精确描述自己孩子拥有无法被超越的才能，并且畅谈孵土耳其母鸡的最好方法。临别时她们热情地邀请我们回访，并且请求我妈妈能让她的孩子花一天时间和她们的孩子一起玩。

我们家迁入新居近一个月时，我们的爸爸妈妈收到一封两英里以外一所公立学校老师发来的通知，告知他们，按照法律，孩子们应该入学了。这使我的妈妈异常心烦，她应该怎么做呢？

"去吧！这一大群小屁孩迟早都要入学的，这是必须的。"爸爸这样说。

我妈妈拒绝了。她提议先找一名家庭教师，然后再把我们送到寄宿学校。她听了很多关于公立学校可怕的传说。把她的孩子送到这样一个学校太可怕了，孩子们会在一周内被教坏的。

"他们才不会呢，"爸爸回应道，"让他们在外面锻炼上一两周或者一个月，他们是不会受到任何伤害的。在那之后再请一个家庭教师。你现在这样的身体状况不允许你为这件事操心，我看当前完全不可能出问题。我做事的时候还是有些运气的，目前把孩子们送到学校吧。"

于是，我们入学了，在同学们中我们优雅的百褶边围裙和便鞋装扮掀起了轩然大波。他们当中大多数是来自贫寒的农民家庭，家庭收入多来源于修路、木材运输或者是其他能够胜任的体力劳动者。所有的男孩和一半以上的女孩都打着赤脚。学校位于布满矮树丛的小山坡上，老师从一英里外的地方赶过来。他是个酒鬼，学生的家长天天盼着他被解雇。

我和龙凤胎弟弟妹妹去了虎沼（Tiger Swamp）小学读了将近十年书。我和双胞胎们的学业都在那里完成，他们只比我小十一个月。很快地，我的其他弟弟妹妹们也即将毕业了。这是我们唯一知晓的学校。爸爸曾一度谈起那段时间，他还帮助我们填写签到表让我们在那儿免费读书。但是妈妈——女人的自尊心远胜过男人——却再也不允许我们走到那个地步了。

我们的邻居们都很和善，特别是詹士·布雷萧（James

Blackshaw），总在证明他自己是极度渴望与我们更亲密的。他是一个圈子里毛遂自荐的首领，所以他经常将新人拢入自己的麾下，并且用过分的殷勤与和善努力让别人感到宾至如归。平日他来拜访，把自己的马拴到后院萨利树荫下的栅栏上。如果我妈妈没空见他，他就会对我们的女仆简·海泽利普（Jane Haizelip）编故事去了。

简同我一样，并不喜欢波索姆谷，但她的感受更强烈，听到她向布雷萧先生直截了当地表达她的看法，实在是很有趣。顺便提一下，她称呼他为"闲逛的咯咯哒母鸡"。

"简，我想比起你原来的那个偏远的地方，你总会更喜欢这里吧，它更靠近古本市。"一天早晨布雷萧舒服地靠在厨房里的旧沙发上说道。

"并没有那回事儿。什么偏远的地方？在布鲁格布朗一天的生活抵得上你这井底之蛙在这里看到的数年的生活。"她有力地反驳着，并精力充沛地搅拌着面包浆。

"为什么这么说，在我的布鲁格，生活精彩得每周都像一场表演。周六晚上大家一哄而至去取邮件，他们待到周日下午才走。分割者、牧场巡视人、猎狗者，各种各样的人都有。其中一些人擅长演奏六角手风琴，另一些人就跟着翩翩起舞。我们的乐趣无穷无尽。我告诉你，在那儿一个女孩跳舞，还会有一两个歌手来伴舞，"她鄙夷地哼了一声，"而在这呢，没有一个鬼东西肯陪你跳舞。我住够了这个地方。要不是我答应了太太住上一阵子，我明天就能溜走。这是我从没见过的死气沉沉的地方。"

"你慢慢的会适应的。"布雷萧打断说。

"适应？！难道一个人必须在母鸡的翅膀下长大然后去适应这令人乏味的生活吗？"

"你不必在母鸡的翅膀下长大，或者照你这样说，要不你一定是由一只老母鸡把你养大的。"他回答。此时简正将两个沉重的锅从火上拖下来。他并没有帮她。那种礼节在他的头脑中根本就没有存在过。

"你应该多出去走走就不会觉得这么乏味了。"他建议道，在那之后她把锅放在地板上。

"出去走走！我能去哪里，老兄？"

"你有空的话可以再去看看我太太，我们随时欢迎。"

"谢谢，但是上次我看你的太太就看够了。"

"感觉怎么样？"

"天哪，我还没待上半个小时，她就得脱掉便服去挤牛奶了，我可瞧不起这儿的男人，他们让女人太辛苦了。我从来没见过如此疲倦的女人。这让我想起曾经的那些黑人，他们只会让老婆干活。在布鲁格布朗，女人从不做户外工作，只有在男人们救火或者圈羊这样的紧急关头时，女人们才会出现。而在这里，女人们承担所有的事务。她们挤牛奶、喂猪、照顾幼崽。这让我觉得都快要吐出来了。我不知道这样是因为这儿的男人从事放牛或者做奶制品的工作还是因为其他的什么缘故。我觉得这些从早到晚能让你的眼球累到快要凸出来的苦工、重劳力，会让你根本没有办法去思考自己所承受的痛苦。现在，对不起，布雷萧先生，如果你能到别的什么地方待上一两分钟，我想打扫一下沙发的下面。"

这句话对他的离开起到了效果。他道了声再见就走了，并不能确定他是很愉快还是很受辱。

第四章　终我一生的事业

当妈妈、简·海泽利普和我无所事事的时候，爸爸却快活地享受自己的人生。

他从事着一份充满风险的职业——在交易市场进行投机活动。

当他不用去瑞渥尼那（Riverina）查看羊群时，他会去伯克参加乡土肉类贸易销售展销会，或者是去肖海恩（Shoalhaven）那里买些乳制品。

他对每周三举行的古本集市了如指掌，经常提前一天去那里，然后一两天后才赶回来，有时甚至要去更久。

他在畜牧人和交易商之间很受欢迎，在交易新闻中，他的名字总是与殖民地成交的主要贸易一起被提及。一个人需要具有机敏而清醒的头脑才能立于牲畜交易的不败之地。我从来没有听说一个商人会偶然地、快速地取得成功。他不必完全违背道德，但是若想获利他就不能过多地追求道德上的完美。这恰恰是李察·梅尔文失败的原因。他被太多诚实的不切实际的想法所压垮，并且又太软弱，在交易中，除了二等货，常常别无所得。他可能会试着用他的运气，通过不欺骗的方法，在古本的阿布恩（Auburn）大街上交易。他的商业生涯是短暂而又愉快的。他的虚荣被认为是一种社会风气，在拿着轻便手杖举起酒杯的那一刻开始膨胀，而因原则引起的巨大冲击，让他的财产受到了很大的影响。他每卖掉一头牲畜都要蚀本，他为了给贪婪的拍卖商写信还消耗了大量的邮票，一段时间内他通常会住在镇上，一住就是三天，那些喜欢揩油的朋友热情地附和在他的周围，如此一来很快让他濒临破产的边缘。他的一些同龄人说这全怪格洛哥酒。

他清醒的时候会做出明智的判断，并且完全能把事情做得很好，但是他的头脑不敌酒精，它无时无刻地摧毁着他。由于很少思考，一年内，他金库里闲置的资本被挥霍殆尽，这些财产全都来自他之前出售布鲁格布朗和宾宾的牧场所得。他变得一蹶不振，连仅有的牧场工人的工钱也付不起，所以只好被迫卖掉家用的几头温和的小牛犊。

这时我爸爸获悉，我们主教有一笔用于教堂信贷的钱款。由于我爸爸有着良好的信誉，主教答应把这笔钱以高利贷的形式借给我们，尽管这种形式是《圣经》里所谴责的勾当，甚至他周日的时候还在教堂的大布道会上强调过。

爸爸带着这笔违背教义的瑞文德（Reverend）的钱款以及卖掉波索姆谷的资金再次经营，在勉强度日的同时支付了主教借款的利息。四五年后，他再次沦为穷光蛋。牲畜的价格一路下滑，以至于在它们身上榨不出一点利润了。

李察·梅尔文想出了摆脱生存困境的办法——以家庭为单位经营乳制品，同时饲养家禽用于出售。

　　他购进了五十头奶牛作为乳制品的"生产设备"，这五十头奶牛的小牛犊还得人工喂养，此外他还买了一个手动奶泡分离器。

　　我们开始经营乳制品生意的时候，我才十五岁，龙凤胎弟弟贺拉斯（Horace）和妹妹葛蒂（Gertie）正如您先前所知，比我小十一个月。贺拉斯从没有受过专门训练，天生就具有成为一名杰出青年的品质，但是没人把他往正路上领，以至于他变得粗鲁而又霸道，这样来看，他简直蠢透了。葛蒂负责十三头奶牛挤奶任务，我负责十八头，早晨和傍晚各一次。贺拉斯和妈妈两人挤奶牛的数量保持在十七头。

　　在奶制品行业中，那些可爱的学步儿童，在他们还拎不动木桶前就会挤牛奶了。因此他们的手习惯于即便是在奶牛的移动时，挤奶也不受影响。对我们来说就不同了，我们挤牛奶的时候已经长成大孩子了，它们重重的纵身一跳会压得我们生疼。我们的手和胳膊肿胀得很厉害，所以夜间睡觉的时候也会被疼痛弄醒。

　　妈妈还负责做黄油。她凌晨两三点钟就要起床，她要确保黄油冷却下来并且定型完好能够去售卖。

　　简·海泽利普在一年后离开了我们，我们也找不到更好的人取代她的位置。繁重的工作压垮了我优雅端庄的妈妈。她变得消瘦、忧心忡忡，而且常常在胸前画十字。我爸爸的工作内容是驱赶野牛，分离奶泡，把黄油带到镇上的杂货店去换取我们所需。

　　布鲁格布朗的迪克·梅尔文和波索姆谷傲慢的奶农迪克·梅尔文已判若两人。前者是一个与名字匹配的人，而后者是一个酒精的奴隶，一个粗心大意甚至外表肮脏的人。他忘却了所有的礼仪，变成了不过和周围悲惨大众无异的平凡又普通的人。他要家庭供养，却不能供养家庭。作为一家之主，他已经失去了保护家人的能力。他看上去失去了所有对家人的爱护和关心，变得纠结而沉默，完全没有自信和勇气。以前对动物们那样善良慈悲，现在却变得相反。

我不能忘掉他对小牛犊的凶残和失去耐心的样子，而这往往又对我构成了威胁，这会让我陷入不敢对他发表尖锐的逆耳之言的恐惧中。

关于乳制品，是他引以为豪的部分，他把黄油送到镇上，经常逗留个两三天，把售卖黄油获得的钱挥霍在酒场。然后他才会回来，咒骂自己的运气不好，埋怨他的牛奶场不如我们邻居的赚钱。

那阵子我可怜的妈妈在前半宿都没有办法入睡，她没有办法去跟踪她的丈夫，自尊心又不让她将这些说给她的邻居听，于是我负责跟踪我的爸爸从一个酒馆找到另一个酒馆，然后把他带回家。

如果按我妈妈的教导来评判，尽管不堪，我还是会以我的爸爸妈妈为荣，但是作为一个个体，做了这些不应该做的之后，我不这样评判。

我们启程回家时，常常已经是午夜了，耳边伴随着爸爸既伤感又自负的絮叨，我想着《圣经》的第五条戒律。我坐在大车里看那微弱的星光，一路上浮想联翩。我的爸爸，像所有的酒鬼一样，不让别人接过他手里的缰绳，他如此无力以至于经常让马匹围着一个地方转圈圈。我们从没出事，真是一个奇迹。我并不紧张，反而希冀着发生点什么，我们信赖的老马履行着它的职责，一直忠实地沿着两旁栽有橡胶树的道路带我们回家。

我妈妈把《圣经》上的教导转述给我，要尊重我的爸爸妈妈，无论他们是否值得被尊重。

迪克·梅尔文，作为我的爸爸这件事并没有让我盲目地忽略他是一个卑劣的、自私的、软弱的人这一事实，同时伴随着以十五岁孩子的无情来鄙视他，认为他拥有人性的弱点和脆弱。厌恶，不尊重，是我从这件事开始拥有的强烈的感觉。而妈妈让我感到完全不同。一个女人不仅仅是丈夫无能为力的工具——还是一个可以创造生活的人。

审视我身边的爸爸，再想想他对妈妈的作为，让她在家中充满焦虑蚀心地等待，这就足以让我有理由厌恶我的爸爸。在这些让我难以言表的想法中，令我感到昏眩。我也为我逐渐成熟的心智感到惊骇。这其中有一个孤独冷酷的想法，这个想法我曾尝试着将它藏于我那不够强大容纳它的内心。这种想法仿佛是一根没有杆子可以向上攀爬的植物——它在地上摸索前进，遍体鳞伤，然后变得渴望寻找一些足够强大可以攀附的依靠。它由于缺少园丁的抚育和修剪，从而变得繁密芜杂了。

第五章 断续的描写与牢骚

饲养小牛犊是我的职责。这是世上最可恶的工作，它占用了我大量的时间。我一边喂养一边想了很多，我深受思考的折磨，这是一大灾祸。在生而为人的过程中，如果一个人对于事物探寻得越少，那他就会更快乐；对女人而言，那快乐将是加倍的。

可怜的小牛犊呀！它们成了人类贪婪欲望的奴隶！不仅被剥夺了大自然所赐予它们的妈妈，而且还被迫依靠分离器挤奶，这些牛奶常是浑浊的、酸臭的、冰冷的。

我每天早晨除了要挤牛奶，还要喂三十头小牛犊，清洗早餐用过的盘子。挤完牛奶后还要去上学，因此我要为自己和弟弟妹妹们准备好上学所需的物品，然后步行两英里去学校。下午放学途中，走在灼热的日头下耗尽了我所有的能量，我一遍又一遍地做着同样的事情，此外还要刷洗靴子和预习明天的功课。因为没有时间，我不得不放弃钢琴的练习。

哎，这些短暂的晚间休息时间和无尽的日间劳作！对我而言，加工乳制品，意味着穷人没有办法雇佣劳力并因此而辛苦劳作。在此我不想赘述乳制品行业，文人雅士在农业报纸上对乳制品这个职业有着很多赞美，农业大学也是这样教育学生的。我所描绘的是实际上我所经历的乳制品行业，正如许多我身边的家庭看到的一样。

即便生产一磅适合在市场销售的黄油也必须付出大量劳动。我提到制作一磅黄油需要三至四桶牛奶，所以这是一个付出与收获不成正比的活计。它需要夜以继日地工作，无论周末、工作日还是假期都要像工作日一样。

辛苦的工作是一个了不起的平等主义者。家庭苦工、木工、挤奶工和园丁不久都会拥有粗糙的双手和不能见光、怕刺激的眼睛。当身体为苦工所累的时候，想要陶冶情操的愿望或是原先具有的优雅，就会逐渐消耗殆尽。这种规律同样作用在我的爸爸妈妈身上。他们从上流社会降到下层社会，融入芸芸众生。曾经的熟人没有一个来拜访他们现在的圈子，因为等级差别早已在澳洲社会根深蒂固，所谓的澳洲民主只是过去的一个传统。

我对下层生活并无那样的偏见。农民阶层是任何社会形态的中流砥柱。作为一名拥有朴实农民思想的农民，当四季有序，天公作美，他们的生活就是美好的。这种生活思想是淳朴的、纯净的、有益健康的。但农民的日常生活对我来说就是炼狱。我身边的农民日出而作日落而息，他们很享受夜间的睡眠。他们每天无非两种状态：工作和睡眠。

在我心中还有第三种如饥似渴的需求。我渴求艺术层面的东西。音乐是我情感的一部分。我利用忙中偷闲阅读从邻居那里借来的书籍。这样做超出了我所需做的并且相较于身边的同龄人，加重了我的身体负担。但这第三种需求是我生活中最强有力的部分。在第三种状态中，我与作家、艺术家还有音乐家生活在一个梦的国度。希望、甜美、残酷，特别是希望在我耳边低语"日复一日日子还很长，而日后我终会梦想成真"。因此，受那遥远的温柔的湖水的召唤，我荡漾在波光粼粼的水面上，而那幼稚的、高傲盲目的无知，让我难以发现横亘在我与湖水之间的鸿沟。

继续谈论乳制品的事情。

老老少少都靠洒下辛劳的汗水来糊口度日。我们仍然靠诚信过活。我们并不对我们今天面临的境况感到羞耻，并以英国祖先那种顽强的独立精神，奋然前行。可是，1894 年没有降雨，接下来的 1895 年炎热又干旱，无情的 1895 年，有一段时期都到了几乎没有办法生存的地步了。

带有像火炉一样灼热气息的风吹枯了草原的每一片叶子，空气中尘土飞扬，饥饿牲畜的呻吟弥漫在空气中，青菜已经绝迹。我饲养的小牛犊接连死掉，母牛嗅着小牛留下的印记。

我离开了学校，我的爸爸妈妈和我那阵子都在忙着迁移我们的牛群。当我们的力量没有办法企及，就会请求邻居帮忙，作为回报，爸爸也会帮助他们。我们熟悉的邻居仅有一小部分可以售卖他们的牲畜，或者把它们迁移到更好的地方。剩下的大多数人和我们一样陷入困境。牛群迁移变得像一场交易，整个一天都耗费出去了。大人们不无担忧地讨论着倘若干旱持续，今后预期也不会乐观。

沮丧的赶牛人眉间出现了很多皱纹。干旱不仅夺走了他们的生计，而且没有什么比看着瘦弱的牲畜更令人心碎的了，特别是奶牛，我们非常熟悉、珍惜、热爱它们，当主人没有给予时，它们像可怜的哑巴一样祈求着食物。

我们只能满足最低需求地维持着生活。但是即便是必需品，对一个有十人需要养活的家庭来说，要做到收支平衡也是一场艰苦的搏斗。我们明显地感到贫穷那只强有力的大手压在身上的那种沉重感，最穷也不过如此，贫穷的人们仍要高昂着头活出体面的样子。

贫穷最难以忍受的并不是祖传的贫穷——这并不羞耻，而让人感到屈辱的是因贫穷而受伤的自尊心。

有人认为贫穷并不意味着不幸，那就让这些人尝尝即便拥有一个友善的朋友却很贫穷的滋味；让他们体验一下脱离社会的滋味；感觉一下没有办法买得起一张邮票给朋友写信是什么滋味；让他们体会一下像我一样，热切地渴望读书与听音乐，但是在穷困中却没有办法得到的；让穷困逼迫他们工作，正如它逼迫我一样，到时再看他们是否还会觉得生活幸福。

我的校园生活是混沌平凡的。唯一值得记忆的是，那位称作"老哈利斯"（old Harris）的教师顶撞校督的那一天。校督是一名衣冠楚楚的小个子男人。他将他认为值得重视的理念经过精选装进了脑袋，并且分门别类地贴好标签，因此一旦需要，就可以不慌不忙地信手拈来。他很绅士而且值得尊敬，谨小慎微地履行其职责，注重与其身份相配的礼节。但是，如果把一个慈善家的思想境界，在宽度上比作马龙比格（Murrumbidgee）河的话，他的思想境界就好像是马车车辙中所积储的一潭水一样。

在那个相当炎热的日子里，我们刚结束了大部分科目的考试，校督正看着我们写的字帖。他从中探出头来，并且十分考究地拉展身上的马甲。

"哈利斯先生！"

"是的，校督。"

"作比较是讨厌的，但是，不幸的是，现在我不得不作个比较。"

"是的，校督。"

"这些字帖比镇上的学生要差很多。笔画七扭八拐而且还不规则。同时，我还注意到学生们看上去既傻又蠢。我不喜欢把话说得这么直白，但是事实上，唉，这些孩子似乎看上去被乡野粗民众所周知的傻气影响了。你该如何解释？"可怜的老哈利斯！尽管他常常酗酒，尽管他权责无能，但是他却拥有古道热肠和很多人性的光辉。他懂得并且爱他的学生，不允许别人诽谤他们。因此，他喝了口酒，为的是壮壮胆以便对付校督，结果却喝了两三口，要不然他准会保持沉默的。

"先——先——先生，我能并且愿意解释这个。你看看。每一个孩子，包括这个孩子，"他指着一个只有五岁的小女孩，"她上学前，放学后都要挤牛奶干家务，除此之外还要在酷暑中平均跋涉两英里来上学。很多大一些的男孩儿女孩儿早晨和下午平均挤十四头牛的奶。我可爱的绅士，请您试着这样做一两周，然后看看您的拳头是否疼痛颤抖以至于不能书写。看看你是否看上去不像个蠢蛋。什么乡下人的愚蠢，见鬼去吧！假如您在炎热的日头下，在飘满灰尘的空气中，必须从早工作到晚，然后只有一点宝贵的休息时间，我敢打赌您就没有那么多时间去磨指甲，阅读科学笔记而且看上去很聪明。"说到这儿，他脱掉外套然后虎视眈眈地对着校督。

校督惊愕地向后退了一步。

"哈利斯先生，你别不知天高地厚！"

在这个当口，我们全都走出了教室。后来发生了什么我们无从知晓。除了我们下午回到家后听到的大量被篡改的事情，这就是我们知道的全部了。

第六章　干旱的田园生活

"西比拉（Sybvlla），你在干吗？你妈妈在哪儿？"

"我在熨衣服呢，妈妈在家禽室照看小鸡去了，你想做什么？"

这是下午两点，我爸爸同我打招呼，阳台后的阴影下的温度保持在华氏一百零五点五度。

"我看到布雷萧从前面穿过去了。你去拿些绳索，我刚把狗腿拴住，再拴一次；我们要把牛群赶到另一个地方。可怜的畜生——也许还不如在它们头上敲一下好。或许下个月会有雨，这场干旱不会持续很久的。"

我唤来妈妈，取来绳索，然后开始动手，拉下我的宽沿遮阳帽紧贴我的脸，以免刮来的沙子迷了我的眼。尘雾弥漫着从西边滚滚而来，爸爸将狗腿绑到三根八九英寸长的杆子上，由于身无依靠，它们就只能站在那里。为迁移牛群爸爸早已制订好了计划。第四根更长的杆子架在三根杆子之间，在其中一个的尾部绑了两根绳索，在后方用来拴住猎犬，一条绑在肋骨附近，另一条绑在腰上。在这根杆子的另一端，我们用来发力，这样就可以一个人在后面驱赶，另一个人照顾前方。新生的牛犊会因此发怒，所以我们必须花很大的力气安抚它们；如果它们配合行动将会有益于它们，它们走得很优雅，就像一个大家闺秀一样。唯一有技术含量的是，在牛群移动前要迅速抽回杆子，否则绳索将会再次缠住它们将它们绊倒。

这个下午我们迁移了六头牛。我们全力挣扎，拍打它们的脚掌，然后驱赶最后那只卧在地上的牛，在多石的无遮无盖的山边来回往复。我和妈妈装好了三脚架，调整好绳索。我们把牛拉起来，但是这可怜的畜生身体太虚弱了，站一下它就再次倒下了。在尝试迁移前我们试着让它休息一会儿缓解一下。这里寸草不生，周围落满灰尘，无处落脚。我们累得嘴里吐不出一个字，在灼灼的烈日下静默等待，闭上双眼回避灰尘。

疲倦啊，疲倦！

风吹拂着轻云，在白色的空中留下淡淡的痕迹，下午的太阳更毒，使天空惨然失色。疲倦镌刻在我妈妈忧心忡忡而又娇嫩的面容上，还有我爸爸扭在一起的眉毛和满是灰尘的脸颊。布雷萧也很疲惫，他边说边擦掉尘土，混着汗水从面颊上搓出泥来。我好累——在炎热和劳作中四肢发痛。在我们脚边趴下的牲口也很疲劳。燥热的风从我们身后的矮树丛呼啸而过，鞭笞着干枯的大地，世间万物都是疲倦的，似乎低吟着一首挽歌回应着。除了太阳，所有的事物都奄奄一息。当太阳在天上晃来晃去的时候，它似乎在炫耀它那无尽充沛的力量，然后得意扬扬地瞥过它那无助的受害者。

疲倦啊，疲倦！

这就是人生——我的人生——我的事业，我的璀璨事业！我只有十五岁——十五岁！短暂的几小时后我就像身边的人一样成熟了。当他们站在那里，我审视着疲倦的他们，然后目光转向山的另一边的生活。当他们年轻的时候，毫无疑问他们充满希望并且胸怀理想去追寻更美好的事物，即便他们不知道什么是更美好。但是他们现在在这里。这就是他们的人生，这就是他们的事业。这就是，当然非常可能就是我的人生。我的人生啊！我的事业啊！我璀璨的人生！

疲倦啊，疲倦！

这个夏天，太阳手舞足蹈。夏天是残酷的，人生就是一个悲剧，我在心里默念。世界是个超级大傻瓜！在它上面有一些贫瘠狭窄的岩礁，在这些岩礁上，我们如此费劲地耗用一到两年的时间以至于指甲都磨损掉了，然后将我们推入无尽的黑暗和空白中，或者要承受更糟糕的折磨。

可怜的牲口呻吟着，迁徙让它感到紧张，皮毛磨损掉差不多早餐盘那么大，看上去令人心痛。

母牛不到痛苦不堪是不会呻吟的。我扭过头，带着十五岁孩子的理解力责问上帝为何要这样做。这已经足够让人类受罪了，假设这只是让世界变得更好的话，但对于动物来说——可怜无辜的动物们——为何它们要遭受如此虐待？

"快来，我们再试着移动一次。"爸爸说。然后我们再次行动。真奇怪，这头可怜的牛居然还有这样的体重。在数次挣扎后，我们再次扶起了它，然后小心翼翼地扶着它直到它能自己站立起来。爸爸和妈妈在后面，我和布雷萧在牛角处，我们把它赶回家，喂了它一把糠饲料。然后，我们回屋里工作，男人们坐在那里抽烟，还冲阳台吐口水，他们谈论了一

个小时旱情。我生了火，继续熨烫几小时前搁下的衣服。在
这样的天气里干这种活儿，真是件不愉快的工作。我们被迫
关闭门窗以隔绝风和灰尘。我们又热又累，脚疼得都站不
稳了。

疲倦啊，疲倦！

我打心眼儿认为夏天是个魔王，而生活是一种诅咒。

日复一日，旱情持续。现在又有了之前提到的那种大风
肆虐的现象。大风裹挟着干草离开围场又将其堆积于栅栏上，
充满灰尘的空气变得昏暗，似乎也预示着就要下雨，些许浮
云被风吹聚，但不知它们从何而来。一连几个星期，万里长
空没有一粒灰尘来玷污灿烂的天空中那夺目的光彩。

疲倦啊，疲倦！

这一件事我说了很多次，但是，重复多次令人厌倦的事
情，熟悉的疲倦可能会抵消一些它所带来的小苦头！

第七章 起 义

　　尽管我们小心迁徙，但除了五头牛以外，其余的奶牛最终不治身亡，甚至这几匹马也快不行了，因为他们生活在这广袤而贫瘠的牧场上。这片土地几乎没有任何草，马匹只靠温暖的天气和水存活着。不用说，我们过上了拮据的生活。然而，靠比我们幸运的亲戚的那一点点帮助，加上出售牛皮和妈妈饲养的家禽得到的钱，我们仍然设法偿付着从主教那里借来的利息，总算还有一口饭吃。

　　不幸的是，这个时候，主教的代理人，是个坏蛋，他畏罪潜逃了。我爸爸持有的收据显示，他定期支付的借款利息给了代理人。因为我们没有钱抗衡他的贵族身份，现在他们通过一些法律条款拒绝承认代理人和大教堂的债务关系。并且，他持有的细节证据让我们服从。在我们的不幸面前，这是有些过分了。我们哀求主教，他的回答却是叫来了法警并且拍卖了我们赖以生存的一切来抵罪。我们的五头牛、两匹马，我们的牛奶分离机、犁、板车、手推车，甚至是我们的厨具、书籍、画幅、家具，爸爸的手表，我们心爱的床、枕头和毛毯，除了身上穿的，我们已经一无所有，我的爸爸持有收据却还要付款。

若不是亲戚的慷慨相助，我们可能无法摆脱困境。他们用足够的钱赎回了我们的东西，我们的邻居也以饱满的热情和真诚的同情来解救我们。法警 ——一个地道的君子——了解了其中的实情，极大限度地发挥他的权力来帮助我们。

我们的家当放在房内，邻居安排了假拍卖，对此，法警睁一只眼闭一只眼。朋友们送来了钱，邻居们彼此投标竞争，不过并没有标的被拍出。每朵云彩后面都有一线希望，而贫穷这朵乌云后面有着非常光明的一缕希望。

贫穷时，可以看到人的真心，有钱的时候是永远看不到的。人们以单纯的友谊和爱，而不是为了吸取你的能量以达到自己的目的。一生贫穷一两次是值得的，这样就会体验到一点真实的祝福和真挚的爱情与友情。富人是不会有真朋友的，他们中的大多数恐怕都曾在心底怀疑别人慷慨的友谊和爱情都是假的，所谓的朋友蜂拥而上，不过是为了获得财富而表现出的殷切的关心。

我们的拍卖与主教的名字一起出现在当地的报纸上，爸爸收到了几封神职人员谴责主教行为的几句同情言语的信件。爸爸并不认识信件的书写者，大家都知道李察·梅尔文正在抛售家当以偿还债务。

通过亲戚的慷慨解囊和邻居真诚友善的帮助，我们的家具终于回到我们自己手中了，但我们能做什么呢？我们的农作物因缺乏雨水而枯萎，我们有五头并不看好的牛。

一天晚上当我正在睡觉时妈妈走入我的房间，认真地对我说："西比拉，我想和你谈谈。"

"您说吧。"我绷着脸回答，因为我在将我长期虚无的生活构思成一首小曲，此时由衷地感到疲倦。

"西比拉，最近我一直在思考，我们不能让你闲在家中，你得找些事情做。"

我什么也没有回答，妈妈接着说："恐怕我们将不得不完全打破家里没用的规矩了，你爸爸不知谋生，我很遗憾他不胜往日荣光。除了酗酒他像猫一样不会生存，小家伙们可以托付给亲戚；而大一些的孩子将不得不外出打工，这就是我可以预料到的我们的处境。可怜的小葛蒂，我想她必须去你祖母家。"

我仍然没有回答，于是妈妈问："喂，西比拉，你怎么看这件事？"

"您认为拆散家庭是绝对必要的吗？"我说。

"嗯，像你这么聪明一定会有更好的建议，"妈妈生气地说，"永远都是这样，只要是我建议的事，就被立即搁下，但从未有任何一件事按我想的去做，我想你可以设计一下我们在这边的生活。"

"我们为什么不能住在家里？布莱克肖（Blackshaw）和詹森（Jansen）都没有像我们家那样大的地方，将孩子们分开长大是很可怕的，他们会变得彼此陌生。"

"是的，你说得对，但是你的爸爸，只有五头牛，没有办法靠此东山再起。我感觉我的方式是最好的。"

"让亲戚们凑点钱，重整家园，这样岂不是更容易？"我回答说，"我们重新安排自己的位置，而不是让爸爸妈妈承担所有抚养孩子的责任。我相信这样的方式更受欢迎。"

"是的，这样也许会更好，但我认为你必须自力更生。他们会说你要抚养这么大的女孩吗?"

"我会去挣钱生活的,当你把我排除在家庭外,你将收获一个完美的天堂。没有邪恶复制,孩子们长大后会变成圣人。"我恨恨地说。

"现在,西比拉,你这样愚蠢,因为你知道,你对你的工作不感兴趣,如果你乐意,帮我照料家禽,熨礼服,为什么你不学着做饭?"

"做饭吗!"我轻蔑地反驳道,"那个老炉子冒出的火可以把一匹马烧死,清理炉子里面的沙砾和灰尘会让我心烦。另外,如果我想做任何额外的花式烹饪,都会以'买不起酥油或葡萄干,或是鸡蛋太稀缺的理由拒绝!'"

"西比拉! 西比拉,你变得庸俗了!"

"是的,我曾愚蠢到去尝试彬彬有礼,但我已经付出了,我的演讲风格是相当够用了,我低俗与否和做事情究竟有什么关系? 我可以养小牛挤牛奶,在这里碾磨我的日子。"我野蛮地回答道。

"还有,你看你总是不满足家里的条件,这是没用的。唯一有用的就是你自力更生。"

"我能养活好自己的。"

"你会做什么? 你能当学生的老师吗? 这是个很适合女孩子从事的职业。"

"我与古本女孩在竞争考试中能占什么优势? 其他人都有着优秀的教师辅导,我只有老哈利斯,他是这世上活着的最愚蠢的老家伙。再说,我认为教学极其讨厌。我会尽快去自力更生的。"

"你还不足以承担一般工作或是去做厨师,你还不能做一个合格的保姆,你不善缝纫,就没机会去当医院护士。你必须承认在这样的年龄你无事可做。"

"我可以做一堆事情。"

"那你告诉我是哪些。"

我沉默了。我感到，如果有机会，我觉得我有潜力脱颖而出，我将站在地球的最高处俯瞰现在的生活，更不用说我的情感和抱负。就事论事来说，妈妈对我的嘲笑比让我过着日复一日的煎熬的生活更糟糕。

"举几件你能做到的事情。"

按部就班非我意，随心所愿度此生。

"我要从事音乐行业。"

"音乐！在你能够靠此养活自己之前，你需要花费很多时间去训练，还要花很多钱！这是不可能的。你现在要做的就是找个工作安顿下来，培养你对工作的兴趣，还要补贴家用。要么你就出去找一份护士的工作，自己养活自己。这对认为在家工作不好的你来说，走出去拥抱花花世界是很美好的。"

"妈妈，您怎么如此不公平，这么残忍！"我吼道，"您什么都不明白。我从来没有想过我可以这样。我讨厌做肮脏的体力活，因为这种活儿实在太讨厌了，这种情绪一天比一天加深。无论您怎样宣传和鼓吹，这也只会让我比以往更加讨厌这样的自己。如果我必须要按您想的那样生活，无论我活多久，我都会痛恨地活着。因为现在我就敢肯定，这不是我想过的生活，我生来期望更美好的生活，如果我能重生，还能自己安排，我要生得无比低下粗俗，这样我就会有很多同伴，或者干脆是个白痴，这样更好。"

"西比拉！"妈妈用震惊的语气说道，"上帝没掐死你真是一个奇迹。这样我就不会听到你说的这些了。"

"我不相信有上帝，"我狠狠地说道，"如果有的话，他也不是像大家描述的那样充满怜悯，而是以折磨我为乐。"

"西比拉，西比拉！你就应该永远在我的肚子里，不要出来！你知道吗——"

"我只知道我讨厌这样的生活，我恨它，我恨它，我恨它！"我态度强烈地说。

"你说要走出去养活自己！为什么？世界上没有一个女人会让你在她家里生活的，哪怕是一天。你真是一个魔鬼！我的上帝啊！"妈妈开始哭了起来，"我做了什么被诅咒的事情才会生下这样的孩子？就没有别的妈妈和我一样！我到底做了什么？我只能祈祷上帝，相信他会涤净你邪恶的心灵。"

"如果你的祈祷得到了回应，我就变本加厉。"我反驳道。

"你快去祷告！"妈妈轻蔑地说，"还未满十六岁的孩子就如此猖狂，我已经不知道该如何做了。你从来不哭，或者从来不去请求宽恕。亲爱的小葛蒂现在也常常调皮，但是当我纠正她时，她就会忧虑并显现人性，而不是一个恶魔。"

妈妈边说边走出了房间。

"如果是为了要我痛苦才这么做的话，那么我已经请求宽恕很多次了！"我叫喊了起来。

"你肯定是疯了，这是解释你现在行为唯一的理由。"结束时妈妈说道。

"为什么你们俩就不能讲和，然后上床睡觉，而是像两只猫在半夜扯皮，是要打扰别人休息吗？"爸爸的声音从被子里面传来。

我的妈妈是个好女人——一个很好的女人——而我，我觉得，也不至于罪不可恕，但我们想法太不一样了。我是一台难以理解的机器，我的妈妈用错了方式，使我的所有轮轴都吱吱作响。

她想明白为什么我没有哭，也没有去乞求宽恕，更不要说顺从人性本善的原则了。我的泪水太过激昂了，可以减轻我负担过重的心！我拿起自制牛油锡棒蜡烛，看着我睡熟的妈妈眼中的可爱妹妹葛蒂（她和我睡一张床）。像我妈妈说的那样，如果葛蒂因为做错了事情而被人骂，她就会流下眼泪，说很抱歉，请求别人的宽恕，然后立刻就忘记这件事情。她能得到妈妈的理解，但我没有；妈妈觉得她有情感，而我什么都没有。如果妈妈理解我的话，她就会知道，我在一天里产生的喜怒哀乐之情，或许比葛蒂一生的还要多。

妈妈对我说那样的话，我生气了吗？我很害怕我确实生气了。我与我所知的任何女孩都完全不同。我内心的狂热野性究竟是什么？啊，那我可能也会流泪！我也会躺在床上啜泣。为什么我就不能像其他的女孩子那样？为什么我不像葛蒂？为什么新的衣服、每天的工作、时不时的野餐，也没有办法填补我的心？我吵醒了葛蒂。

"发生了什么事，亲爱的西比拉？快点睡吧。妈妈一直骂你，她总是骂人。这不要紧的，只要你说你很抱歉，她就不会骂了。我都是这样做的。快点睡觉吧，现在不睡的话早上会很困的。"

"我变成什么样子又有什么关系，如果可以，我宁愿死去。我是一个令人厌恶的人，我活着，没有人愿意要我，也没有人关心我。"

"我爱你，西比拉，比所有其他人都更爱你，我不能没有你。"她把她美丽的脸庞贴近我吻了我。

暴雨般的吻后暗藏着灵魂里的一点点爱，尽管它可能是短暂的，善变的！热泪盈眶的我在我妹妹的怀里和衣睡着了。

第八章 玫瑰会没有刺吗？

第二天早晨起床，我在自己身上看到了三样东西：一双红肿的眼睛，一阵强烈的痛楚，还有一个要写一本书的坚定决心。不过是一本书而已。几个小时后，在一个深秋的早晨，空气浓厚，我的眼睛肿胀、太阳穴疼痛，但写作的想法缓解了我的痛苦，而且已经深深扎根脑海。这已经不是第一次尝试了。两年前，每天晚上一两点钟我都会悄悄下床写点东西——关于一对成熟男女以正统的方式，尽着他们应尽的职责。我的祖母也知道这些，她写信给我的时候，总会附上邮票，好让我告诉她最新进展。我把这些文稿交给了悉尼一家出名的出版商。等了好几个星期后，我收到了一封礼貌的回执，大意是说，这个故事看出了作者的能力，但很多地方都看出了作者的经验不足。写作是探索文学最好的方式，而终有一天——我坚信——我会在澳大利亚小说家行列中占一席之地。

如果对一个十三岁的孩子来说她的将来会发展得很好的

话，可能会鼓舞她步入文学创作的璀璨生涯。但我觉得这封回执就是一个模板，发给所有没有名气的作家，可能发送者连他们故事的名字都不清楚。之后，我还写了几篇短篇小说和散文。现在的情感让我想写另外一本书，但我并不抱任何成功的希望，因为对我来说，我没有更多的时间去研究文学。我很少能看完一本书，只能忙里偷闲利用碎片时间来阅读。

不过，我拿偶然得到的几个先令买了信纸，每个星期都趁着休息，悄悄地用几个小时写作。白天还要应付我妈妈安排给我的活计，这让我很疲惫。而且，我总是会忘记我要写的事情，我的身体太需要休息了。工作的时候我不断地抱怨，抱怨工作拖累了我。

妈妈不知发生了什么事。一开始，她以为我在偷懒，便用不同的方式来惩罚我。但我并没有变得无礼而让她生气，因为写作占据了我的脑海。后来，她开始害怕，觉得我肯定是生病了，带我去看病。医生说我太早熟了，天气变暖和就会好转。他给了我一剂强心剂，我把它扔出窗外。我没有再听到让我出去当护士的建议了。爸爸加入了社区的道路维护队，这说明锅又能揭开了，虽然境况仍不见好。

时间慢慢流逝，而我也看到，这种没有保障的生活将会变成什么样。直到1896年7月的一天，妈妈收到了一封来自她妈妈的信，这封信给生活带来了令人愉快的变化，但是，像所有的甜果一样，它也带有苦涩。信的内容如下：

　　　我亲爱的女儿露丝：

　　　　这封信很短。我没有时间，因为有四五个陌生人刚到，希望能留下来过夜，有一个佣人出去了，我只能去安顿他们。我想聊聊西比拉，从你这儿听到，她对你已经造成了困扰，我感到很忧心。她肯定是生病了，如果不是这样，她绝不会像你说的那样的。她还很年轻，安定下来的话当然会更好。我们只能祈祷上帝保佑她。你尽快送她过来，我会给你路上所有的费用。这样做对她而言是好的，如果她能够变好，只要你愿意，我就会一直继续照顾她。现在就谈婚论嫁，她可能还太年轻了，但再过一年，她就会长大，我在她这个年龄就已经成家了。如果她早结婚，或许能改变她。无论如何，离开波索姆谷对她来说是件好事，现在她正慢慢长大，那里或许对她性格的形成无益。她在这里可以做一些对她有益的事情，我会指导她的。我很快再去接葛蒂来，和西比拉一起，这样，或许她便能得到内心的平静。

爱你的妈妈

博斯厄（L. Bossier）

我的妈妈给了我这封信，而当我仔细读完后，妈妈问我去不去，我冷冷地回答道：

"当然会，贫民和乞丐不能挑肥拣瘦，让我住在波索姆谷，还不如去卡达加的外祖母家。"

因为我的外祖母给了我们这个家很大的支持。

至于风景，美丽的波索姆谷因为拥有了金合欢树而变得迷人。成荫的大树和丛生的灌木装点着靠近丘壑的房子，不同品种的园艺为其增光。幸福的星期天下午，收到这封信后的几个小时，我自由了，我走出了家门，踏上后面的一条小道，在我最喜欢的金合欢树下坐了下来，给了自己一点思考的空间。

妈妈一直告诉我的外祖母——我最爱的外祖母——我的

缺点。妈妈用母爱的光辉一直保护着我，自己却承受了我的罪过。虽然这次激怒了她，但我并没有感到吃惊，因为妈妈已经习惯让邻居们知道她是对的，而我只会不喜欢和抱怨工作，正如她在充满感情的信中最后一部分写的那样。哦，天哪！如果我的妈妈了解我的痛苦，明白我每一分每一秒都过得很煎熬，稍微考虑到我受苦时的样子，她就不会给我看那封信了。

有很长一段时间，我被认为是丑陋的化身——在婚姻市场上，我并不是一个值钱货！我的外祖母是老古董，她认为女孩唯一需要做的就是嫁个好人家。所以，知道了她想让我早早结婚的想法和目的后，我没有感到意外或者生气。我很痛苦。嗯，讨厌！哦！啊！我没有办法表达现实带给了我怎样的感觉。它就像是一把残酷的锯齿刀插入我的心脏并将其切开，不是因为结婚会对我造成什么不好的影响，而是因为我单纯对婚姻的反感。对我来说婚姻似乎是最可怕的束缚，女性将在不公平中苦苦挣扎。如果婚姻是有爱存在的话，那日子尚且还能过得去。但我嘲笑爱情，并决定永远、永远、永远都不会结婚。

信的另一部分却也给我带来快乐，就是，我马上要去卡达加了。

卡达加，我出生的地方！卡达加，在祖母温和的爱与一次次的抚摸下，我度过了甜蜜的幼年时光。卡达加，我内心深情地供奉为家的地方。卡达加，披上了大自然外衣的美丽梦想。卡达加，卡达加！我的卡达加！卡达加万岁！

对我来说，卡达加此刻正处于沉闷冬日的寒冷中。我站在金合欢树下，沉迷在自己的世界里，直到葛蒂来告诉我，茶已经准备好了。

"你知道吗，西比拉，轮到你准备茶了，但我都帮你安排好了。妈妈正到处找你呢，她还说你是不是又发脾气了。"

漂亮的小和事佬！她经常为我做这样的事情。

"谢谢你，葛蒂，谢谢你，我会工作两个晚上来弥补你的，如果我在这里的话。"

"如果你在这里！什么意思？"

"我要走了。"我回答说，偷偷看她会不会表现得关心起来，因为我很渴望爱。

"因为妈妈老是骂你，所以你就要离家出走了吗？"

"不，你这个小傻瓜！我要到卡达加和祖母一起住。"

"永远吗？"

"是的。"

"真的吗？"

"是的。"

"你用名誉保证？"

"是的，我用名誉保证，确实是这样。"

"你不会再回来了吗？"

"我不知道会不会'永远'不再回来。不过我会一直向前，直到走在前头。你不在乎吗？"

是的，她在乎。她脸色沉了下来，幼嫩的小嘴颤抖着，美丽的蓝眼睛很快就能掉下眼泪。我注意到她的每一个细节，觉得很享受。这不是我应得的，因为，虽然我十分喜欢她，但一直以来我却没有对她表示过亲切和喜爱之情。

"那以后谁给我讲故事呢？"

这算是我的一个习惯，给她讲我天马行空的故事。作为回报，她为我在睡觉时间起来写东西的事情保守秘密。我不得不让她保持沉默，因为就算是十分相信我的葛蒂，有一两次在晚上醒来，发现了我在写作，还以为我得了精神病，而我只得防止她朝着爸爸妈妈大声叫喊。但我让她保守住秘密，还给她讲了让她的大眼睛笑出眼泪的故事——这是我的幽默感使然。

"你很容易找到别人给你讲故事的。"

"可是不像你说的那样了。贺拉斯一直欺负我，以后还有谁会帮我呢？"

我抱着她。

"葛蒂，葛蒂，答应我，你一定会永远喜欢我。永远，永远不要忘了我，答应我。"

她的头靠在我的肩膀上。冬季的阳光把她的头发染成金色。葛蒂答应了我，带着不定性的小孩子的脾气答应了我。

第九章　自我剖析

　　作为一个小小的孩子，我总是梦想着长大后会做什么伟大的事情。我的目标是在无边的丛林中独自生活。当我长大了才明白，我是一个女孩，以后会变成一个女人。而我只是一个女孩，如此而已。回到家后，我受了很大的打击，天底下谁都可以听从自己的内心去征服命运，而女人们，打个比方，则好比被捆绑了双手，忍受着命运的折磨。她们只有花心的男人，她们被殴打导致瘀伤。久而久之，我已经习惯了这个枷锁的束缚。身为女孩我感到失望，但我并不甘心如此。事实上，我发现，作为一个女孩还是很愉快的。直到我明白了一个可怕的真相后，我才恍然大悟——我是丑陋的！我的整个生活变得苦涩，连着几宿我都深陷痛苦之中。这是一种敏感的永远不会愈合的痛。我长得像妖怪般的模样可以吓跑别人，在这种条件下，我只能培养自己的智慧。更糟糕的是！女孩！女孩！你们谁都有勇气，都愿意成家相夫教子，而不是成为才女。婚姻磨合可能有效，但若你有麻风病也会被婚姻驱逐。所以，如果你觉得你比常人聪明，尤其是你才华横溢的话，那么劝你隐藏你的才智，收起你的主意，表现出愚钝无知的样子，这是你唯一的良策。一个女人的美丽，会掩盖她所有的缺点。她可以是不贞洁的、索然无味的、不诚实的、轻率的、无情的，甚至是狡猾的，也都无妨，只要她是美丽的，人们都会向着她。在这个世界上，只要女人长相好看，男人便会给她撑腰。男人们屈从于权力，是世间的支配者。一个长相普通的女人就没有办法被原谅。长相丑陋的女婴的命运是这样的，出生那一刻就应强迫爸爸妈妈处死她。

接下来的不愉快就是我的事了，我可怜我自己。我向身边的同龄女孩子学习，和她们作比较，我们一直相映成趣。她们都有相同的优点，而还有一些女孩子，有更多的优点。我们一起来到了一个狭隘乏味的世界，但她们不仅身在其中，而且她们就是这个小世界的一部分。而我没有。她们在平时的工作和生活中获得一丝快乐，为她们的生命之灯提供了足够的油。至于我，我想要的，远远超过波索姆谷的提供力。她们完全不理会外面的外界。帕蒂（Patti）、梅巴（Melba）、欧文（Irving）、特里（Terry）、吉卜林（Kipling）、该隐（Caine）、科雷利（Corelli），甚至是格莱斯顿（Gladstone），都只是些名字而已。他们不认识也不关心岛屿和赛马。可我不一样。只要是我想得到的信息，除非它还没出现，否则没有我不知道的。我们除了当地的报纸，其他便一无所知，我看过几本书，一年之中难得有幸与高级阶层中的有教养者谈一次话。此外，我还知道一些在文学、艺术、音乐、戏剧等方面的名人，他们的世界就是我的世界，在幻想中，我与他们同在。我的爸爸妈妈想要阻止我放弃这种愚蠢的念头。他们曾经也酷爱文学和艺术，但现在，这些没用的东西让他们失去了兴趣。

我不满、不安，我没有办法忍受生活，我渴望激情。"行动！行动！给我行动！"我哭了。妈妈按照她的想法对我使出浑身解数，她极力鼓动我，所有陈腔滥调的说教都被引用了，但收效不大。这就像用普通的药方子应付那些没有专门医生治疗的疾病。

我每天都听到大量烦人的旧条规："你眼前要做的事，你就要尽你的全力去做。"每一天，我都三番五次地被告诫说，生活里最小的事情，就是最高尚的，而那些我恍惚中见到的伟大的人，也是这么说的。我通常要反驳道，我十分清楚这些小事很高尚。而我亦可以像任何哲学家一样，把这些小事写成一篇好文章。伟人们提出的渺小、空虚和单调生活的伟大之处，但他们为什么不去过这样的生活呢？

> 耙下晓蟾蜍，
> 耙齿始为知。
> 蝴蝶舞路上，
> 宣扬蟾蜍信。

我不想赞同那种像沉闷的蟾蜍一样顺从的贵族；我渴望获得一些蝴蝶的胜利，虽然这种胜利被人谴责是空心的气泡。我追求足够有朝气的生活，我把下面的诗句当作我的座右铭：

> 虽说掉进波光粼粼的小溪的投手，
> 最后总被打破，
> 此外，在其他的地方，分数被填补，

让投手在家里，让它永不漫游。
但是，就像一个趴着的没用的傻瓜，
然而，迟早机会会来。
当小木片被扔在了草皮上，
当船舶破损变老，
珍惜破旧的陶土，
就好像珍惜处女般金贵？
好好照顾自己，灰暗、粗野的小精灵，
谨慎如你好似圣人；
你的投手将打破发霉的架子，
而我在耀眼的水流处。

　　我的阅历让我感受到，要想改变自己是徒劳的。在当今激烈的竞争中，我并没什么机会。机遇，并非天赋，是主要条件。命运拒绝我得到一点好处或机会，所以我很无奈。我努力发挥所长，我勇敢地将灵魂投入到"上帝如果召唤我，我便会很快乐"的状态。我被命运击得粉碎。我很渺小，我的心伤痕累累。但很快我就把注意力从一件事转移到另一件事，但是命运怎么也不让我挤进波索姆谷这个狭小的盒子中。

未曾满足的梦想，
带来了不安的悸动和狂热，
对神秘而美好的东西，
怀着疲惫的渴望和憧憬。
那无情荡漾的湖水，
是否被沙砾覆盖。
湖边的流浪者黯然失落，

　　他因为止不住的干渴而倒下。

　　在陌生的黑暗的地方，我的灵魂想努力平息残酷的渴求，却一无所获。于是它跑出去追寻上帝，因为没有寻到而感到厌倦。

　　高层次的生活不知不觉地渗透到我的气息中，随之而来的是人世间的罪恶与哀愁——被压迫、被践踏着的数以百万计的被上帝遗弃者的哭声！社会机制需要及时调整——因为事情已经变得扭曲。噢，我要找到治愈的方法，并把它送给我的同伴！问题在我脑海里盘旋，让我觉得昏眩，我无法自拔。有这种见解的男人，本身是对自己的诅咒；但换成一个女人，被如此描述真是可惜！她不仅仅是超出自己范围的一个存在，她还是一个没有自我，孤独地存在着的生物！

　　认识到这一点，我回头诅咒上帝，为什么让我承受远超出我承受能力的东西?！我破口大骂，内心深处却在低语：没什么好骂的，因为根本就没有上帝，我从不相信上帝的存在。但我并没有追捧或期望无神论。我渴望成为一名基督徒，然后与非信徒作斗争。我曾经向身边的基督徒寻求过帮助。天真的傻瓜！我还不如宣布我是一个妓女。一记耳光打得我名誉扫地。有人说，在上帝存在下，不可能没有信仰，我只是做了有损名声的事，他们立即同我断绝了来往。

　　居然不信上帝！我疯了？

　　如果真有上帝，他们会亲切地告诉我如何找到他吗？

　　祈祷吧！祈祷吧！

　　我祈祷过，频繁而热烈，但内心深处却不断传来低语：有什么可祈求的。

　　啊，苦涩的、绝望的且心灵空洞的不信神的我，只有无神论者可以理解！生无所取只想早进坟墓，它不时地让我陷入深深的忧郁中。

要是我爸爸占有一片肥沃的土地，毫无疑问，作为他的女儿，我的生活会一直这样充满欢乐，我就不会自怨自艾。或者，假如我有一个能理解我的处境的朋友——一个可以让我交心、让我依靠的人，我可能变得更好。但在这广袤的世界里，没有一个人向我伸出手来。我恨恨地说："世界上没一个好人。"在温和的心境下，我说："啊，为何如此纠结！这些有心无力的人，这些有力无心的人啊！"

坏人，就像一盘棋中过于强劲的对手，从来只用手指轻轻一推，便能将死一个脆弱的"王"。

遗憾的是，我缺乏自力更生的能力。我还需要有人帮我度过这样艰难的生活，但我发现，我找不到这样的人，因此在我十六岁的时候，我成了方圆几里地都找不到的异教徒和玩世不恭的人了。

第十章 远去的波索姆谷, 万岁! 万岁!

如果一个悉尼人有古本的朋友, 他会说他的朋友住在乡下。如果一个古本人在亚斯 (Yass) 有朋友, 他会说他的朋友住在乡下。如果一个亚斯人有永恩 (Young) 的朋友, 他会说他的朋友住在乡下, 如此等等。而卡达加, "就在乡下"。

1896 年 8 月的第二个星期三, 我在古本火车站买了票, 于凌晨一点左右, 搭乘开往墨尔本 (Melbourne) 的邮政列车。这趟旅行时长三四个小时, 同时, 我必须花费两个多小时换乘。在那列车厢里, 我是唯一一名来自古本的乘客, 其他旅者已经睡着一段时间了。有一两个人挣扎地睁开他们的眼睛, 闷闷不乐地盯着我这位陌生人, 然后又继续睡觉。对我来说, 列车的晃动是一种享受, 我没有感到一丝睡意。我站了起来, 将我的额头贴在寒冷的窗格中央, 想通过雾夜, 辨别那些飞过的景象。

我对未来充满了愉快的期待, 以至于忘掉了过去的不快。

我一点也不后悔离开波索姆谷。恰恰相反，我因为从中得以解脱而高兴得手舞足蹈。我要回家了！上帝不允许我在波索姆谷的经历成为家的记忆里最重要的那部分。我几乎是在那里长大的，但在我心里，却从不把那里当作家。我讨厌它，而且现在很恨它，恨它的狭小和让人烦闷的单调。它并没有给我留下一个单纯美好的回忆，只有沉闷、烦躁和空虚。不，不，现在我没有离开家，我正踏上回家的路途。回家，回卡达加，家里有布满蕨类的水沟，有酸甜流淌的山泉，有博公斯（Borgongs）的威严；家里还有亲爱的外祖母、舅舅和姨妈，有书籍还有音乐；家里有高雅、有陪伴、有快乐，还有我挚爱的老房子。

　　我的火车之旅一路美好，下车后一个留着红色大胡子的男人来接我，他告诉我他是邮车司机，受博斯厄（Bossier）夫人之托来照顾我。他还跟我讲，他很高兴做称之为"同样的"的事，在他的照顾下我很安全，就像我一直受着上帝的保护。

　　二十六英里的车程虽不算愉快，却也相安无事。因为我是唯一的乘客，所以有随意选择座位的权利。天气寒冷而潮湿，我坐在了最里面，蜷缩在座位上。每隔两三英里，这种平静的状态就被司机善良的攀谈所打断。

　　在中途驿站（Halfway House），五匹马的阵型需要变化。我吃了一顿饭，调整了余下旅途的状态。下午两点半，我们到达的时候天气变得更冷了，视野里没看到古尔古尔（GOOL-GOOL）乡镇裸露的铁屋顶，可我一点也没有感到遗憾。我们先去了邮局交付邮件袋，再作折返，在伍尔帕克（Woolpack）酒店门前拉住缰绳。一位身材高大的年轻绅士，穿着雨衣和帽子一直站在阳台上。他走下步行道，停在我们面前，举起他的帽子，探进车里问道："哪一位是梅尔文（Melvyn）小姐？"

看到我是唯一的乘客，他风趣地笑了笑，露出两排完美的牙齿，转身对司机说："那是你唯一的乘客吗？我猜这就是梅尔文小姐了。"

"她出生的时候我没有看到，我也不敢保证，但我相信她是，千真万确。"他回答说。

我的身份被确定，因此，那位年轻的绅士极有礼貌地帮助我下车，又叫酒店的马夫收起我的行李，把它们放在去卡达加的马车上，迅速给马匹套上缰绳。然后，他把我领到了私人会客室，在那里，一位周到的服务员正拿着一些点心等候着我。在我烤火暖脚准备吃饭时，他给我看了一封信，上面是我外祖母的笔迹。在信里面，她告诉我，她和我的姨妈刚从糟糕的感冒中恢复过来，觉得在这样恶劣的天气里，来镇上接我是不明智的；但弗兰克·哈登（Frank Hawden）管家会帮忙照顾我，付酒店账单，给司机小费。卡达加离古尔古尔还有二十四英里路，后半部分的路丘陵起伏。现在已经三点多了，阴雨连绵，早冬的下午十分短暂，所以我以很快的速度喝着茶吃着蛋糕点心，以免耽误想要帮我上马车的哈登先生。车夫在院子里牵着马等我上车，一上车他马上跟我攀谈起来。

"看到包裹上你的名字，我就预感你是博斯厄家的人，我猜你可能是迪克·梅尔文在布鲁格布朗的女儿，从蒂姆林比利来的。"

"是的，我是。"

"好吧，小姐，我最记得你亲切的爸爸迪克·梅尔文了，他是一个很好的老板，我祝愿他一切都好。我是比利·哈兹力普（Billy Haizelip），玛丽（Marry）和简（Jane）的哥哥。你还记得简吗?"

我答应帮他转达他对我爸爸的致意，但来不及谈论别的人。因为哈登先生说我们要摸黑赶路，他鞭打着马匹疾步快跑起来。不到两分钟，古尔古尔便淡出了我们的视线。天下着毛毛细雨，所以我打着外祖母给我们的大伞。与此同时，我们谈论着天气，谈论着雨水在最近是如此急需和稀罕，我们都期望雨能够一直下。这里的土壤肥沃，遇一点水就能变成泥浆。泥浆堵塞了轮子，刹车上也满是泥巴。临近的马匹用讨厌的方式跺着前掌，它每走一步就会把稀软的红泥巴甩到我们身上。但是，尽管有这些琐碎的缺点，被这两匹穿戴漂亮的马具的胖马毫不费力地拉着，却是件令人愉快的事情。而对我们家可怜的瘦弱的老马来说，这是一个强大的反差，它只能披着满是补丁的马具，笨拙地爬行。

哈登先生说话根本停不下来，聊天气聊到无话可说后，沉默了一段时间，随即他又开腔了，"那么你是博斯厄夫人的外孙女，是吗?"

"我出生的时候我不记得了，我也不敢保证，但我相信我是，千真万确。"我回答说。

他笑了。"你模仿邮车司机模仿得很棒。不愧是博斯厄夫人的外孙女! 好了，我可要笑了!"

"为什么笑?"

"你是博斯厄夫人的外孙女。"

"哈登先生，我担心在您的赞美中有些反语的感觉。"

"嗯，我更应该笑了! 你想知道我对你的看法吗?"

"当然了，我也会珍惜您给的意见，我敢肯定——我很确定——您已经对我有个大概的想法了。"

要是在平时，他的自负会遭到我的冷落，但今天的我感觉飘飘然，非常愉快，决定拉他出来逗逗自己。

"好了，你一点也不像博斯厄夫人或贝尔（Bell）夫人，她们都是那么好看。"他继续说。

"的确！"

"当我看到你没有以可爱伪装自己的时候，我很开心，因为这不是一个女孩值得一个男人浪费感情的地方，我对你寄予厚望。但我很喜欢美女。"他说着废话。

"我很对不起，哈登先生，我敢肯定，只有足够完美的人才值得拥有像你这样的感情，您的那位肯定也是如此。"我同情地说。

"没关系的，别担心。你长得不难看，而且，和你在一起，你的伴侣会得到很多乐趣的。"

"我敢肯定，哈登先生，您给我太多的赞美了。一想到您的首肯便让我很兴奋。"我以最大的尊重回答道，"您这么有风度有教养，以至于一见到您我就被震住了，觉得您可能完全看不上我。"

"不用害怕。你不用害怕我，我不是那种坏人。"他以鼓励的语气回应我。

从他的口音和天真的神态判断，我觉得他不是本地殖民地居民，所以我让他谈谈他的过去。他是一个土生的英国人，但后来到过美国、西班牙、新西兰、塔斯马尼亚等地方；通过努力，一度使自己成为一个有名气的人物，走到哪里都会造成混乱。

关于这个话题，他喋喋不休了近一个小时，不自觉地，我对他只是礼貌地微笑，以做回应。后来，我换了话题，我又问他我们右边的铁丝网架起来多久了。这个最新建立起来的铁丝网，取代了我童年记忆中的那个老凤头鹦鹉栅栏。

"上好的篱笆，是吧？八根铁丝，一根高竿，还有非常粗壮的杆子。这是哈利·比澈（Harry Beecham）今年承办建造的，全长十二英里。这花费了他很多钱，因为没有得到低价的投标。在旱灾的影响下，土地变得贫瘠坚硬起来。这些树是菲弗·鲍勃·唐斯（Five Bob Downs）的，看，面积远远超过这个范围。但我想，你应该比我更了解这个地方。"

我们现在距目的地还有不到一个小时的旅程了。虽然我自八岁后从来没来过这里，可是有很多标志性建筑对我来说还是一样熟悉。

在我们右侧，有一条静静流淌的河流，透过水面的波光，偶尔还可以看到岸边整齐茂密的灌木丛。短暂的傍晚接近尾声，雨水带来的白色烟雾慢慢从山丘上爬下来，停歇在我们的左边的凹陷处。V字形的峡谷映入眼帘，这里则是被称为野鸡峡（Pheasant Gap）的地方。哈登先生说，因为这附近有很多的禽鸟，所以才这样命名的。夜幕降临，成百上千的麻鹬鸟排着队从沟壑中缓缓飞起——我多么喜爱它们寂寞的哀号！我们拉起卡达加的大门之前，天是如此的黑暗。

许多狗冲上来汪汪乱叫，前门被打开，光束和声音就传了出来。

我从车上下来，觉得非常紧张。我是一个扮演坏角色的穷光蛋。我的外祖母怎样接受我？可亲爱的，我没什么好担心的。她热情地用一个很大的拥抱揽我入怀，说："我亲爱的孩子，你的脸真凉，我很高兴你来。这真是一个天气糟糕日子，但是我们很高兴能够下雨。你肯定冻坏了，来火边取暖，孩子，快点来。接近火炉，温暖温暖身子，我没有亲自去接你，希望你能原谅我。"我妈妈唯一的妹妹，我高大优美的姨妈，站在她身边。她给我一个吻，亲切地拉住我的手，说："欢迎你，西比拉，我们很高兴有年轻的人来照亮这间老旧的房子。真的很对不起，我身体很不舒服，所以不能亲自去接你。你肯定冻坏了，快来火炉边取暖吧。"

我的姨妈总是说话很少，非常安静，但是回家的时候总是风风火火的。

我几乎没有办法相信，她们居然接待了我。她们一定是搞错了。这种接待方式适用某位身份高贵的亲戚，而不适用一个丑陋、无用、糟糕的小乞丐。

她们的欢迎比我听说过的那些加起来都热情，使我那铁石心肠稍有软化。

"把孩子带到里面来，海伦（Helen），快点！"外祖母说，"我看到那个男孩在照顾马，就觉得不能完全相信他。我明明告诉他把这些狗拴在这里，但它们这会儿汪汪地叫，我耳朵都被震聋了。"

在阳台放下湿伞后，海伦姨妈领着我进了餐厅，一个女仆正愉快地铺设桌子。卡达加是一个风格非常古老的房子，所有的前房都直通阳台，没有类似大厅的过渡，因此我需要穿过餐厅才能来到我的卧室。姨妈向女佣安排事务的时候停顿了一会儿，这时我看到了我记忆中沉重的银餐巾环，还有老式的晚餐盘和火舌贲张的宽阔白色的壁炉；但最吸引我的是墙上的美丽壁画和散放着报纸、杂志和一些新书的桌子。在一本书的后面我看见了"科雷利（Corelli）"，而另一本——我很喜欢——是特瑞白（Trilby）。毗邻房间的客厅里，有一架色调美丽的钢琴，这三样东西我都渴望已久。想要陶醉其中的冲动马上俘虏了我。我想要立刻收拾桌子，抓住并且马上开始阅读这两本书，同时我又急急忙忙冲到钢琴前演奏，然后，我又去欣赏壁画，三件事同时进行。幸运的是，我的理智战胜了我，而海伦姨妈这个时候把我领到了一间漂亮的小卧室里，说这是我的房间，还帮我脱下斗篷和帽子。

虽然我的手指在火边烤着，但我的眼睛却被挂在壁炉上的那张美丽肖像所吸引。上面可爱的女孩身着飘逸的白色晚礼服，美丽而青春。

"哦，海伦姨妈！她很可爱是不是？这是你吗？"

"不是，你认不出来吗？这是你妈妈。这是在她结婚前照的。我现在要先出去了，你准备好就赶快出来，你的外祖母很想好好看看你。"

海伦姨妈出去的时候，我就立刻对着镜子把我的头发散了下来。我对装束并不感兴趣，平时穿着马马虎虎。这种表现曾让我妈妈认为我神经不健全，她觉得年轻女孩就应该打扮得很美。我曾经试过一两次，用娇滴滴的打扮让自己看上去变得漂亮可爱一些。但是，想到我的丑陋一如既往，我便放弃了这项糟糕的工作。

凝视着我妈妈的肖像，这是我印象中她最可爱的面孔之一。根据经验，这种姿势不算完美，但是表情里却展现出天使般的甜美、自豪、温柔和快乐。沉思中，我的目光投向了一张放在梳妆桌上的银相框里的照片，这是我爸爸的照片，一张相貌堂堂的面孔，五官端正，表情文雅。这位就是赢得露丝·博斯厄（Lucy Bossier）芳心的王子。我环顾漂亮的卧室四周，这曾是我妈妈的闺房。母亲在一个城市寄宿学校里以及氛围愉快的家庭环境中，她度过了自己的青春。

我想起这对在波索姆谷的夫妻。这个男人眼神迷茫，外观邋遢，并没有尽到他作为一个爸爸和一个公民的职责。这个女人由于在贫困中徒劳地挣扎，导致皮肤粗劣，脾气不好。

他们还是照片中的人吗?

是生活,改变了我的爸爸妈妈!我不奢望今后会有什么好的结局!我闭上了眼睛,对我渺茫的前途打了一个寒战。因为我的妈妈已经断送了她的青春、自由和力量;她已经牺牲了女人最大的财富。

我来到了餐厅,在那里,外祖母正等着我,又给了我一个拥抱。

"到这儿来,孩子,坐在我身边,靠近火炉,但先让我好好看看你。"她与我拉开一点儿距离。

"亲爱的,哦,亲爱的,不像其他亲戚的小可人儿,你的皮肤那么漂亮,那么干净,我很高兴,我所有的孩子们都有这样美丽的肤色。天哪,我从来没见过这样的发型!辫子比我的胳膊还粗,而且几乎到了你的膝盖!而且像你姨妈一样,你的头发是美丽明亮的棕色。你妈妈的头发是亚麻色。我要看你睡觉时的头发松散的样子,我很羡慕你有这么多而且美丽的头发。"

女佣宣布晚餐准备好了,外祖母大力地摇响了小铃。海伦姨妈、一位女士和一位绅士出现在客厅里,哈登先生从后面走了进来。我发现,这位女士和这位绅士,一个是我们的邻居,另一个是他带回家的新家庭教师。外祖母看到他们下午在躲雨,就出去劝说他们留宿在卡达加。

哈登先生现在没空理我,但告诉了别人我的优点。晚饭后,我们在客厅欣赏音乐唱唱歌。我觉得很享受,但外祖母觉得我该睡觉了,因为我自昨天半夜到傍晚,一直都在赶路。可我不累也不困,但我也知道抗议是没用的,所以和大伙道了晚安就离开了。哈登先生礼貌地向我示礼,海伦姨妈低声说,如果我还醒着的话,她会过来看我。

外祖母拉着我到我的房间，想要看我的头发，我摇散头发让她看。她说怎么看她都很喜欢。她说我的头发精美细腻，柔顺丝滑，而且是波浪形的，是她所见到的最美妙的头发。

突然有响动从后屋那边传来。外祖母走了出去说要看看发生了什么事，然后她没有再回来。我灭了灯，坐在火光中思考着。

这是第一次我想到我离家时的情景。假如我只离开一天的话，爸爸亲吻我的时候毫无感情；妈妈也会给我很冷淡的吻，然后只简单说几句，"西比拉，我希望你在外祖母家会比在我这里有进步。"葛蒂是唯一一个对我的离去感到伤心的人，但我知道一两天后她会忘掉的。他们绝不会想我，因为我在他们的心里没有一席之地。老实说，如果说我是一个不尽职的孩子，我实至名归。我没有任何优点能赢得他们的骄傲和爱，但我的内心因爱他们而哭泣。

葛蒂今晚会想念我吗？假如我们俩的位置颠倒一下，我是一定会想她的。她应该不会想我。我不在家里喧闹的茶桌旁，家里会一片安静吗？恐怕不会。

我想到可怜的妈妈在家里辛勤劳作，我的心就变得沉重起来；我并不记得爸爸的错，这么多年来，他对我一直表现出极大的耐心，我也一直很爱他。可为什么，哦，为什么他们不能爱我一点，就一点点，当作回报也好啊！当然，我从来没有努力做到让人喜爱，却不求回报地挥霍着爱！为什么我如此丑陋、肮脏、悲惨又无用？为什么世界之大，我却无处安身？

第十一章　海伦姨妈的计划

"我亲爱的西比拉，怎么还没睡觉啊？还哭得这么伤心！告诉我发生了什么事了。"

这是海伦姨妈的声音，她进了房间，还开了灯。

海伦姨妈很正直也很真诚。她从不为了展示她是多么善良而和任何人争执，或者是假装对他们同情。她是真实的，你会觉得不管任性的还是可怕的事情，你跟她讲了就不用担心她会为了图乐子而跟别人讨论，她最好的一点是，她从不夸夸其谈。

她坐在我身边，我搂住她的脖子抽泣起来，讲出我的烦恼。在这世上没一个好人，在这里我是如此无用，没人爱我或者接受我的丑陋。

她静静地听我说完，然后平静地说："你想听的话，我会和你聊聊。"

我立刻控制住自己，然后充满期待。她会说些什么？当然不会是那种乏味的老生常谈，说什么这个世界不过是一个试验场，我们要耐心等待即将到来的美丽世界。这种老调重弹对在坟墓边缘摇摇欲坠的老人可能很有效，但对青春浪漫、身体健康的年轻人来说，让他们的血液里流淌这样的思想，是最烦人的。她会说我对我外貌的抱怨，是不符合实际的吗？这是我最大的祈祷了，因为这把我从"漂亮女孩都是天生的"这种话里拯救出来。但我的另一点困惑，却让我难受得要死，因为我相信在这世上，没有一个人会因为另一个人不美而去祝福她的。其实我不必担心海伦姨妈为了应付我而老调重弹。她总是说一些勇敢和安慰的话，这让我对于我的自私、自大、自负感到十分惭愧。

"我理解你，西比拉，"她清楚而慢条斯理地说，"但你一定不会去做一个懦夫。这世上有千千万万种爱，所以你必须去寻找它。被别人误解是我们所有人都必须忍受的事情。我觉得，即便是最志同道合的人，在一些方面也会拥有他们自己的想法和感受，没有人能与他分享，爬得越高，承受的东西就越多。我认识很多年轻女孩，她们中有好的、真实的，但你有一种特质比任何女孩都明显。这样的能力，如果你管理得当，便可以得到众人的喜爱。但你却野蛮任性，所以你必须遏制和改变自己的性情，否则你会比一个空空如也的人更糟糕。你会发现，普通的长相并不会阻止你获得友情之爱——世上唯一真诚的爱。至于男人对少女转瞬即逝的激情，这并不是爱，我不是叫你不用去理会，毕竟在一定的阶段，就要知晓人类的天性了。但我要安慰你：这种激情在面容姣好的人身上与长在相貌普通的人身上一样，很快被人忽略。"

她转过脸，叹了口气，忘记我的存在般陷入沉默。我知道，她在想自己的事。

她不缺友爱，因为任何了解她的人都会给她爱和尊重，但有些爱，已经离开她了。

十二年前我来卡达加，海伦姨妈正值十八岁，而且是澳洲最美丽、最可爱的女孩。那时，有一位名叫贝尔的英俊上校因为健康关系来到卡达加度假，享受着有益健康的悠长假期。后来，他娶了海伦姨妈，带她随军去了美国的一些地方。我听别人说，她很崇拜贝尔上校，但不到一年，他便厌倦了他可爱的新娘，迷恋上了别的女人，他想离婚。但考虑到妻子并没有做错什么，他不能这样做；最终他还是抛弃了她，和他的情妇住在一起。这迫使海伦姨妈回到卡达加，她的妈妈曾劝她提出离婚诉讼，很容易就能解决的。

世上有这样一种观念，如果一个女人和她的丈夫分居的话，就全归咎于妻子。但她年轻纯洁的贝尔夫人的身份，并没有像其他人一般受到责难。不过，她的生活却被毁了。她被喜爱信赖的人以残酷的方式羞辱折磨着。他让她漂泊，既不是妻子也不是寡妇，更不是佣人。而她现在在这里，是我所见过的最可爱、最值得尊敬的高贵女性。

"来，西比拉，"她欢快地说，"我有一个计划，你同意吗？先来好好瞧瞧镜中的自己，然后我会把它挂在墙上。你要答应我，在三四个星期内你不要照镜子。我会以我的方式，尽我所能来帮你，你必须提醒自己。在此期间，我亲自带你，你要听我的话。你会同意吗？你看到我把你变成漂亮的小姑娘后，肯定会大吃一惊。"

我当然答应了，我仔细地审视镜中的自己。镜中有一双红色的、因为做工而变得粗糙的手；一张光亮的、因为哭泣过而肿胀的圆脸，笼罩在膝盖一两英寸上的散乱的头发中。我觉得这是一个非常难看的场面。海伦姨妈的脸出现在墙壁上的大镜子里，而我沮丧地说，"只要你可以让我变得不那么难看，你就能做魔术师了。"

"来吧，我的计划还需要你的配合，你不能有自己不重要的想法。早晨我会来看你，我希望你会喜欢你的房间；我为了让你适应已经安排好一切。晚安，好梦。"

第二天早晨，我醒来后精神很好，从床上轻快地下来后，便沉醉在房内的氛围中。我在波索姆谷破旧的老房间里，连最起码的必需品都买不起。我们甚至买不起洗手盆和水壶。葛蒂、男孩们和我自己，在早上都只能在厨房门外凳子上的铁皮盘子里施行晨洗水礼而到了寒冷结霜的早晨，这礼仪便有些棘手了。这个房间里却充满了少女情怀，可爱的床，漂亮的拖鞋，精致的白色中国席还有地板上的毛毯。角落里有艺术感很强的坐便器和很大的有着很多香皂的洗漱台，有些香皂的香味精致芬芳，我很想拿起来品尝一下。墙壁上还有漂亮的图片，在宽敞的梳妆台上有一面大的穿衣镜和一面带柄的小镜子，在墙前光影立现。发夹、花哨的梳子，数不清的缎带还有一个漂亮的首饰篮进入了我的视线，我又满心欢喜地来到一张可爱的小写字台旁。这里堆满了各类质量优良的纸品——花样众多，各种花式、各种颜色、各种尺寸，各类形状俱全；还有普通的外国笔记本；还有笔、墨水和邮票。我想在那里先写十几封信，但注意力很快就被宝石般的光芒吸引过去。我指的是那个可爱的小书架，上面有我非常想要看的所有澳大利亚诗人的诗集和二三十本小说。我读了其中四本的第一章，然后迷失在诗人戈登的世界里。我穿着睡衣坐在梳妆台前，忘记了寒冷，直到早餐铃唤醒了我。我以极快的步伐，手忙脚乱地穿好衣服。但等我出现在餐桌上时，其他人已经就位铺好餐巾了。

海伦姨妈的训练让我变得体面，每次外出时我都穿戴好手套和黑沿帽子；她坚持要让我在洗漱间里多花一些时间，而不是多看几本书。

"摒弃你的那些阴郁悲观的思想，培养一点健康少女的虚荣心，你就会做得非常好。"她如是说。

这些仪式我虔诚地实施了三天。随后，我受到了流感的轻微袭击。在厨房闲逛时，我做了一件最不应该做的事。一个小女佣不小心打翻沸水锅，开水溅在我的右脚上，烫伤是相当严重的。海伦姨妈和外祖母把我放在床上，我像一个疯狂的印第安人一样，因为疼痛大叫大喊了几个钟头，也不管他们的安慰。在烧伤和流感的折磨下，我的身体变得十分虚弱，所以只能躺在床上抱怨直到完全恢复，这有效地阻止了我跑去照镜子。

我并没有完全病到让人觉得可怜的地步，我变成了一个养尊处优的闲人，而且还乐在其中。海伦姨妈是个很好的看护者。她每天早上将我的脚包扎好，把我的双脚调整到最舒适的位置，每天要调整多次。外祖母给我送来一道道佳肴，并派专人到古尔古尔买更多好吃的。如果我是一个专业的馋猫，那么我简直住在了天堂。即使哈登先生屈尊来表达他对事故的遗憾，并在每天的拜访中赞美我。一个星期天，他侠肝义胆地来到沟壑，摘了一束第一季长出的铁线蕨，把它们放在我床边的一个花碗里。我的舅舅朱利叶斯（Julius），他是家中除了佣人以外的另一位家庭成员，去"乡下"解决商务和其他事宜了，一个月左右都不能回家。

博斯厄家和比澈一家是这个乡下牧场主以及其密友所组成的上流社会的领导人。比澈家居住在菲弗-鲍勃·唐斯，距卡达加有十二英里，是由两名未婚女子和他们的侄子哈洛德

（Harold）组成的家庭。其中一名女士是海伦姨妈的好朋友，另一位与我妈妈往昔有深交。但近年来，妈妈因为家境贫困，出于自尊，没能跟她保持沟通。至于哈洛德·比澈，他在卡达加同以前一样自在。他愉快地走来走去，非常随便。博斯厄家和比澈家在各个领域都志同道合，他们生活在同样的环境中并且有同样的想法。唯一不同的是，由于生长在舒适的环境中，虽然并不富裕，博斯厄家生活很低调。而哈洛德·比澈非常富裕。当我变成闲人后，一位比澈家的小姐离开了墨尔本，另一位没有来看我，但哈洛德经常来询问我恢复得如何。他总是给我带来很多美丽的苹果，如此盛情是因为卡达加果园已经受到苹果蛾子的侵害，以至于外祖母在最后一季都没法留果了。

海伦姨妈调皮地拿这种殷勤来取笑我。

"哈利·比澈又带苹果来了，"她如是说，"毫无疑问，他远远不止我想的那样有所算计和费尽心思。他是精心策划好来见你的，所以才会捷足先登嘛。这里的年轻女生比较少，所以，一到就被'抢售一空'。"

"姨妈，你最好告诉他我是多么丑陋，这样一来，即使他自己带着苹果跋涉十二英里，看到我也不会觉得失望。不过……你最好还是不要谈起我的长相，不然我就再也得不到苹果了。"我回答道。

海伦姨妈是个聪明女人，擅长针线活。外祖母所有的衣服和她自己的衣服都是她做的。现在，她正给我做着一些衣服，但在我能穿它们之前我不可以看到它们。海伦姨妈准备给我一个意外的惊喜，当我想要去打搅她的时候，还要被蒙住眼睛。卧床期间，外祖母和姨妈都很忙，我经常独自一人离开屋子，贪婪地阅读书架上的书籍。

　　我从书本上获知，那种愉悦的感受如此精美，却已近乎痛苦，尤其是读澳大利亚的诗歌，是没有办法用语言形容的。在波索姆谷里狭隘的乡下人的生活中，我没有办法和文雅有学识的人为伴去谈论我喜欢的话题。至少在这里有这样的条件，我能得到这样的陪伴。

　　像是被怪异的巫术施法而长大的灌木，阳光普照着广袤平原的气息，编钟叮当叮当作响，漂浮在暮色里的柔和的轻风之中……遇到的这些人，以及他们内心的故事，都被我一一记录下来。在星光灿烂的天空下，大海雄伟的奇观，雷鸣的威严已经传递下来，日落时的气喘吁吁，这些都预示着明天的天气会发生更有趣的事。风雨中可以听到肯德尔（Kendall）的声音，他也经历了缺乏友人陪伴的痛苦。戈登（Gordon）带着悲伤的人道主义和痛苦的失望，伸出手来拉我并把我带走了。可遗憾是我从来没有见到过他们，拜伦（Byron）、萨克雷（Thackeray）、狄更斯（Dickens）、朗费罗（Longfellow）、戈登、肯德尔。我喜欢的人，都已作古；但是，乐观地想一想！该隐（Caine），帕特森（Paterson）和劳森（Lawson）仍活生生地存在着，其中两位居然还是乡下佬呢，澳大利亚同胞们！

　　我以全新的热情细读着劳森简洁、悲怆的现实主义作品，享受着帕特森笔下浓墨重彩的艳阳天下欢闹的气氛。在如此美妙的苍穹下，我用心去体会，渐渐地，我珍藏了许多令人愉快的青春梦想。我希望有一天能同他们紧握双手，去感觉那无以名状的惬意与意气相投的心跳。

第十二章　艾佛雷德·格雷　（Everard Grey）

朱利叶斯舅舅在回卡达加之前，去了一趟悉尼，要到九月份的第一个星期才能回家，而且还要把艾佛雷德·格雷带回来。格雷是一个有绅士风度的年轻男人，常常会在卡达加度过圣诞节的假期，不过这一次，他是因为生病才来这里休养的。之前我听过很多关于他的故事，所以我很想见见他。据说他是我外祖母的养子，他的爸爸妈妈曾是英国的贵族，双双故去后，他便成了孤儿。他的爸爸妈妈生前曾委托远房亲戚做他的监护人，但是他的亲戚丧尽天良，竟费尽心思去找遗嘱上的漏洞，还是从什么律师那里打听到了某些细节，把他的全部财产收入囊中，任他自生自灭。后来，我的外祖母发现了他，并把他抚育成人。选择职业时他选择了法律，而现在，他已经是全悉尼最有前途的律师之一了。我的外祖母为他而感到非常的自豪，就像爱亲生儿子一般爱着他。

到时候朱利叶斯舅舅会打来电话，叫人开车去古尔接他和艾佛雷德·格雷。

这时我的感冒还有烫伤都已经痊愈。他们在天黑后才能到达，为了让他们好好看看我，家人叫我穿上了晚会穿的礼服，还让我面对镜子，好好欣赏自己。这是到这里之后，我第一次这么做。

下午的时候，外祖母叫我去几英里外的地方送口信。在离家不远的地方，我碰到了哈登先生，他很热情地说要陪我一起去。我去哪里，他就跟着去哪里，真是让人讨厌。因为外祖母曾经多次很严肃地批评我，说怂恿年轻人是不对的。

弗兰克·哈登换了个话题，跟我说，就算样子长得不漂亮，也是不要紧的。不管我长得美还是丑，反正在他所见过的女生中，我是最好的那一个。其实他的意思可能是因为我跟他一起谈论戏剧——在这个方面上，我在他心里是独一无二的。他已经到了精力旺盛的年纪，年轻人到了这个时候，总会有一个特别欣赏的女生，而这个女生，无论是美是丑，是肥是瘦，是老是幼，他都十分欣赏。可是，我竟然成为弗兰克·哈登这种情感幼稚的人的欣赏对象，我真的觉得好烦恶。

傍晚的时候，我和哈登一起回到家了。朱利叶斯舅舅的车子远远地在路上行驶着，以送病人去医院的速度飞快地逼近。舅舅总是喜欢这样驾车。

海伦姨妈催促着我去整装，可是当我穿到一半的时候，他们就已经到了，我没有办法出去迎接他们。朱利叶斯舅舅问到了"露丝的那个小姑娘"，海伦姨妈说，等他们换好衣服去吃饭的时候，她就会出来了。两个男人喝了几口酒，用朱利叶斯舅舅的话来说是，"喝杯酒定定神"。海伦姨妈继续过来给我梳妆打扮，而他们两位也各自去换衣服了。

"你呀，就算是单单看外貌，也没有什么可抱怨的地方，"姨妈给我打扮好之后说，"来呀，好好儿看看你自己。"

因为这个重要的场合，我第一次穿上了晚礼服。在卡达加，我们难得身着盛装出席。我心里想，那套晚礼服固然是漂亮的，但这也是我们愚蠢的陋俗之延续。在夜间袒胸露背，是很容易着凉的，难道这不愚蠢吗？胸部和手臂是我们人最重要的两大部分，就算在白天，也都要遮盖得严严实实。可是反过来想，又有什么会比在针织细致的丝绸中显出圣洁白皙而且起伏柔软的胸脯更加美丽呢？每个女人，只要穿上了袒胸露肩的衣服，看上去就更加温柔可人了。又有什么动物的纹络看上去比少女匀称的胳膊更赏心悦目呢？有些人会说出贬低晚礼服的话，说它不正派，有些人还觉得它很下流。但这一般都是胸臂不好看的人才会说出这样的话，或者是一些没有受到这类教育、也不怎么适应这类习惯的人，而他们也同时讨厌着其他东西，因为他们不习惯。

海伦姨妈把我带到了古老而宽敞的客厅，那里已经灯火明亮。四个角落的灯座上都托着一盏大灯，而第五盏，则悬吊在天花板的中间。钢琴上的烛台发散着迷人的光芒。我从来没有见过这个客厅像此刻一样灯火通明。上一两个星期的时候，海伦姨妈跟我每晚都在这儿，可我们只点上了钢琴烛台上的那支蜡烛。但就算仅仅这样，也已经足够明亮的了。海伦姨妈用她那副甜糯却悲伤的嗓音，唱了所有我喜爱的动听的老歌，而我则蜷曲着身子，在她身边的席子上看书。她的音乐总使我忘掉了阅读，而阅读的同时，我又会对音乐充耳不闻。除了音乐和书，还会传来外面小溪的潺潺流水声。带着神秘的忧郁感，就好像一阵细细微风，却想要竭力将纠缠着的东西甩走时徒劳的悔恨。

"你的舅舅总是喜欢把客厅里的灯都亮起来。他不喜欢影影绰绰暧昧不明的氛围，说那是伤感主义的闹剧。"海伦姨妈这样解释给我听。

"舅舅是这样的吗？"我问了她，但是没有得到任何回答。海伦姨妈把一面带有手柄的镜子递给我之后，就悄悄走掉了。

客厅的其中一面墙上，有一扇门、一个大书柜还有一面笨重的老式斜面镜。书柜和镜子从天花板一直连接到了地上。自从我来到了这里后，这面镜子一直都被幕布掩盖着。而今天晚上，蓝色的丝绸帘子已经掀开，而我，正站在了这面镜子的面前。

我心怀惊喜地看了又看。我看到了一个年轻的女生，水汪汪的眼睛，白皙的皮肤，红润的嘴唇，有着算是迷人的胸脯和胳膊。如果说上帝在雕刻我的脸容时心情不怎么好的话，那他在给我塑造身材的时候，则显得手法高明。而海伦姨妈，也不愧为一位技术了得的化妆师和裁缝。这条淡蓝色的山羊绒裙子非常适合我发育良好的女人身材。几缕头发恰到好处地鬈曲着垂在我的额间，其余的索性用丝带一扎，波浪般地披散着，长度拖到了膝盖。这副打扮几乎使我变成了另外一个人，我的样子已经跟我的年纪——十六岁又十个月——相符合了，而之前的我，穿衣打扮随随便便，头发挽成一个髻，不熟悉我的人根本就不相信我未满二十岁。这个时候，我的脸上微微泛起了带有喜悦的红晕，青春、健康和快乐，在我的嘴边化成了微笑，我笑了起来，露出了一口好看的牙齿。而我也确实相信，那天晚上的我，看上去真的不是特别难看。

海伦姨妈回来叫我的时候，我正欣赏着镜中的自己，她说，艾佛雷德和朱利叶斯舅舅正在走廊上吸烟，还问起了我。

"西比拉，你觉得你自己怎样？"

"噢，海伦姨妈，请你告诉我，我的身上其实还是有一样并不讨人厌的东西的，对不对？"

她用她的双手捧起了我的脸，说："傻孩子，有些人尽管长得倾国倾城，但是在那些样子平平的人旁边站着的时候，也不过招来别人的冷眼一瞥，而你，属于后者。"

"但是你这样并没有说我长得不丑啊。"

"没人会觉得你长得平平无奇，更不要说觉得你丑了。'落落大方'这个形容词啊，最适合你了。"

朱利叶斯舅舅粗重的上身穿着齐膝的礼服，他并不喜欢他说的那种"轻佻的麻雀尾巴服"。齐膝的礼服虽然和他很合适，但是我就是不喜欢这种款式。矮矮胖胖的或是虎背熊腰的人穿着的话，也还算可以，但如果被一个瘦瘦高高的人穿上，就有一种可怜兮兮的感觉，像是一只快死的鸭子，我看到的话肯定会忍不住笑出来。

其实"朱利叶斯·约翰·博斯厄"（Julius John Bossier），还不如"杰·杰·博斯厄"（J. J. Bossier）的名号广为人知。人们对于他杰·杰的身份更加熟悉——魁梧的身材、心宽体胖的四十岁单身汉。他喜欢好多女人，所以没有办法只钟情于一个人。他很出名，受到很多人的爱戴，性格也讨人欢喜，从沃加·沃加（Wagga Wagga）到阿布莱（Albury），从福布斯（Forbes）到丹达罗（Dandaloo），从伯克（Bourke）到海（Hay），从杜姆特（Tumut）到莫纳罗（Monaro），再到顶峰山（Peak Hill），人人都知道他的慷慨大方，做生意的时候也是干脆利落，是一位名副其实的真汉子。

能有这样的一位舅舅，我真的觉得很自豪。

"哎呀，就是你啊！"他大声说道，紧紧地拥抱了我一下。

"是啊，舅舅，"我也叫起来，"我要擦干净你的亲吻，你把威士忌跟烟味的口气都带过来了!"

"胡说!就因为这样,我的亲吻才好啊!"他回答说,然后拉过我的手来,仔细地打量着,"真不错,真是一个好姑娘!不过,当然,你还没有长大,你只是这么一个小小的人儿,我甚至不费力气就可以把你放在我的口袋里。你长得一点都不像你的妈妈啊。如果我碰到了一个剪羊毛的人,我肯定会给他一先令,叫他把你的头发一把剪掉,大热天的,这样的头发也不怕把一条狗绞死。"

"艾佛雷德,这是我的外甥女西比拉,"(海伦姨妈在给我们介绍着对方。)"你们自己好好算算吧——你们俩是什么关系,双方应该怎么称呼对方。"

跟艾佛雷德那双清澈而又炯炯有神的眼睛对视的时候,我看到了他对我的欣赏,我心里有一种前所未有的感觉。

"我想,我既是舅舅又是哥哥吧,但不论是哪种身份,我都可以亲吻你,现在我可要来了。"说着他摆出一副献殷勤的样子。

"如果你可以的话,就来吧。"我调皮地瞥了他一眼,快快跑离了走廊,冲进了花园。他紧接着跟过来,但我体态灵活,就像是一只猫,紧接着就是一番你追我赶。我们围着花圃转着圈,杰·杰舅舅笑了,胡子一颤一颤的,最后还哈哈大笑起来。我也跟着大笑,后来就输掉了。我们回到了走廊——艾佛雷德一副洋洋得意的样子,而我涨红了脸,心里也不是滋味。

外祖母到了,穿着黑色丝绸的长袍,头上戴着一顶镶着白边的帽子,显得整个人都很精神,一副体面人家的样子。她狠狠地瞪了我一眼,以表示不满,还责怪了我刚才的行为。但是舅舅眨了眨眼睛,机智地引开了话题。

"妈妈，你就胡说吧！我敢打赌，你跟她差不多年纪的时候，也是常常被人亲吻的。我更加可以担保，你都记不清你接受过多少人的亲吻了！来吧，坦白吧。"

外祖母立刻就笑起来了，她开始跟我们说一件小小的往事，用"我年轻的时候啊"这样略带伤感的语句作为开头。

海伦姨妈怕我受凉，便让我进屋子里去了，我靠着窗站着，生怕漏掉他们说的每句话。"我觉得你的外甥女应该是挺敏感的一个人。"格雷先生对海伦姨妈说。

"对啊，是挺敏感的。"

"嗯，在我见过的人里，也只有性格敏感的人才会这样牙尖嘴利。"

"她是随心情来的——一会儿高兴，一会儿又生气了。"

"她的样子很吸引人注意，我也不知道究竟是为什么。"

"可能是因为她的肤色吧，"海伦姨妈说，"她的皮肤比皮光肉滑的女人还白，而她的眉毛跟眼睛都很黑。小心点儿说话，不要让她知道你觉得她长得不好看。她看待自己时简直是个病态，这也算是她的弱点吧，所以小心不能碰到她的雷区。"

"她觉得自己相貌平平吗？为什么？我倒是觉得她是我最近看到的人里，最让人动心的。她的眼睛真的很漂亮，是什么颜色啊？"

"悉尼的草长得真不错。我想下个星期运一车阉羊过去放放。"舅舅对外祖母说。

"天已经很晚了，我们也是时候进去吃饭了。"

席间，我趁机细细打量了艾佛雷德·格雷的样子。他长着一副典型的英国贵族的脸，甚至连表情都显得冷漠无情，这好像已经是公认的英国贵族的特点了，就像是弓状的脖颈是纯种马的标志一样。

饭后，一个牧人因为妻子早产，把外祖母请了过去。留下来的人唱了一晚上的歌，过得很快乐。舅舅用洪亮的男低音唱了《墙头草》和《来吧，小狗，我们一起喝》，他把我靠在膝盖上，拨弄着我的头发，还不停地把我抛起来。哈登先生也唱了一首叫作《圣城》的歌。艾佛雷德用男中音唱了几首新曲，因为他接受过良好的训练，听起来真是享受极了。他算是个游手好闲之徒，但算不上花花公子。今晚他身着讲究的晚礼服，身材高挑，脸上的胡子刮得干干净净的，每一根线条都显示着他名门望族的出身。他是弹钢琴的好手，姨妈合着他的伴奏唱了一首又一首的歌。等到姨妈唱累了的时候，舅舅转过头来跟我说："也该到你了，我的小姐。我们都唱过了，就你没有。你会唱歌吗？"

"不会啊。"

"海伦，这个小姑娘会唱歌吗？"

"有时候自己一个人唱也蛮好的，不知道在客人面前会唱得怎么样。你要试一试吗，西比拉？"

舅舅也不等我开口，就把我抱到了板凳上，还警告我说如果不唱的话就别想要走了。

我最喜欢的就是在没有人的地方自己高歌了，一直唱，一直唱，唱得像是响起回音。可是我从来都没有在别人面前唱过。这不单是因为我心慌胆小，而且还因为我的声音奇怪，别人都是这么说的。但是今晚，我也要努力试试我最喜欢的老歌——《三个渔夫出海》。洪亮而美妙的朗尼西钢琴声和艾佛雷德巧妙的伴奏，让我忘记了观众的存在，我就像是自己一个人，还忘记了自己奇怪的声音。

一首歌唱完，格雷先生就在乐凳上转过身来说："你知道吗,你有一副很厉害的嗓音啊!如果接受训练的话,应该更加厉害吧!这样低沉,这样富有感情,真是不可多得的嗓音啊!"

"不要再取笑我了,格雷先生。"我立刻回驳。

"大丈夫说的都是实话!"他起劲儿地说。

艾佛雷德对于艺术有一番见地,所以他的意见值得一听。他涉猎多门艺术——写作、音乐、行为、素描。在悉尼,但凡有好的音乐会或者喜剧,每场都会看到他。尽管他最拿手的还是法律,但是人们私下都会说他是属于舞台的,因为他真的很喜爱艺术。

离开钢琴的时候,我高兴得像要飘起来。我真的可以成为一个歌唱家吗?我这种人,声音经常被人取笑,自己也不免会亵渎神明,说出"宁愿出卖自己的灵魂,也想要换来一个差强人意的声音"这样的话。艾佛雷德·格雷的意见却让我满心欢喜。

"你会朗诵吗?"他问我。

"会。"我回答得干脆利落。

"那你给我们朗诵点什么吧。"杰·杰舅舅说。

我朗诵了朗费罗(Longfellow)的《奴隶的梦想》。艾佛雷德对这像对我的唱歌一样感兴趣:"这是一副好嗓子!多么圆润宽广啊!嘿!她甚至不费力气就能在'百年大厅'唱得每个人都能听见!她只是需要接受一点训练。"

"天哪!她真是个专家啊!不过我希望她能够唱一些有趣的歌儿。"舅舅说。

我都快忘记自己的姓名了。也不知道这是什么感觉,把我弄得不知所措,我大声地回应说:"好,我来!不过你们要等我化妆,也要帮我。"

我离开了几分钟，回来的时候已经乔装成了一个爱尔兰老太婆，脸上涂了一层泥巴，大家都哈哈大笑起来。

哈登先生会帮我的忙吗？当然，他心里是很乐意的，而且还会因为我没有叫别人只叫了他而感到不胜荣幸。那他要做什么呢？

我让他坐在凳子上，这样我就可以很方便地把手放在他沙砾般颜色的头发上。我转向我的舅舅，说：

"来啊，先生，你看，这就是你要找的听差，是个很不错的孩子呢！我亲自把他带过来给你看。他真是个难得的人才。当然了，我亲自把他抚养长大，他每晚都会做祷告。不要动，亲爱的！你敢说你真的不怕你的老娘我把你漂亮的鬈发扯下来吗？"

舅舅捧腹大笑，连姨妈也给我露出了个笑脸，而艾佛雷德则带着评点的意味，颇有兴致地看下去。

"继续吧。"舅舅说。可是哈登先生却因为这样的打趣而生气起来，觉得是我故意惹他的，他一下子蹦起来，像是想要把我一口吃掉似的。

我又做了其他的即兴演出，找客厅的其他人帮忙，哈登先生悻悻然地坐在了角落里，"哼"了一声，而格雷先生却赞赏不已。

"好！好！"他大声叫道，"你说你没有受到过一小时的训练，但是你却如此多才多艺！你肯定会因为舞台而闻名的！这样难得的才能被埋没在丛林里还真是一种罪过。我要把她带到悉尼去，交给一个好师傅带她。"

"老实说，你还是不要这样做了，"舅舅说，"我还要把她留在这里活跃我们的气氛呢。即便我的外甥女不去，你们的舞台也有足够的表演木偶了。"

　　那晚我得意扬扬地上了床。对于年轻人来说，别人的赞美是最让人开心的。我对自己感到十分满意。当我再往镜子里看的时候，我心想，毕竟我还是长得不太丑的。

第十三章　呀！

"呸！你这个让人恶心的东西！呵呵！你那至高无上的傲气给你带来了赞颂。所以你还真的相信了，在一百个人当中，肯定还有一两个人觉得你长得还好。你真是世界上最没趣的人！又小，又调皮又不好！你所有的一切都让人觉得厌恶。这才是真正的你。"

这是在第二天的时候，我对着镜子里的自己说的一番话。昨天晚上的得意扬扬早已经消失得无影无踪。哎呀，我真是傻吗？面对格雷先生的奉承这么乐于接受，竟然丝毫没有以冷漠回敬！如果他继续这样拍着马屁来满足我的虚荣心，并以此自娱的话，那么我为了弥补自己的疏忽，肯定就会正颜厉色地给他点颜色瞧瞧了！

我从化妆间出来，心灰意冷地朝镜子看了最后一眼，说："你真丑，你是个丑八怪！你真是个废物！千万不能忘记这点，以免再做出什么蠢事来！"

我总是喜欢这么做。这个习惯早就已经代替了我的晨间祈祷。话是我说出来的，满是熟悉的味道，所以并不如旁人说的那般刺耳，但当然，也不会起到什么作用。

那天我吃早餐的时候，来得晚了，就座时别人都已经吃一半了。

外祖母昨晚十二点的时候才回家，但看上去还是精神奕奕的。

"过来吧，西比拉，我想是熬夜的缘故吧，我不在家，就没有人催你去睡觉了。晚上的时候你总是精力特别旺盛，但是第二天一早就另外一回事了。"外祖母在早上照例拥抱我的时候说。

"我在你这个年纪的时候，如果每天早上不像旋风一样利索，我就会敲敲我的自己。"舅舅说。

"西比拉今天早上这样是情有可原的，"格雷先生打断说，"昨天晚上她很热情地跟我们玩了好几个小时，也不能怪她早上的时候没有精神了。"

"跟你们玩？她做了什么事情啊？"外祖母问道。

"好多事情啊。你知道吗，祖母，你把她藏在这样的丛林里，会致使这个世界少了一位艺术家的。我一定要说服你让我把她带到悉尼去，交给那里最好的大师们。"

"交给那些大师们做什么？"

"学习朗诵跟唱歌。"

"可是我负担不起。"

"由我来承担吧，也当作是我对你的恩惠的小小报答吧。"

"胡说什么呢？你教她这么多东西，之后呢？她要做什么？"

"当然是去舞台表演！凭着她的天赋还有头发，她肯定会引起轰动的。"

外祖母对于演员的看法是非常片面的。她觉得所有的男女演员，从最底层的马戏团演员到最出色的职业歌手，在上帝看来，都是堕落的人。以她的观念来衡量，他们都是完完全全被摒弃在体面社会之外的。

她在椅子上猛然转过了头，说话的时候，眼神里充满蔑视和愤怒的光。

"去舞台表演?! 我的外孙女?! 露丝最年长的孩子?! 去做一个演员——卑贱、低级、厚颜无耻的轻佻女子?! 用上帝赠予她去做好事的天赋，去取悦一群虎视眈眈的卑鄙之徒? 我宁愿看着她立刻死在我的面前! 看到她剪光头发马上去修道院做修女! 孩子，你答应我，永远永远，都一定不能做一个毫无羞耻心的戏子!"

"我永远永远，都不做一个毫无羞耻心的戏子，外祖母。"我重复着她的话，强调了几个形容词，但把戏子两个字说得很轻。

"那就好，"她继续说下去，但已经平静了许多，"我敢肯定，你不会做出这么坏的事情。你可能是个聒噪的人，有时候在举手投足间也并不得体，但我知道，你没有坏到去做一个戏子的。"

艾佛雷德尝试着为自己解释什么。

"听我说，祖母，把演员当成是低贱职业的这种想法已经是很狭隘的旧观点了。可能以前有好长一段时间都是这样，但是现在却完全相反。当然，舞台上也会有低级的人，但是每一行业都是一样的。我敢向你保证，如果一个人是好人，那么无论他在舞台，或是在其他地方，他都一样是个好人。如果因为您一时的偏见，而让西比拉错失了可以成就自己的好职业，那才是一种罪过啊。"

"职业?!"他的养母抓住了这个词，大声嚷道。"职业?!现在的女生都想做这样的事情，而不学着做一个好的妻子、好的妈妈去相夫教子，去做上帝希望她们去做的事情。现在她们满脑子都是如何寻欢作乐，如何放纵自己，如何毁掉自己的肉体和灵魂。但是男人，跟她们其实是一样的，都是一样的坏，是他们故意怂恿女生们这样做的。"外祖母愤怒地瞪着艾佛雷德。

"祖母，我觉得你说的话，其实还是很有道理的。我也不得不承认，你这些话，真的道破了很多女生的心思。但是西比拉不是这样的人，你不能这样看她，如果……"

"我把她看作体面人家的孩子，才不容许演戏的事同她混为一谈。"说到这里的时候，外祖母握紧拳头用力地敲了一下桌子。紧接着就是一片沉默。再也没有什么人敢跟博斯厄老太太争辩什么了。

这位可爱的老太太，脾气来得快去得也快。几分钟之后，她又继续用了早餐，并且用很愉快的语气说：

"不要再跟我说这件事了。不过我可以告诉你说你该怎么办。明年秋天的三四月份，水果的保鲜加工和果酱都做好之后，海伦可以带这个孩子去悉尼住上一两个月，到时候，你可以陪她们到处玩玩。对于西比拉来说，这是一件最好的事情了，因为她还没有去过悉尼。"

"那好吧，祖母，我们一言为定。"艾佛雷德说。

"好的，一言为定了，但前提是，我不想再听到任何关于演戏的事情。上帝仁慈，会希望他的子民过上比那更好的生活的。"

吃好了早餐之后，我留下一小段时间来招待艾佛雷德。

我们过得很快乐。他是个绅士，也是一个很聪明的健谈者。

我常常希望自己能够结识到有教养的人，他们的生活规规矩矩，还有足够的时间和文化来武装自己的头脑，而不是只谈着农产品的价格和谋生的艰难。直至今天为止，我只能在书本上、画册上知道有这样的一类人，但现在，我面前却有着这样一位活生生的人，我当然会拼尽全力抓住这个机会。在我的追问之下，还有他明显表露出来的兴趣，他跟我说起了最近的戏剧和与他相识的一些男女演员，还提及了他出席过的一些时装舞会、晚餐和游园会。结束了这个话题之后，我们开始谈论书籍，我给他朗诵了我喜欢的诗歌的片段。

艾佛雷德把手搭在我的肩上，说："西比拉，你知道你是多么了不起的女生吗？你有着完美的身材，清新独特的性格，还长着一张最有趣的脸——它就像一个万花筒一样，瞬息万变——有时候很快乐，有时候很严肃，但心里常怀着同情心，平静的时候，也总是面露悲哀。不知道的人，还以为你的生命里遭受了些什么磨难。"

我提起了裙子的两边，微微做了几次我在舞台谢幕的鞠躬礼，做出了个标准的舞台微笑，露出了两排整洁美白的牙齿来——那些牙齿就像是时髦的医生盛在金色盘子里的二十个基尼金币一样整整齐齐。

"这位帅气的绅士真是太友好了，把自己的快乐建筑在一个小小乡下妹的痛苦之上。但是下次他要故伎重演之前，应该要先想想，他的阿谀逢迎会不会被人接受。"我反讽了几句，愤然离去，把自己锁在了房间里，只听得见他在后面叫我。

"竟然敢用这种无聊轻浮的态度来取笑我！我知道我自己长得有多丑，不需要任何人昧着良心说假话，装模作样地说他们的看法跟其他人有多么不一样。谁叫我长得这么小呢？
为什么我不长一只笔挺的鹰钩鼻和神气高挑的身材呢？"我一
肚子的不满，闹起了情绪。后来，透过开着的窗户飘来阵阵
玫瑰花香，春季温和的阳光射了进来，我的心情才慢慢地好
起来。园子里的花坛开满了三色的紫罗兰花，什么颜色都有
——紫色的、蓝色的、白色的，单色的和双色的。空气里充
溢着木樨草、长寿花和水仙花的香气。我沉醉在馥郁的芳香
中，经不起它们的诱惑。老旧的院子给我带来了快乐，安抚
了我那不安的情绪。我找来了好几个花瓶，灌上了水，放在
走廊那个靠近客厅窗户的桌子上。我摘了一些好看的花，然
后把它们插在花瓶里。

　　卡达加的老房子，有一些是用木板造的。客厅沿着走廊
延伸的一边，是一堵木板墙。所以，海伦姨妈合着艾佛雷德
的钢琴所唱的歌，恰好给我喜欢的插花动作做个伴奏。

　　但没多久，歌声就停了下来，他们开始谈着什么。在一
般故事里，女主角在同样的状况下肯定早早就离开了；或者
害怕被人发现，还要用手捂着自己的耳朵，心情激荡，害怕
听见了什么她不应该听到的话。我无意在那里偷听，我才不
会做这种堕落的事情。我想他们应该知道我在走廊上的，但
是他们看上去又像是毫不知情，因为他们开始谈起我了（这
对于我来说，是个很有趣的话题）。于是我留在那里，听他们
的谈话，而且没有感到丝毫内疚。

　　"哎呀，早上我建议训练西比拉，让她以后上舞台表演，
祖母就一直在说我！你知道的，这个姑娘真的很有才华和天
分啊！我一定要让她接受训练。我要一直说这件事，直到她
习惯为止。我会跟她说，要充分发挥上帝赋予我们的天分，
去做我们值得一试的事情。我要努力争取下去！海伦，你也

要跟我说说，你对祖母的想法也有一定影响力的。"

"不行的，艾佛雷德，演戏这一行很难成功。我是不会左右她的想法的，因为我本来就不赞成。"

"但是西比拉一定会成功的！我与一些大人物有私交，我觉得我可以帮她很大的忙。"

"是，你确实可以。但是你又能让她做些什么呢？一个年轻的绅士是不能照看一个小女生的，带她出去肯定会破坏她的声誉的。而且别人也会说三道四，就算是以兄妹的关系来相处，也是不可能的。"

"我还想到一个方法，这样就可以挡住流言蜚语了。"

"艾佛雷德，你想说什么？"

"我是指结婚。"他不紧不慢地说。

"小伙子，你肯定是在做梦吧！你才见过她不过一两个小时，我完全不信这样突然生长出来的爱情。"

可能此时此刻，她忽然想到了什么结局不好的爱情。

"艾佛雷德，不要这么随随便便的。你知道的，你善变无常，还有让其他女人对你一见钟情的本事——但是我求求你，你放过我们可怜的小西比拉吧。你这样的想法完全就是心血来潮。别去折磨她那颗年轻而热情的心了，不要把她折磨得憔悴枯死。"

"我觉得她不会是那种人。"他笑着回答。

"当然，她是不会去死的，但是她会变成一个玩世不恭的多疑者，那才是最悲惨的命运。不要去打扰她，你大可以去跟城市里的交际花调情，他们知道怎样去迎合你，但是不要去碰我这位乡下妹。我希望能把她培养成一个出色的人。"

"但是，海伦，如果我能变得真心实意，你还会认为我是一个坏丈夫吗？"

"她不是你想要的那种女生，你也不是她能够驾驭得了的那种男人。我现在说的话可能比较难听，但却是我的真心话。再说了，她还没到十七岁，我不会赞成憧憬浪漫的小女生这么早就结婚的。我们还是先等她长大成人再说吧。"

"那我在卡达加的剩下时间里，是不是应该把我的个人魅力掩饰起来？"

"对，没错。你喜欢怎样对她就怎样对她吧，不过你要注意也要小心，不要向她献那种讨好女人的殷勤，这样很容易会偷走……"

我等了好久，却不再听到什么了。我心里的感受十分复杂，所以我赶快穿过院子，跑进了百果园。蜜蜂在勤劳地采蜜，色彩斑斓的蝴蝶飞来飞去，在数以百计的开着白色或者是粉红色花朵的树上吮吸着——但我却完全没有心情去欣赏她们的美。我站在一棵多节的老苹果树下，站在疯长到脚踝高的那片紫罗兰的中间。我完全被我受了伤的虚荣心所影响了。

"我这种乡下妹就是这样的了！他完全没有必要掩饰个人魅力，就算他使出浑身解数，我也不会爱上他的。我又不是三岁小孩子，第一眼看到他的时候，我就知道他心里打什么小算盘了。他身上的东西还不足以赢得我对他的爱。我一定要让他知道，我想那棵老树上的毛毛虫的时间比想他还要长。我才不是那种一看到花花公子就会被迷住的笨蛋。呸！有什么好怕的！太讨厌了！我讨厌所有的男人！"

"我猜你又在练习唱歌了，是等着今晚大显身手吧？"我的背后传来了嘲讽的声音。

"我才没有呢！我是在实地演出！你真是好大的胆子，在我不希望别人打扰的时候竟然还讨厌地自找上门！我不是经常跟你说——"

"如果一个女生是得空的，随便哪个与她平等的男人都有权利和她说话，只要他是认认真真的就行了。"哈登先生打断了我的话，站在我面前的人就是他。

"我当然十分明白，"我回答说，"但是如果一个女生讨厌别人献殷勤的话，她完全可以拒绝这个人。可你好像不想给我这样的权利。"

驳斥了他一番之后，我回到了屋子里，只留下哈登先生像个傻子一样站在原地。

我并不赞成用轻蔑的语气去拒绝一个黑人的爱，如果他有足够男子气概的话。但是哈登先生是那种会胡说八道、令人觉得恶心的"情人"，对他我可没有一点耐心。

海伦姨妈和艾佛雷德已经离开了客厅，于是我坐在钢琴凳上，猛地弹起了科瓦尔斯基（Kowalski）的快步舞曲，接着又弹了《快乐的心》，直到钢琴颤抖得像了魔似的。我的烦恼也全部消失了。我慢慢地又弹起了最悲伤的华尔兹——《韦伯的末日》。我觉得房间里像是有什么人，回过头看的时候，正好看到了艾佛雷德·格雷。

"你在这里待多久了？"我毫不客气地问道。

"你一开始弹琴的时候我就已经在了。你在哪里学会弹钢琴的？你弹得太好了。你能再唱一次《三个渔夫》吗？"

"对不起，我现在没空！而且，我也没有那个资格唱给你听！"我粗暴地说着，然后转身出去。

"西比拉，哈登先生说想见你，"海伦姨妈说，"看看他想做什么，然后叫他回去干活吧，不然他一个早上都在外面东游西荡的，你祖母看到会不高兴的。"

"西比拉小姐，"在我们独处的时候他先开口说话了，"我要向你道歉。我知道我没有权利打扰你，但是我完全是因为爱。你知道，人是会因为小小的事情而产生嫉妒情绪的。"

"不要再胡说八道了，你这样我会觉得很烦的。"我说着，很厌恶地想要离开。

"可是，西比拉小姐，你要我怎样对待好呢?"

"对待什么?"

"我的爱啊!"

"爱!"我轻蔑地反驳说，"怎么可能会有爱?"

"有的! 而且我已经找到它了。"

"好吧，那你就一直走下去吧——这是我对你的建议了。这是一个宝贝，你要是想把它送到我爸爸那里的话，他肯定会将它藏起来，送到古本的博物馆里面去。他已经做过好几次类似的事情了。"

"你就不要再嘲弄一个可怜的人了。你知道我肯定不会这样做的。"

"那你就应该把它放在袋子里，系上一块大石头，把它沉到河底去。"

"你会后悔的!"他怒气冲冲地说道。

"会又怎样! 不会又怎样!"我一边回过头来大声吼道，一边迅速离开。

第十四章　怒发冲冠

艾佛雷德·格雷走之前的一个早晨，我才有机会跟他单独相处。那个时候，刚巧只有我们两人在阳台上。

"嘿，西比拉小姐，"他打开了话匣子，"刚来这里的时候，我还以为我们会成为挚友的，但是到现在为止，我们的关系还是跟一开始一样。你要说些什么吗？"

说着他把细长匀称的手亲密地搭在我的头上。他长相英俊，性格迷人，又能在文学界、音乐界和艺术界穿梭自如，他是那种我心中另外一个世界里才存在的男人啊，一个遥远的世界。

哎，如果和他交朋友的话，我肯定会得到很大的快乐的。我咬了咬嘴唇，强忍泪水。为什么社交上的陋习不允许一个男人和一个年轻女生交朋友呢，就像两个男人或者两个女生之间的交往一样，两个人都觉得很快乐，除了精神上的交往，没有其他非分之想。但是不能够，这是不可能的。我明白男人的骄傲和矜持。如果我表现得和颜悦色的话，艾佛雷德·

格雷可能就会觉得我已经被他的魅力所征服了。但是，要是我表现得阴沉不定，他也会有同样的想法，以为我是用表面的粗鲁来掩饰内心对他的感情。所以在这两者间，我选择了一条比较轻松的路，我很冷漠地说道：

"我真的不知道你希望我们能够成为好朋友的——但是，说实在的，我一点也没有这样想过。"

他气冲冲地离开了。这样一个喜欢向女生献殷勤的男人，一定会生气的，心里面肯定会想着：一个无足轻重的乡下妹，竟然如此不识抬举。若不是这样的话，可能也会觉得我生性粗鲁或者脾气很坏。

两天之后，杰·杰舅舅要去悉尼了，顺便把他带去古尔。临走前，他非常亲密地与我说再见，还要我答应一定要给他写信，并且和我说了他未来的一些打算。他说，等我日后到了悉尼（反正外祖母已经答应我可以去的了），他便请求那些大师对我的戏剧天分和嗓音进行点评。我站在花园的栏杆上，挥舞着手帕，直到他们的马车消失在离家半英里的桉树丛里。

"哈哈，那个穿衣打扮活像个花花公子的人总算走了！感谢主啊！现在我希望你能够对我的厚意多花一点儿心思。"哈登先生的声音传来的时候我正从栏杆上下来。

"你的厚意，什么意思？"我追问他。

"你问我的意思?！这才像要和我谈正经事的样子嘛。我立刻给你解释解释。你应该很明白我的意思，我一到二十四岁，立刻就能继承在英国的财产了。数量可观，那时候我就可以娶你回家。哈哈，我就是想要把你带回去，你肯定会让我认识的那些英国女生大吃一惊的。"

"如果我跟你结婚的话，大吃一惊的肯定不止一个人！"我心里暗想，然后哈哈大笑起来，笑得直不起腰。

"你这个可恶的女人！这有什么好笑的?！这么严肃的一件事情都能够引你发笑，你简直跟蝙蝠一样不通人情！"

"严肃的事情？哎呀，这可是一个笑话！"我笑得越来越大声。

"笑话是什么意思？"他恶狠狠地逼问我。

"你想向我求婚这个想法就已经是个笑话了。"

"为什么？难道我就不能和其他男人一样，有向人求婚的权利吗?"

"男人?！"我捧腹大笑，"这就是你荒唐的地方。我的乖乖，如果你是个男人，当然是可以求婚的，不过你觉得我会答应一个小朋友的求爱吗？如果我要跟我的先生长相厮守，那我的另一半应该会是一个成年男人——而不是一个人高马大、四肢发达，而且如他所说那样，每个星期都差不多要恋爱两次的小孩子。恋爱啊，哈哈！"

我朝着回房子的路挪开了脚步，但是他挡住了我。

"不要躲着我，我的宝贝！这次你一定要听我的，不然我一定会在你面前念叨到死。"说完他很生气地抓住我的手腕。

我不能忍受别人碰我——这是我的一个怪癖。我用空闲的那只手，用力地砸向他的鼻子，然后猛然脱身跳到另外一边，说："你竟然敢碰我！你要是再打歪主意，我就杀了你！你听好了，不然下一次就不是流鼻血了，你信不信！"

"我肯定会一直在你面前说这件事情的！我一定会的！你这个凶猛、狂野、难以接近的家伙！"他大声吼着。

"没错，我对付男人的名言就是难以接近。如果我说了什么狠话，肯定也是你先犯了什么错误。如果一个小孩子一本正经地装作大人，玩弄大人的把戏，最后肯定会伤害到你自己。请你控制一下自己吧，小乖乖，等你长胡子再说吧。"我一边反驳一边走开，脚步匆忙，穿过繁花盛开的花坛。

那天晚上吃饭的时候，朱利叶斯舅舅打趣地盯着哈登先生的鼻子看了好一会儿，然后说："我真的怎么也想不明白，你的鼻子到底怎么了？你看上去好像喝多了一样。"

我忍不住打了个冷战，我有点儿害怕他会把事实说出来。但是他只是鼓足力气发出了一个鼻音"哼"，眼神穿过桌子，威胁般睨视我。

饭后他要求跟外祖母聊聊，这吸引了我的注意。第二天我肯定要听到全部内容的。果然，吃完早饭之后，外祖母把我叫进了她的房间，跟我说起她和哈登先生聊天的内容。她毫不含糊地说：

"哈登先生已经和我说了你的事情了。一个小伙子竟然被逼到要和我说我自己外孙女的事情，真的让我感到很担忧啊。他说你与他调情了。西比拉，我真的没有想到你竟然会这样浪荡！这样不守妇道！"

听到这番话之后，我觉得弗兰克·哈登真的很讨厌。他深深地伤害了我，但是我又不想跟舅舅、外祖母或者姨妈去聊聊。按理说我是可以这样做的，而且我能够立刻得到补偿和安慰。这件事情完全就是他自己的问题，但却因为他自己自讨没趣，反而恶人先告状，去外祖母那里搬弄是非。

"你想说的就是这些吗，外祖母？"

"当然不是。他还说他想娶你，希望我能同意。我跟他说，这必须由你爸妈决定，你觉得呢？"

"我觉得呢？"我失声大叫，"外祖母，你是在耍我吧，对不对？"

"当然不是了，傻孩子，这是一件很严肃的事情。"

"和他结婚?！和一个小孩子?！"我惊讶地说道。

"他已经不是小孩子了，三个月之前他就已经到结婚的法定年龄了。你外公和我结婚的时候，也是差不多他这个年纪的。三年之后你也差不多二十岁了，到时候他可以得到一笔可观的遗产——老实说，他以后会很有钱。如果你也喜欢他的话，那照我看，他也没有什么不好的。他身体健康，品性良好，高门大户。虽然是有点浪荡，但是也不是什么大问题。经常也会看到有很多年轻人胡作非为，花天酒地，放荡够了，等到安定下来，娶了个漂亮的老婆，却是个好丈夫。"

"真让人恶心啊，外祖母！你应该要为你自己说的话而感到羞耻的。一个男人居然可以花天酒地当一个衣冠禽兽，然后还要做一个最年轻最纯洁的女生的理想丈夫。难道不是很可耻的事情吗？弗兰克·哈登并不是浪荡的人，他还没有这样的魅力。但是我恨他！不，他还没到我恨的程度。我很讨厌他，我一点儿也瞧不起他。我绝对不会嫁给他的，也不会嫁给像他这样的人，就算是英国国王也不会嫁的！要真希望我说出我的想法，我觉得嫁人，就算是嫁给世界上最好的男人，也是一件降格的事情！"我怒发冲冠，"而跟他在一起，简直是世风日下——是所能给我的最低贱的堕落！我绝对不会下嫁去将就任何人的——"这个时候，我的情绪已经完全被激动的泪水所牵扯了。

我觉得这个世界上没有一丝是美好的，特别在男人的身上——这些可恶、讨厌的家伙——如果人们不对他们加以期望的话，就算是我的外祖母那样纯洁得近乎古板的基督教徒，都不会相信他们的话，在他们身上，连一个优点都发掘不出来！我的外祖母，我亲爱的外祖母，竟然认为我应该随便嫁给一个经济上跟我们门当户对的男人，这才是让我感到痛心的地方。不行，我绝对不会嫁人的！我会找一份适合自己的工作来度过自己的一生，而不会在婚姻上堕落至死。

"唉，你这孩子，"祖母很关心地说，"你又何必自寻烦恼？我记得你总是很容易动感情的。当你还是个小宝宝的时候，天天跟我在一起的时候，你就会为一件普通小孩子一个小时之内就会忘记得一干二净的事情而烦恼上一天。我会转告哈登，叫他安分守己的。我不会逼他立刻考虑去嫁给你所讨厌的人。不过你要老实跟我说，你到底有没有与他调过情？我一定会相信你所说的话的，感谢主啊，你从来也没有对我说过谎话！"

"外祖母，"我大声说道，"我已经竭尽所能想让他打消这个念头了，我才不会降格去跟任何男人调情！"

"好啦，好啦，我就是想听你这句话而已。你先去洗洗自己的眼睛，我们备好马，过去探望一下希奇（Hickey）太太和她的小宝宝吧，不要忘记带些好吃的东西过去。"

到了下午我又看到弗兰克·哈登，他得意扬扬地蔑视了我一眼。我强硬地避开他，好像他是什么让人恶心的动物一样。对于我的这种态度，他有些抱怨，所以我赞成先跟他把话谈清楚，再一刀两断。

他正想要给小狗洗澡，我陪他走到外面的马厩边上，在狗窝附近的地方，以免家人听到我们的谈话。

"哈登先生，如果你真的还有一丁点儿男子气概的话，我求求你从现在开始，就不要再用你那种愚蠢的表白来折磨我了好吗？对于爱情，我只有两种感觉。但是无论是什么感觉的情况下，你都会让我觉得厌烦。有时候我根本就不会相信有爱情这种东西，也就是说男女之情、在这样的感觉下，就算是天使来跟我表白，我也不会相信的。但是有的时候，我又很向往爱情，觉得它是一种很庄严、很神圣的东西。在这样的感觉之下，我觉得听到你那些无聊唠叨的话，对于这样神圣的东西而言简直是一种亵渎。因为你才不过是个孩子，你还不知道怎样去体会它。如果不是你那种毫无男子气概的行为，我绝对不会跟你说这样尖酸刻薄的话，所以其实你是自作自受的。现在我已经开门见山地把话都说得一清二楚了，本来我是不想跟你说这个话题的。现在我轻松多了，也祝你下午过得快乐哦!"

我急急忙忙地离开了，没有理睬他的解释和劝告。

我原来是想激起他的男子气概的，但是一点效果也没有。无论在我骑马游玩的时候，还是下午出去散步，欣赏美丽的落日的时候，或者是在古老的园子里慢踱拾趣的时候，我总是能够发现弗兰克·哈登在我的身边，不停地抱怨我对他说话的态度，直到我希望他最好立刻会被打入红海里，永远都不要回来了。

然而，在那些春光灿烂的日子里，人对生活总是抱有愉悦的感受。所以，弗兰克·哈登给我带来的小小烦恼，还不足以让它蒙上灰色。别致的野铁线莲，给小河两边的灌木丛点缀了一片迷人的白花，微风吹来的时候，送来了阵阵芬芳；大河的两边，番泻树青翠欲滴，花儿开放，与蔚蓝色的天空媲美；喜鹊在高大的桉树上面筑巢安窝，凶猛地袭击那些无意冒犯了它们领地的路人们；马匹体形膘壮，不由得让人想骑在它绸缎般的马背上策马奔腾。樱桃成熟的季节接近了，我们还能听到秃头鸟在果园中叽叽喳喳。啊! 活着多好啊!

我在卡达加生活时，也像在波索姆谷一样，大多数都置身在我所向往的生活洪流之外，不过在这里，生活的溪流中也有着很多愉快的小涟漪，起着代替主流的作用。

第十五章　他

在这里，我所说的，是我的第一个，也是最后一个真正的情人的故事。我之所以会说"真正的情人"，是因为那个一直纠缠我的牧羊工的表白，跟真情流露相比较起来，不过是一幅滑稽的画面。

我第一次出现在这个情人的面前时，外表跟小说里的女主角完全不一样。我没有好好梳理过我可爱的长发，也没有吸引到他的注意。我那副动人心魂的嗓音，也没有在馥郁芬芳的空气中说出话来，不像是小说里的美丽女生那样，用甜美的声音敲开男主角的心门。

与之相反，我简直是个女小丑。那是九月末的一天，我在小河上游采着蕨叶。为了方便在水里面行走，我穿着一双男式雨靴，身上的衣服破旧不堪，是我特意从工人那里借过来的。我的手上还套着一双紫苏做的手套，头上戴着一顶因为穿过灌木丛而被树枝撕扯坏了的大帽子。这些便是我的全部装束。我的头发显得很不庄重，梳得很紧实，短的那一边往上面翘着，像个鸟巢。

天色将晚时，我散步回来，在门口看到了海伦姨妈。

"反正你已经穿成这个样子了，不如帮我再摘些柠檬回来吧。肯定不会弄破你的衣服的，把你现在的样子画下来还能上《公报》杂志的头条！"她说。

我听了她的话后，马上就动起手来——先搬了一架档子为二尺六寸宽的梯子，靠在房子后面的那棵柠檬树上，然后爬了上去。

我用裙子兜着摘下来的柠檬，用很丑的姿势走了下来，这时候我听到了我背后一阵很陌生的脚步声，越走越近。

白天的任何时候都会有人来卡达加，所以我一点都不觉得害怕和惊讶。

我想，一定是流浪汉、代理商或者是商贩，我的大靴子又向下踩了一档，没有回头去看后面究竟是谁来了。

忽然一双棕色而壮实的手环住了我的腰，把我抱起来，然后又轻轻放在了地上。一个男人的声音响起来了，"你真是一匹身材匀称的小母马——'腰是细了些许，但长相是甚好的。'"

"竟敢这样跟我说话。"我想，转过身去看着这个拙劣地模仿着戈登诗句的男人。我面前站着的是一个我从来没有见过的人，他正在诡谲地朝我笑着。他长得很年轻——是个非常年轻的丛林人——身材高大，皮肤黝黑，长着一张真诚讨喜的脸，两腮长着栗色的胡子——但尽管他身材魁梧，体态也十分匀称，却一点儿也不会让人觉得害怕。我知道他一定就是五先令洼区（Five-Bob Downs）的哈洛德·比澈，因为我早前就听人说过，他的身高有六英尺三英寸半。

　　我急忙把裙子放下来，转身就跑，裙子里兜着的柠檬滚了一地。但是这个身材匀称的人，像是一只猫，灵活地跳到了我的面前，挡住了我的去路。

　　"现在，你不能再逃跑了吧，我的小灵精。快把柠檬一个个地捡起来放好，不然我就要向你家小姐告状了。"

　　我忽然明白，他肯定是把我当成一个女工人了。但这也挺有意思的，我肯定不会向他说实话，因为我想要与他取闹一番。我觉得他应该是个很高傲的人，但应该不是那种深入骨髓让人觉得讨厌的高傲。他的神情好像在告诉别人："我总是能拿到我想要的一切。别人是失败的，但也完全是他们自己的错。"

　　"先生，"我假装低声下气，"我已经把全部柠檬都捡起来了，求你放了我吧。"

　　"可以，但你要先亲我一下。"

　　"呵呵，先生，我不能这样做。"

　　"来吧，我又不会毒死你。来啊，快点来亲我一下。"

　　"哎呀，不行的，这样小姐就会看到的。"

　　"不用怕，如果她真的看到了，我也会保护你的。"

　　"真的不行，先生，让我走吧，求求你了。"我生怕他会把玩笑当真，就用忧虑的语气说着。他听到后哈哈大笑，说：

　　"不要害怕，胆小鬼，我从来都不会亲女孩子的，在这里也是一样的。而且，我不是强迫别人的人。你是来这里没多久吧，我之前都没有见过你。站远点吧，我要看看你够不够勇敢。测试完之后，你就可以走了。"

　　我站在院子里，他说的那个位置。他散开了一根又长又重的鞭子。那根鞭子的鞭梢很粗，鞭子的柄像是用橡木做的，散发着清香。他在我的头顶和手臂上打了几次响鞭，但是我一点都不觉得害怕，因为我一眼就看出了他很熟识丛林人的鞭法。我知道只要我站着不动，肯定会毫发无损。这就该谢谢我的杰·杰舅舅了，是他让我有这样的勇气泰然自若地面对鞭子的。他总喜欢用这个方法来提高我的胆量。

"我还真没想到！你竟然连眼睛都没有眨过一下！真厉害！"好一会儿之后他说，"你家主人在哪里？"

"去了古尔，要很晚才回家。"

"那博斯厄太太在家吗？"

"没有。不过贝尔太太在前面的什么地方吧。"

"谢谢你。"

我看着他大摇大摆，从从容容地走了。从他的步伐不难看出他长期骑马。我看着他，相信他已经把小女生和捡柠檬的事情都忘记得一干二净了。

"西比拉，赶快去换衣服，穿上你最好的礼裙。现在我要亲自去照看他们做晚饭，哈洛德·比澈就留给你照顾了。"

"可是姨妈，现在穿晚礼服是不是太早了点啊？"

"是有点早，但是你已经没有多余的时间去换两次衣服了。记得好好打扮自己，也不知道你舅舅和他欣赏的人什么时候会到。"

我在小溪里游了泳，所以可以不用再洗澡了。没一会儿，我就已经全身盛装——蓝色的晚礼服、绸缎做的拖鞋还有其他的一些装饰。我把头发散落在肩上，只用丝带随意扎起来。我偷偷来到走廊上，叫住了姨妈。她这就过来了。

"我已经准备好了，姨妈，他在哪里？"

"在客厅。"

"那我到客厅叫他吧，我可以招呼他，直到你有空为止。不过姨妈，现在离吃晚饭还好久呢——我到底要怎样对付他啊?"

"对付他!"姨妈大笑起来说,"他完全不是你能够轻易驾驭得了的人。"

我们就这样来到了客厅,我看了看镜子里的自己。姨妈去叫哈洛德·奥古斯塔斯·比澈(Harold Angustus Beecham),一个拥有五先令洼区、威比特(Wyambeet)、西华拉旺(Wallerawang West)、奎特奎塔(Quat-Quatta),还有新南威尔士(New South Wales)的两个大牧场和昆士兰(Queensland)一个大牧场的黄金单身汉。

他进门的时候,我就注意到,他在跟我分别之后洗了个澡,梳理整齐了他那硬邦邦的黑发,除掉了帽子、马刺和鞭子——他的绑腿却还戴在身上,因为他的裤子是一条灰色的紧身马裤,能够清晰地勾勒出他匀称的下肢线条。

"哈利,这就是西比拉。我知道你不需要我再作介绍了。那我就先失陪了,火炉上还烧着东西,快焦掉了。"海伦姨妈急急忙忙地走了,留下我们两个面对面地站着。

他俯视我的时候毫不掩饰自己的讶异。我抬头看着他,开心地笑出声来。但很明显只有我一个人觉得有趣。他是一个身材魁梧的人物——家庭显赫,地位昭然。而我只是一个小孩子——无足轻重的小女生——但是现在,不管他的性别、身材和地位的优势,我是主动的一方,我心里深知这一点,所以我笑了起来。

我知道他肯定认出我来了,从他被太阳晒黑了的皮肤上泛起的红晕就可以看出来,他肯定十分后悔叫我小母马了。

他生硬地鞠了一躬,但是我伸出手来,说:"先握手吧。见面相识之时我比较喜欢先跟我觉得有趣的人握手。而且,我对你好像也蛮熟悉的。还记得你给我送来的苹果吗?"

他接受了我的邀请，跟我握了握手，但时间之长超出了礼节所需，同时，他也很无奈地看着我。我觉得很好玩，因为我知道，现在是他不知道怎样驾驭我，而不是我不知道怎样去驾驭他。

"梅尔文小姐，我以人格担保，当时我实在不知道那是你，而我说——"说到这里的时候，他完完全全一副不知所措的样子，结果又引来了我阵阵发笑。

"你不应该穿成那个样子——来骗人的。这不公平！"

"这才是最好的了，让我知道你完完全全就是唐璜（Don Juan）那样的无赖。现在就算你再怎么装作道貌岸然，我也不会被你骗到了。"

"那是我第一次跟厨房小工大闹的，哎，也一定是最后一次了！"他鼓足勇气说，"结果我反而把自己弄得很尴尬。"

"你在胡说八道什么呢，"我说，"你要再多说一句浑话，我就一字一句地把它写下来，然后贴到剪纸本上。若是你不再觉得心烦的话，那我也就这么算了。其实你也没有说什么难听的话。老实说，我还感到一点荣幸呢。"

我坐在躺椅比较高的那一边上，他也随意地靠着钢琴。如果被祖母看到的话，她肯定又会说我没有规矩，不像是个女生了。

"你舅舅今天要做什么事吗？"他问。

"没有，他不做什么。他昨天去了古尔参加陪审团。法庭今天就闭庭了，今晚他还要把法官带回家来，所以我才穿得这么讲究。"我回答他。

"哎呀，因为都没有人叫过我参加陪审团，所以我真的一点也没有想到法庭这方面。今天晚上我要在这里过夜呢，不过，如果他欣赏的那个人在这里吃饭的话，可能我就走了。"

"为什么啊？你不会是害怕富赛尔特（Fossilt）法官吧？他只是个单纯的老头而已。"

"但你要想想，若是我穿上这身衣服跟法官吃饭的话……"他低头打量了一下自己魁梧的身躯，然后把目光落在自己身上的骑装上。

"不用怕，他是个近视眼。我会安排你坐在桌子的另一边，我会掩护你的。男人都不怎么注重自己的着装。但如果你不是长得这么高大的话，舅舅或者是弗兰克·哈登都可以帮你一下。"

"你觉得我真的可以吗？"

"当然可以！等我一会儿上上下下帮你刷上几下，你看上去就跟一个铜板一样干干净净了。"

"我已经刷过了。"他回答说。

"你已经刷过了?!"我反问道，"你看你肩膀上那一大块污泥。真不能指望你干这样的事情会像样，因为你是个男人，而男人就是这个世界上最没用而且最笨的动物！他们只会抽烟还有骂人。"

我拿了一把刷衣服用的刷子。

"但你要站在桌子上才能够到我。"他说，然后用一种得意的表情放肆地俯视我。

"既然你这么没礼貌的话，那你就继续留着这块污泥当装饰吧。"我扔掉了刷子。

晚上的天气不错，我邀请他去院子里。他把手绢扔在我的胸前，说我可能会感冒的，但是我理也不理他。

我们走进了木棚里，架上布满了紫藤花、山茂樫跟马查尼尔玫瑰。我摘下一朵花插在了他的纽扣孔上。

一位旅行者在路上勒住了马头停了下来，下马之后，他把缰绳拴在了花园篱笆的栏杆上，然后想要进屋来买面包。

我跳了起来，那匹马吓了一大跳，带着缰绳把栏杆连根拔起。我拿来了一把锤子，打算修补修补被弄坏的地方。比澈先生拉住了马缰绳，而我想要把钉子钉进栏杆里。但是我根本做不好，反而把手指弄得满是乌青。他拿过了锤子，对着钉子用力敲了几下，把栏杆装回原地，然后笑着说：

"你也来钉钉子！你怎么可能干得好，你不过是个小女生。小女生是这个世界上最没用、最无能、最麻烦的东西，因为她们只会折磨人。"

我只好尴尬一笑。

这时候我们听到了舅舅的声音，比澈把我留在前门，自己径直走向后门传来舅舅声音的地方。

"呵呵，姨妈，我们真的相处得很好！他没有惹麻烦，我们很友好，就像是从小一起长大的一样。"我大声说着。

"你和他聊天了吗？"

"是啊。"

"真的？"她有些惊讶。

当我再想到这件事的时候，我也必须得承认，整个过程也只是我在说，他在听。而且，我觉得他是我所认识或者所听到过的人里，最沉默寡言的一个了。

法官并没有如我们所想的与舅舅一起过来，所以我也没有必要再掩护哈洛德·比澈了。祖母很热情地同他打招呼，说"哈洛德，我的好孩子"，比澈是她宠爱的孩子，整个晚上外祖母跟舅舅都霸占了他。

他们说着装运羊的事情，也说到了前景不佳，因为从现在这个季节的气候看，从三角区、雷泉（Leigh Spring）、比巴郎（Bimbalong）这些牧场的牧草长势看，还有从伦敦羊毛市场的需求来看，都只能有这样的结果了。我对这些一点都不感兴趣，所以一头扎进书里，只是偶尔才抬起头来对比澈笑一笑。

比澈是因为两头小公牛才来卡达加的，那两头小牛现在放在祖母的牧场上养得白白胖胖。第二天早晨，舅舅跟着去帮忙，他们去到路上，我站在院子里枯藤交织的角落里的那片紫罗兰中间。这里长着的玫瑰，紧邻便是丁香，绣线菊委身靠在爬墙花上，两棵高大的梧桐树就像是哨兵一样，高高地耸立在其他花草之上。哈洛德·比澈下了马，靠在栏杆上跟我闲聊，把赶小公牛的事情交给了舅舅一个人去做。舅舅嘴里骂着什么，看上去很恼火。他觉得女人是祸水，会引致一切男人走向毁灭。但是他觉得比澈是非常清醒的，绝对不会抛下手头上的事情，站着跟一个穿着短裙梳着辫子的麻烦少女说说笑笑。但是究竟比澈和少女，哪个才是最大的傻瓜，他却不知道。

他的抱怨完全没有影响到比澈。

"他在称赞我们两个。"他说，然后休闲地跨上他的大马，斯文地笑了笑，露出了洁白的牙齿，它们完全没有被烟酒所污染。他戴上绿色纱罩的巴拿马帽，骑着马走了。

我一边看着他，一边在想，他的心有没有曾经因为什么东西而泛起涟漪。他高大而且沉静，好像愤怒、忧愁、嫉妒，甚至是爱情等等，所有的情绪，都没有办法扰乱他的心。回到家里的时候，我为了打听他的情况而向海伦姨妈刨根问底。

问：姨妈，哈洛德·比澈今年几岁了？

答：去年十二月的时候就二十五岁了。

问：他有没有兄弟姐妹啊？

答：没有。他妈妈生下他的时候就死了。

问：他的爸爸死了多久？

答：那个时候哈洛德应该还只会在地上爬来爬去吧。

问：那谁养大他的？

答：他的姑妈。

问：他平时也像刚才一样说这么多话吗？

答：没有，一般都比较少。

问：他真的很有钱吗？

答：除非他没有办法度过这些糟糕的时节吧，不然的话，他的财富应该除了泰森（Tyson），也没有谁比他多了。

问：五先令洼区是个很漂亮的地方吗？

答：很漂亮！是去那里游玩的好地方。

问：他经常来卡达加吗？

答：是啊，他常常会来。

问：为什么他的头发这么黑，胡子的颜色却这么淡啊？

答：那你就应该研究科学找原因了，我没有办法回答你了。

问：那他是不是——

"喂，西比拉，"姨妈大笑着说起来，"你似乎对这个皮肤黝黑身材高大的年轻人很感兴趣啊，我不是同你说过吗，他送苹果来的时候就在抓紧时机了。"

"呵呵，姨妈，我也不过是随便问问而已嘛，因为——"

"对，因为，因为我很清楚。因为你是个女生，任何一个女生都会立刻为比澈的魅力所折服的。如果你不想屈服于这种命运的话，那你就只能'未雨绸缪'了，我只能给你这个意见了。"

那是一个星期四，而紧接着的那个星期天，比澈再次来到了卡达加，而且从下午三点一直待到了晚上的九点。舅舅与哈登都没有在家。天气乍暖还寒，我们烤起了火。哈洛德一直坐在火炉的旁边，听着外祖母畅谈生意，时不时插进一句"是"或者"不是"。但是对我，除了来时的"午安，梅尔文小姐"，和走时的"晚安，梅尔文小姐"之外，一句多余的话都没有说了。

我一直细细地揣摩他的想法。我一点也不知道他究竟在想着什么，也不知道他对我有什么感觉，因为他从来就没有表露过一点一滴。他的沉静实在让人感到可怕，也实在让人觉得惊异。他有着智慧的沉默，而不是那种让朋友觉得扫兴，像是没脑子的傻瓜般的沉默，也不是那种郁郁寡欢或者是神智恍恍惚惚的沉默。

第十六章　主要信件

亲爱的葛蒂：

　　我提笔给你写信，已经不少于七次了，但总是会被打断，结果全部都没有写完。不过这一封，就算是天塌下来，我也要把它写完。我会用括号将被打断的地方括起来。（一位旅行者想向我要一枝玫瑰，我不得不站起来去摘一枝玫瑰。）我在这里过得很好。另外有一个人过来，问我怎样才能去到撒明莱山峡（Somingley Gap），我给他指了路。祖母对我也很好。告诉你也不会相信，她常常给我送礼物，不管去到哪里，都会把我带在身边。姨妈像是个天使，真的很希望你也能够听到她的琴声，这架钢琴也是很不错的。我这里还能够看到几十份报纸和书。舅舅对我来说是个好朋友。有时候他可能会发火乱骂人，但是这却显得很有趣。每一次从镇上回来的时候，他总会给我带回来一些糖果、手套、丝带，或者是其他别的什么东西。（现在来了两个印第安商贩，我出去看了一下他们的货。上个星期有十几个商贩来过这里。现在我坐在一张牧场主靠椅上，在走廊的一张桌子上给你写信。这条路沿着花园的一边通向右面，所以我能够看得见每一个路人。）你们那里这个星期有没有下过雨？在这里，他们都抱怨天气太旱了。我希望他们可以去古本看看，这样他们就知道什么才是天气太旱了，但不知道这样会不会引起什么喧闹呢？牧场旱情很严重，但是每个人都说我们的房子周围的牧场是沙漠里的绿洲。你看这里有甚好的灌溉设备，舅舅因此也投入了不少人力。他们在房子两边的两条小河间都挖了水道，把河里的水引来果园跟房子周边几百英亩的牧场里。那里的牧场长得跟马匹的鬃毛一样高。园子里种着大黄还有早蔬菜。外祖母说，果园里的水果也快到丰收季节了。花园简直是在一个完美梦里才会有的景色。卡达加真是世界上最让人感到亲切的地方了。很多人纠缠着祖母，央求她让他们在草地上放养动物——尤其是剪羊毛的工人，他们一群一群地回家去——可是她还是不同意。她要留着牧草给我们自己的牲畜。舅舅要多派一个人去看管草地，不然他们会趁着晚上剪断铁丝网，把马匹放进来。（现在有一个看上去像代理商的人，要求见我外祖母，我只能先离开去找她了。）这里真的非常热闹。每天晚上房子里都坐满了各种代理人和过路人，一天里也常有十几个丛林流浪汉走来走去。

哈洛德·比澈是附近的男人中我最喜欢的一个。他身材魁梧，性格文静，也讨人喜欢。他长得并不十分英俊，但是我也挺喜欢他的长相的。（我走开了好一会儿，有两个粗鲁的流浪汉提出了些要求，我要去处理一下。在波索姆谷，因为不会住在路边，你也看不到这些人。）看在上帝的份上，你下次写信的时候，可以直奔主题了，不要用半页纸的篇幅来告诉我你的笔有多不好，你写的字有多难看。我用每小时三百六十五英里的速度疾书着，从来就不会想到我写的字好不好看。

姨妈、舅舅、弗兰克·哈登和我，下个礼拜天就要驾车去雅博树教堂（Yabtree Church）了。它离五先令洼区四里路，离这里要十六英里，是离我们这里最近的教堂了。我觉得上教堂应该会蛮有趣的吧，有这么多人一起回家，小马儿特别活跃（有一个男人想要把他的马放在牧场上过夜，我要先找我舅舅问问）。我从来没有见过这样一个男人四处出没的地方。哪里都是男人、男人和男人。你一走出屋子，就可以看到男人朝着各个方向走来走去。这里和在波索姆谷的生活还是不一样的，每一次换衣服的时候，我都要先放下百叶窗。外祖母和舅舅说，住在路边就是麻烦啊，每年都要为此而花费一大笔钱。这里有七棵柠檬树，上面都结满了柠檬（又来了一个商贩）。我很希望你有时候会想起我。我还是长得跟以前一样丑。（一个过路人向我买了一条面包。）

向家人致以诚挚的问候，也向你热切致意。

你亲爱的姐姐　西比拉

1896 年 9 月 29 日于卡达加

远远看去一片蔚蓝，古本在梦幻般的山谷里，懒洋洋地睡觉，不要忘记替我向它致意。

亲爱的艾佛雷德：

谢谢你给的杂志还有《澳大利亚丛林小道》这本书。我想现在你或许已经忘记我们，忘记卡达加了吧。太阳已经缓缓落在桉树后面，深蓝色的夜幕在山谷中低垂。我想，你现在可能穿上了你的"燕尾服"，准备和穿着绸缎华服的"美丽姑娘"一起共进晚餐，然后再去看戏，或许最后会去跳跳舞。不用想也知道，你的周围肯定是喧声环绕，灯光闪烁，而且非常好玩。而这边却是另外的一番景象。从路的那头传来了营帐的铃声，还有马腿上系的链条发出的叮叮当当的声音。从隐秘的三角地带，那个小溪与大河交汇的地方，透过渐浓渐朦胧的夜色，能看到营火射出的灯光。我看到那里已经有人搭起了几个帐篷，准备在那里过夜。远远看去，就像是好几个白色的斑点。

我特别希望能够快点去悉尼。那时候我想我会和你还有海伦姨妈，好好地跳一跳舞。人总要好好过日子的，但我知道悉尼之旅一定会很有趣。每当我想着悉尼之行的娱乐时，我就会高兴地跳起来，在走廊上跳着快乐舞。你一定要带我到处去看看——贫民区还有其他的地方。我要亲自去发现很多东西的真谛。

除了山溪的静静流淌和笑翠鸟的夜鸣，四处安安静静的，人们可以感觉到这无边无际的沉寂。这时，麻鹬开始了他们狂放的嗷叫，从相距较远的下游，那片黑黢黢的山脊缝中传过来，像是被追赶着的幽灵在怨哭，直让我感到——

1896 年 9 月 29 日于卡达加

写到这里的时候，我对自己说："呸，我傻了吗，竟然写这样的东西给艾佛雷德·格雷！他肯定会笑死我，然后再叫我可怜的傻子。"

于是，我将写了一半的信撕烂，丢在厨房的火里，然后用一张一本正经的便签，在上面写上感谢他的书和杂志的话语。但是我从来没有收到他的回信。我在他给祖母的信里便可以知道，他平日很忙，为了好几个重要的案子，去过布里斯班（Brisbane）和墨尔本（Melbourne），所以他很有可能没有时间再给我回信了。或者他也会像绝大多数他那类人一样，在一起玩的时候，会变得很亲切，好像在我们之间有真正的友谊，可人一走，茶就凉了。

在卡达加的时候，有几件事是我负责的。一是照看客厅，二是帮舅舅找放错了地方的帽子——他一般一天都要放错好几次！我还帮外祖母算账，写公文信件，还要应付流浪汉。在卡达加，外人一般不会受到什么拒绝的，如果是提出来的话，一般也能够得到什么可以吃的东西。结果我们家里，每年就要额外买上一吨面粉，将近一吨的糖，还不算茶水、薯仔、牛肉还有零零星星被吃掉的肉。这里还没有把其他的客人所消耗的食物计算上去，而这些人往往就已经能够坐满一屋子，而且常年不断。如果他们要付食宿费的话，博斯厄家当然早就已经发财了。我平均每个星期都要接待五十个流浪汉，而且一般很少会两次看到同一个人。这些人还真多啊！他们毫无希望，无家可归，没有目的，脸皮也厚，天南地北，东奔西走。他们神情沮丧地找工作，结果一无所获，但也从不言弃——其中有些人已经在外流浪很久了，男子汉的雄心早就已经被岁月侵蚀，而不幸的是，他们甘于现状。

他们当中有各种体形、各种身高、各种年龄还有各种情况的男人——有羞赧的孩子，他们正处于青春期，从他们向我们乞讨的样子看来，其实还没有完全失去羞耻心；有可怜的老龄人，年岁快到了尽头，只在死亡边缘苟延残喘，在生活中已经没有其他希望，但求能在死前享受享受啤酒和香烟；也有强壮的汉子，他们也是真心实意地寻求一份工作的；

也有眼神躲闪的懦夫，他们希望日子这样继续下去，永远都找不到工作。有病残的、有读过书的、有无知的、有邪恶的、有诚实的，也有疯疯癫癫的和头脑清晰的。有些职业乞丐为我祈求安康幸福；另一些人心情压抑，少言寡语；而有些人则蛮横无理，不知感恩，说我们为他们提供食物是理所当然的，因为是他们这些流浪汉养活了牧场主——如果牧场主不垄断土地的话，他们也不至于什么也没有。一些上面就已经提及到的人——邋里邋遢、脑筋不清、衣衫褴褛、眼含怒气，我们看到了都觉得害怕，他们有时候会转动洋铁罐，或者紧攥拳头，说着胡话，说要"打倒浑蛋银行"，或者要把现在的牧场主全部都赶出国家，然后让人民当家做主——但这很明显就是他们自己，因为这样那样，最终失败了，看到别人的成功，简直要发癫了。

为什么在我们这样一个资源丰富的国家里，会发生这样的事情？这个问题真的让我倍感担忧。我们国家的议员却对此毫无办法。他们其实并没有想着要成为伟大的爱国者和政治家。澳大利亚能够产生的作家、演讲家、金融家、歌唱家、音乐家、演员和运动员，肯定是不会比其他国家少的。但是她为什么就不能抚育她的儿子成为男子汉呢？这些男人是应该有灵魂、有思想、爱国，并且对国家忠实、虔诚，然后站起来，挣脱之前社会给他们套上的冰冷的镣铐。

在卡达加，我是唯一一个有这种蠢笨想法的人。哈洛德·比澈、舅舅、外祖母、就连弗兰克·哈登，都没有对产生流浪汉的原因而感到深深的担忧。他们觉得这些人只不过是一帮好吃懒做平常也会做些小偷小摸的事情的人，喂饱他们就可以了，其他的也不要再想了。

有一次我跟舅舅说起这件事情，其实也是单纯想要知道他的想法罢了。

我坐到走廊的一张椅子上，用针线缝着什么；他枕着软垫，舒服地躺在地板的毯子上。

"博斯厄舅舅，为什么我们不能为流浪汉的前途想想办法呢？"

"什么办法？"

"难道就不可以想个办法雇他们工作吗？"

"雇他们工作？！"他忽然大叫起来，说，"这帮懦夫，最怕的就是工作了！"

"没错，但为什么不能制定法律帮助他们一下？"

"制定一条法律，让我把卡达加分成十份，他们十个人一人一份，然后我去做乞丐，是不是这样？"

"不是啊，舅舅，不过就是今天早上有个年轻人，他是希望得到一份工作的，而我觉得他的态度也是真诚的。"

"海伦！"舅舅大叫。

"嗯，干吗？"姨妈问着，然后出现在门口。

"下次西比拉给乞丐东西吃的时候，你要在旁边看着，不然总会有一天她会被人拐带走的。今天早上有个年轻人，红色胡子，绿色眼睛，西比拉已经陷入爱河了，还威胁我把一半的卡达加送给他。"

"舅舅，你怎么可以说出这么讨人厌的话来！你不会觉得惭愧吗？"我大声嚷着。

"好的，我会小心的。"海伦姨妈说完就走开了。

"一是因为那些该死的苍蝇和乞丐，二是因为一个叫西比拉的烦人精，所以这个男人的生命就一文不值了。"舅舅说。

我们陷入了深深的沉默，但是这沉默马上又被打破了，一张邂逅的长着红色胡子的脸探过了园子的门，然后传来了一个男人的声音：

"你好啊老板，能给我一些烟叶吗？"

"我不是老板。"舅舅一脸凶相。

"那谁才是呢？"男人问。

舅舅用大拇指指着我，然后躺回地毯上，好像很累一样，还开始打鼻鼾。流浪汉笑了笑，然后向我提出了要求。我带他去了后屋，在专门为流浪汉准备的小桶里拿出了一些面粉、牛肉和一些烟叶给他。他谢绝了我给的牛奶，说"再见了小姐，上帝会保佑你这个漂亮人儿的"。然后继续他那无休无止的流浪。

我目送着他远去。他是我的兄弟啊——南十字星①座下上帝的孩子。这些人真的会相信他们随口说的上帝吗？我深表怀疑。但是值得高兴的是，在卡达加，这些不现实的想法难得扰乱我的心境。生活其实还是很愉快的，我为自己还年轻而感到满意——一个十几岁的小丫头，健康、快乐、年轻而且充满希望——一个从不顾及未来的、无所谓的小姑娘。

---

① 南半球很多国家都将南十字星印在国旗上，譬如澳大利亚和新西兰。

第十七章　当一颗心充满活力的时候

　　我第一次看到哈洛德·比澈之后的一两个星期，海伦姨妈给我看了一封信。信是由两位比澈小姐中比较年长的那一位写的，她写道：

　　我亲爱的海伦：

　　　　这其实是一封求助信，同时我还要再写一封给你的妈妈。我求她让她的外孙女能够来我们这里，同我住上几个星期。但是我希望你能够在这件事上帮我劝劝她。最近莎拉（Sarah）的身体不好，准备去墨尔本，换换生活环境。她离开之后我会感到很寂寞的，所以哈洛德坚持要给我找个陪伴——你知道吗，这个孩子真的是太体贴了！我不想求你们会把这个小女生让给我，但是有她在我身边，肯定也是一种安慰。其实，我本来可以叫本森（Benson）小姐来陪陪我的，但是哈洛德觉得她不是最好的人选。他嫌她手脚太慢反应迟钝，会搞坏我们的心情。不过，他倒是提到你的那位小外甥女的活泼一定能感染到我们。那一天朱利叶斯跟我说过，他舍不得这个姑娘，因为她能够让整个"老屋"（他总是这样说卡达加）都充满生气。听说这个姑娘是露丝的孩子，所以我也挺希望能与她见上一面的。能替我向她致意吗？

另：星期三下午哈洛德会去你们那里接西比拉。我希望你可以放行，让她陪我玩玩。

"嘿，姨妈，太好了！"我大声叫道，"你又在笑什么啊？"

"你觉得哈利希望你跟谁做伴？有我这个老姨妈帮你做挡箭牌倒也不错，对不对？哎，在爱情与战争中啊，什么手段都是公正的。你想怎样使用我，我也不会说什么的。"

我装作不知道她在说什么。

外祖母同意了比澈小姐的要求。还没等到这一天的到来，我就已经早早收拾好箱子，往里面放了些可爱的新衣服。我很高兴，也很希望能够早一点去五先令洼区。

星期三的下午，一点钟到了；但等到两点钟的时候，在第十八次把头探出窗外之后，我却开始担心不会有人来接我了。这个时候，我看到了哈洛德·比澈笔挺而不尖利的鼻子掠过。外祖母在走廊上张罗着下午茶，但我不想喝，而且趁着哈洛德在喝茶的时候，就偷偷把一切都准备好了。

我们坐上一辆红色的马车，像飞一样登上旅程的时候，天色已经将晚了。我的手提箱被绳子捆绑在了车后，拉车的是一匹纯种的美国马。它在悉尼赛马上得过奖，这个时候也是套上了全副装备。我们简直是呼啸而去，真是太厉害了！在飞速转动着的车轮和奔驰着的马蹄后面，沙石滚滚，尘土飞扬。我们左边的栏杆像着了魔一般，急急忙忙地向后退。过了一会儿，比澈先生让我驾车，他则退到我的身旁，以便能在紧急情况下接过缰绳。

这个时候，夕阳西下——一天二十四小时中最美丽的时刻——我们向通往五先令洼区牧场主家的白色大门驶去——哇，是美丽而宽广的五先令洼区啊！后面巍立着的是蓝色的小山丘，此时显得朦朦胧胧；前面延展的是宽广而有肥沃的洼区，雅朗岗河（Yarrangung River）在中间穿过，在夕阳的倒映下波光粼粼，像是一条银色的蛇，在长满灌木的河岸间蜿蜒盘旋。

占地约六英亩的花园，芬芳扑鼻，沁人心脾。微风轻轻吹过房子间的树木，吹过沿着房子南边倾斜而下的大果园。在渐渐失去光泽的夕阳中，三十个铁皮房顶，都反射着斜阳的光辉，看上去就像是一个小镇。车轮的声音引起了很多狗吠，哇，真美丽啊，五先令洼区真美丽啊！

大门敞开的时候，好像有一百只狗要蹿出来向我们致意，但最后我粗略一数，其实也不过二三十只。

有两个女人出来迎接我们——一位将近六英尺高，另一位却是个小不点儿，好像只有十八英寸。不过，她当然是比十八英寸高。

"顾茜（Gussie）姑妈，我把她接过来啦！"哈洛德说着，从马车上跳了下来，手里还握着缰绳，又亲吻了一下高个儿的女人。小个子女人挨近他的腿，说："我也要坐一下车。"

"喂，负鼠！为什么没有把斯班克（Spanker）放出来？我没有在狗群里看到它。"说着，我的主人把小个子小姐抱了起来，放进马车，驶了进来，满足了她的心愿。这个时候，比澈小姐抱了抱我，她的侄子则将我从地上托举了起来。

之后，我跟着比澈小姐走过了沥青网球场，穿过了广阔的院子，路过一条大走廊，来到一栋宽阔的大平房面前，房子里灯火通明。

"啊，我太高兴了，你真的来了，亲爱的！来，来灯光下让我好好看看你。我希望你长得像你的妈妈。"

这样的场景让我感到很尴尬。我知道她会知道我长得很丑，一点也不像我那个美丽动人的妈妈。我心里默默咒骂了一下自己的外表。

"你叫西比拉，"比澈小姐继续说，"西比拉·佩勒洛普（Pennelope）。你妈妈以前和我关系很好的，但现在也不知道为什么，也不给我写信了。自从她结婚之后啊，我们就没有再见过面了。但每每想到她是八个孩子的妈妈，我都觉得很神奇，五个儿子，三个女儿，对不对？"

比澈小姐领着我走过了大厅，来到了一条很长的过道上，两边有很多扇客房的门，我随便选了一间。

"我希望你能够在这里住得舒舒服服的，孩子。在这里吃饭不用穿得过于隆重，除了一些特殊的场合，我们一直都是这样的。"

"我们在卡达加也是这样的。"我回答说。

"那就好。那现在，孩子，你脱掉帽子让我好好看看。"

"啊，不要看啊！"我失声大叫，然后把脸捂着。"我长得太丑了，我不是很能接受别人看我。"

"傻孩子！你虽然长得不像你的妈妈，但看上去也是不一般的。哈洛德说啊，他遇到过的女生里面，就你最好了，还说你唱的歌很好听。上个礼拜他才去悉尼买了一个钢琴调音器回来，我们都很希望你每天晚上都给我们唱歌呢。"

我之前就听说过，在五先令洼区，只要是哈洛德说好的东西，没有人敢持否定态度的。

我们直接去了餐厅，还没有待上多长时间，哈洛德就进来了，肩膀上还坐着一个小女孩。比澈小姐告诉我，她的名字是明尼·本森（Minnie Benson），是附近那个维姆彼特农场（Wyambeet）里一个监工的女儿。比澈小姐觉得，要是选了一个男孩子的话，对于她爱玩的侄子来说是最好的，但是比澈却觉得，小男孩是用来折磨大人的机器。

"嘿，奥多兰（O'Doolan），今天怎样啊?"哈洛德问着，然后把这个活着的小玩具放了下来。

"是小鸭子喜欢的好天气①呢!"她马上就回答说。

"哈洛德，你也真是的，竟然教一个单纯的小孩子这种讨人厌的俚语。你起码应该给她起一个得体的爱称啊。"

"奥多兰，这是梅尔文小姐，你要向对待我一样对她哦。"

这个小人儿向我伸出了手，我把她抱了起来。她的双手搂住了我，然后亲吻了我一下，说：

"我爱你，我好爱你啊，"说完转过头看着比澈，"这样够不够?"

"好了好了。"他说。小女孩便挣扎着想要下来。

这个时候，进来了三个牧羊工，一个监工，还有另外两个年轻人，他也向我一一介绍了。随后，便开始了我们的晚餐。

奥多兰坐在比澈先生旁边的一张高凳子上，由比澈照顾她吃饭。她学着比澈，比澈做什么，她也做什么，甚至还吃了几口芥末，但她很勇敢地忍住了泪水，虽然那泪水已经快要从她那双洋娃娃般的蓝眼睛里涌出来了。但更加有趣的是，

---

① 英国俚语，即雨天。

比澈先生在擦胡子的时候，她也像他一样，象征性地擦了几下。

吃了饭之后，牧羊工跟另外的三个男人一起走进了后屋的休息室。这间房子是专门为他们准备的，他们在里面喜欢玩什么就玩什么。我的男女主人、我自己还有那个小女孩，在餐厅旁边的客厅，度过了第一个夜晚。比澈小姐同我聊天，还拿出了家庭相册给我看，而哈洛德就在旁边，一直逗着小女孩自娱。

在比澈先生和小女孩离开的时候，比澈小姐告诉我，他这样逗着孩子玩真的很搞笑，而且有一半以上的时间，这个女孩子都是由他带着的。比澈小姐还问了我对她的侄子有什么看法，我回避了她的问题，反问道：比澈先生总是这样文静、那么和颜悦色吗？

"哎，不是的，亲爱的。我们都觉得他脾气很差，但倒也不是那种火爆的脾气，不过就是——"

这时候，那个脾气差的人又进来了，我们也停止了对话。

哈洛德让奥多兰骑在他的背上，然后自己用手脚在地上爬着，奥多兰带着孩子的欢乐大叫着。最后，她偎靠在比澈先生的胸前睡着了。

本森太太想要奥多兰回去，第二天的时候哈洛德便把她送回家了。他邀请我跟他一起去，于是我们一起坐着马车出发了，而奥多兰则坐在我的膝头上。往返维姆彼特一共要十二英里，我们一路都很快乐。奥多兰与比澈先生分别的时候很难过，但是比澈先生答应她，过不久就会来看她了。

"对于我来说，一次一个小姑娘也够我受的了。"他带着那种迷人的表情跟我说。他的风度和他的财富，都会有意无意地让女人甘心成为他的俘虏。

第十八章　当命运之神微笑之时

"喂，哈洛德，遂你所愿，西比拉来这里了，但你可不能让她度日如年啊。"比澈小姐说。

这是我来到五先令洼区的第二天。吃完了午饭之后，我们来到了走廊上。比澈小姐在她的工作桌旁边忙碌着什么。我坐在地板的垫子上看着书。哈洛德躺在一把牧场主的椅子上，跟我相隔好一段距离。他那双棕色的大手枕在了脑袋的下面，下巴靠着宽厚的胸膛，双眼闭着。他有时候会微微翘起下巴，向上喷出一股气流，以驱赶脸上掠过的苍蝇。他看上去十分舒服，一边还慵懒地回答着姑妈的问题。

"我知道了，姑妈，我知道怎么做了，"然后对我说，"梅尔文小姐，你在这里生活的这段时间，请你要记得，为了给你带来欢乐而上下奔走是我最大的乐趣。有什么需要的话，随便吩咐好了。"

"谢谢你，比澈先生。我一定会接受你的提议的。"

"你们两个孩子真奇怪，互相称呼这么一本正经，"比澈小姐说，"为什么要这样啊。若是按照我们两家以前的交情啊，你们也差不多是表兄妹的关系了，你也要叫我一声姑妈啊。"

从这之后，但凡比澈小姐在的时候，我跟比澈都有默契地不叫对方，但在其他场合时，还是坚持一本正经地称呼。

哈洛德看上去很惬意懒散，我倒想要试试他，看他说的话究竟有几分诚意。

"我想去河上划船啊，你带我去吗?"我说。

"你先去看看现在几度!"奥古斯塔小姐（Miss Augusta）大叫道，"孩子，你们还是等天气凉快一点儿再去吧。"

"啊? 但是我喜欢热天啊!"我回答说，"而且我也敢肯定，这不会伤害到阁下的。凭着你的外表我就可以知道，你肯定很习惯大日头吧。"

"嗯，没错。我觉得这不会晒伤我的。"他一副好脾气的样子，然后用大拇指和食指擦着冒着胡茬儿的下巴。内陆地区的丛林男人会定期在每个星期天的早上刮胡子，而平时则除了要参加晚会，其余时间一般都不会刮脸。听说这样做是为了避免下巴出现乌青——他们说这是"刮过的猪猡"——城市里的男人因为每天都刮胡子，脸就成了这个样子了。丛林的男人们还是喜欢留七天的胡茬儿。

"那半个小时之后，我带你去河边吧，"他说着从椅子上坐了起来，"但是我要先将我的马华里格尔（Warrigal）甩出来的马掌钉回去，明天我要用这匹马，所以我要现在就把它弄好了。如果刚弄好就骑的话，华里格尔会像之前一样，一瘸一瘸的。"

"那要我帮你拉风箱吗?"我自告奋勇。

"啊，不用了，谢谢你啊。我自己就可以对付，虽然有个人帮忙当然是更好的，可是我不能让一个小女生帮忙。"

"那你就不能找个男生帮忙吗?"他的姑妈说。

"可是家里已经没有其他男孩子了啊。今天我让他们都去三角地的牧场，分离那些牲口去了。他们都在马鞍袋里装上了饮料和食物，要等到天黑才回来啊。"

"那就让我来吧，"我坚持着，"我之前也常给杰·杰舅舅拉风箱的，我觉得很好玩。"

我的提议被接纳了，于是我们走出门去。

哈洛德把他心爱的华里格尔拉出了马厩，牵着它来到了空地上一个铁匠铺子的棚里。这个棚子的屋顶是用桉树皮造的，上面密密麻麻地爬着藤蔓。他生起了火，将一块马掌扔了进去。然后脱掉了外套和帽子，把袖子卷起来，系上了皮围裙，开始准备马掌了。

有时事件紧急，杰·杰舅舅要自己亲自动手装上马掌的时候，我常常会在旁边帮忙拉风箱。舅舅是个很严格的人，我怕他会不高兴，所以总是会把风箱拉得恰到好处。但是这一次却不同，我使了很大劲，拉着风箱杆，结果差一点就把火吹到了炉子外面去了，搞得哈洛德周围灰尘飞舞，火星四射。这匹马——一种富有灵性的动物——昂首喷息，从他主人的手腕中抽回了马蹄。

"这样行不行啊?"我故作正经地问。

"再稍微轻松一点就好。"他回答。

于是我完全放松了，把炉火搞得差不多灭掉，待到要用的时候，那块马掌几乎已经冷却掉了。

"这样不行啊。"比澈说。

我重新用力一拉，比澈倒退了好几步。

"稳一点，稳一点！"他喊着。

"那就是说，无论怎样我都不能让你满意了？"我回答。

"如果你不能想尽方法让我感到满意的话，我就要用你不喜欢的方式来惩罚你了。"他大笑着说。不过我知道自己对他所想象的那种惩罚，是会暗自高兴的。

"如果你不肯让我完成这个任务，那我就会去叫一个工人，在他回家累得不行的时候，点着蜡烛来做。我知道你是不愿意让他们这样做的。"他继续说。

"呵呵，那你就这样做吧，你也是说说而已，"我反驳，"你还记不记得，你跟我说过，华里格尔是一头脾气很差的畜生，它只让你一个人碰它？"

"啊，好吧好吧，我输了，而且我会承担一切后果的。"他很开心地说。

我虽然很努力地想让他发火，但都没有什么效果。看到这样的场景，我也只好罢休了。我们很快就上好了马掌，然后向小河的方向走去。比澈先生穿着卡其色的外套，而我穿的是一件别致的白色衬衫，戴着一顶大大的帽子。我的男主人一只手撑着一把白色的大伞，帮我遮挡十月的酷阳，一手拿着一个小篮子，篮子里放着一些可供消遣的饼干和糖果。

我们走完了房子与河之间的半英里路程后，坐进了一条刚好塞得进我们两个人的小船，离开了河岸。我不顾哈洛德的好言相劝，低身越过船边，在幽深且清澈的河水里玩耍着。没隔多长时间，我们两个人都掉进了河里。我不会游泳，如果不是他的帮忙，我早就死了。当我浮出水面的时候，他立刻就把我抓住。没有费多大力气，他就带着衣物和我游到了岸边。我们在狼狈之中登上了岸。哈洛德的鼻子上糊满了泥，看上去很搞笑，我一站稳就大笑了起来。

"哈哈哈，如果能给你照张照片多好啊!"我说。

"我们两个差一点儿都淹死了。"他一脸严肃。

"你就是有权有势也不能飞起来，"我回答他，"就是只看你这副搞笑的样子，落水也是值得的。"我们两个人的帽子都丢了。

他的表情慢慢放松了起来。

"我相信你就是死到临头也会说笑话的人。如果我现在看上去很奇怪，那你肯定比我还怪上四十倍。赶快回家吧，先洗个热水澡，再喝一点烈酒，不然你很容易患上感冒死掉的。奥古斯塔姑妈肯定会发脾气，以后都会看着你，害怕你再出什么事来。"

"患上感冒死掉!"我大声嚷着，"只有那些文静、美丽、人见人爱的娇气小女生才会因为这样的小病小痛而死掉。像我这样的女生啊，肯定能够活到九十多岁，喜欢折磨自己，也喜欢折磨其他人。我神不知鬼不觉地跑回家的话，你姑妈就看不到我了。在这方面，没有人比我更机灵的。"

"你会中暑的!"他很失望地说。

"小心，不要被儿女私情冲昏了头。"我莽撞地说，然后回头就跑，因为我忽然意识到我的衣服又薄又湿，把我的体形都显现了出来，太不得体了。

我迂回来到了房间，没有人发现我。没过多久，我就换好了衣服，把原先湿湿的那些衣服晾了出去，来到了走廊上。奥古斯塔小姐仍然在忙着缝缝补补些什么。我捡起了留在垫子上的书，躺在她旁边的吊床上，开始看了起来。

"你在河里也没有玩多久啊，"她说，"你洗了头? 我从来没有见过你这个样子。这么一大团头发，要一天才能干吧?"

半个小时之后，哈洛德穿着一套厚实的花色呢子外套来了。他的脸色看上去有点苍白，也有点无精打采，好像是受了凉，在躺椅上坐下的时候，身子还微微颤抖着。但是落水对于我来说，没有丝毫影响。

"哈洛德，你为什么不换衣服啊？不过当然，在这种天气里你是不会受凉的。西比拉小姐都已经换好衣服了，而且头发湿湿的。你们搞什么了？"奥古斯塔小姐惊慌地从椅子上坐直了身子。

"胡说八道。"哈洛德带着不容多问的语气大叫起来，于是这件事情就没有再被提起了。

她立刻就离开了走廊，我趁机说，"比澈先生，倒是你自己才需要洗个热水澡，喝点儿烈酒了。"

"是啊，我觉得我也是应该喝点儿烈酒的。我有点着凉了。刚才我浮出水面没有看到你的时候，真的吓了一大跳。我好担心翻船的时候你被船打昏了，这样的话很可能我还没有找到你，你就已经淹死了。"

"对啊，如果我真的淹死了的话，这个世界还真是损失不少呢。"我嘲讽地说。

那天晚上有几位牧羊工，一个附近的牧场主和一个骑自行车的旅行者来到了五先令洼区，我们度过了愉快的一晚。豪华宽敞的客厅被灯火照得亮堂堂的。漂亮的意拉德大钢琴奏起了音乐，有时雄壮有时高亢，有时肃穆低沉，有时又活泼愉快。

我很开心地发现，哈洛德·比澈原来不仅是出色的钢琴演奏家，还是一位极富天赋的小提琴手。他用清晰嘹亮、训练有素的男高音唱的歌穿透了长空。曾经有多少次，我又回想起了那些夜晚啊！那大大的房间里豪华的摆设、高级的钢琴，还有迷人的灯光、欢笑声、从东面轻拂而来的微风，微风中充溢着数不清的花朵的醉人芬芳；那个魁梧而且完美的身材，用这一双大师般的神奇的手，握着小提琴，演奏出了跟我在音乐家乌黑的眼睛里能够看到的一样的语言；上空和周围都是澳大利亚夏夜里温柔的暖流。

啊，这些都是健康与富贵、幸福与青春、欢乐与光明、生活与爱情啊！这个世界，是一个多么温暖人心的地方啊。当命运之神微笑之时，整个世界都充满了欢乐、善良和美丽！就在命运之神微笑之时！

在那些美好的日子里，命运之神真的笑了，而且笑得很开心！我们相互捉弄着、玩耍着，乐趣无穷无尽。一天晚上我准备睡觉的时候吓了一大跳，因为我在靠近床头的地方看到了一只巨大的蜥蜴。我叫来了哈洛德，要他把它赶走，但在这个时候才发现这只蜥蜴是绑在床脚上的，结果因为捉弄到了我而博得了他们的笑声。

我始终都没有发现这究竟是谁做的，但是我一直怀疑是哈洛德。为了回敬他的这个玩笑，我把房子里面所有能用的钟———共有二十个，大多数是一般用途的沃特伯里牌钟——都收集了起来，放在了他卧室的桌子上。我把闹铃的时间都岔开了，还题写了一块小牌，上面写着"精神病医院"，而且把牌子放在了哈洛德的门上。第二天凌晨三点的时候，我被我放在门外一齐响起来的十五只闹钟吓醒了。一两个小时之后，我出门的时候看到了门上挂着一个小牌："此路通往动物园"。

那时正是五先令洼区男人们忙碌的季节。火车载满了剪羊毛的装备过来，因为一年之中最重要的事情已经迫在眉睫了。再过一个礼拜左右，成千只绵羊的叫声、柏油，还有羊毛的味道将从五先令洼区附近冲破天际。我盼望着剪羊毛的季节能够早点到来。卡达加从来都没有这样的日子。舅舅养的绵羊不多，而且总是在羊留着长长的毛就卖掉，等到它们都剪过之后，又重新买回来。

所以，白天的时候我骚扰哈洛德的时间其实并不多。他跟他的工人们一天到晚都不在，忙着分离和挑选牲口，要么就跟绵羊们待在一起。不过我经常都在傍晚的时候迎接他们回来，奥古斯塔小姐有时候也会这样。我觉得这样很有趣。狗在乱吠，男人们浑身都是灰尘，全身都很脏，而且还散发着一股膻膻的羊味。他们在火烧般的日头下忙碌了一整天，但是在洗完澡换完衣服之后，却没有累得连玩的兴致都没有或者在晚上的时候无心恋舞。我们有不少良马，他们跳着跑着，越过了横亘在路上的每一根木头。欢声笑语、妙语连珠、废话从我们的舌尖奔涌而出。我们不再为成千上万的同胞而感到担忧——他们在城市的贫民区里贫困交迫。此刻，我们很自私，我们一点都不在乎，我们过得很快乐，我们变得很年轻。

哈洛德·比澈是一位很称职的主人，任何一个人，哪怕只有一点点的才能，都能够以宾客的身份在这里过得很愉快。他的好客之道是沉静而且朴实的。他的监工、牧羊人还有其他工人都被容许在家里举办活动，他们也可以邀请任何自己喜欢邀请的人来到五先令洼区。评论一个好的主人当然也是不错的，但如果我能拥有哈洛德·比澈的这些先进的设备，我觉得我也可以成为一个很好的女主人。宽广的牧场，数不尽的房间，网球场，还有乐器；可供钓鱼、游泳还有划船的小河；各种各样的马、车子、果园、花园、枪还有足够的火药，凭借这些，确实是很容易就能尽到地主之谊的。

我在五先令洼区才过了一个礼拜，朱利叶斯舅舅就过来带我回家了，所以我并没有看到剪羊毛的场景。舅舅觉得我没有在家，卡达加就显得格外的枯燥无味，所以当天我必须跟他一起回去了。比澈先生和比澈小姐都过来劝他，难道就舍不得再让我在这里多住两个礼拜吗？没有我的话，五先令洼区会变得如往常一样冷冷清清的。

舅舅立刻就自告奋勇，说要把本森小姐从维姆彼特带来作为我的代替品。哈洛德礼貌地拒绝了。

"年轻人的诡计总是很容易就被看穿。"舅舅和奥古斯塔小姐对着我们意味深长地笑着说。我假装什么都不知道。但是哈洛德却微微一笑，好像他们的这种暗示不单单被他所理解，而且还让他感到很开心。

舅舅怎么也不肯放任，所以我也只能跟他一起回家了。外祖母和姨妈说因为我不在所以感到很寂寞，我听到了也感到很开心。

好朋友这个角色，海伦姨妈演绎得尽善尽美，她为人老练睿智，而且很有爱心，我那种傻瓜般的唠叨，肯定常常让她觉得烦闷，但她总是表现得对我的话很感兴趣。

我把在比澈家做客的日子里发生的事情都详细地告诉了她。我跟哈洛德怎样在钢琴上演奏出震耳欲聋的二重奏啊；他怎样坚持要跟我跳舞，但是他又高又大，我却如此矮小，就像要拉长着身子往草堆上靠过去般累人。

我还很生动地给她描述了奥古斯塔小姐与一个监工的事情——他们两个人的个性都很倔——关于宗教与其他问题都产生了很多争议；我还谈到一个牧羊人是怎样没完没了地说起他老家有权有势的亲戚；还有另外一个工人，谈起马刺、马鞭、马还有运动的时候，就会喋喋不休；而一个叫作齐·阿切尔的人，则同我谈论了文学还有低劣的文学作品。

"那哈洛德呢，他一直在做什么啊?"姨妈问，"他又跟你说了些什么啊?"

哈洛德一直都在家里，但是他跟我说的话，我一句都想不起来了。好像大多数人偶尔会碰到的情况一样，我想不起来他是不是因为某一个话题或者是某一件事情的起由而滔滔不绝地谈论起来呢。

第十九章 青春之歌

一个受政府聘用的邮差，每个星期一都会路过卡达加，并且照例履行他的投递职责，放下博斯厄家的邮信，然后继续赶路。星期四的时候我们也可以拿到信件，但是有一半是要靠自己努力的。

维姆彼特牧场上有一个叫作狗陷阱的地方，距离卡达加十英里。那里有一位选地农，买了一辆带有遮篷的车子，每个星期四都开着它往返于古尔，将蔬菜和其他的农产品送到市场。如果别人求他，他也会带客，或者捎送他们的行李，卡达加跟五先令洼区的东西加起来，也是够呛的。他还往这两个地方之外的两三个其他地方捎带信件。我的任务，其实倒不如说是特权，就是在星期四下午骑着马去他那里取信。肩上挎上一个皮包，一路奔腾的感觉真爽快。天气晴朗，气温也不低。但我总是很尽兴地享受这短短的旅程。有一两次，弗兰克·哈登希望同我一起去——不是外祖母或者是我要他陪伴的，是他自己要这样做的。但是我都故意弄得他不高兴，以至于他觉得自己吃力又不讨好，最后也只好放弃了这个念头。

哈洛德·比澈聘请了一个流着鼻涕的昆士兰黑人男生，做些擦皮鞋之类的工作。狗陷阱的邮件就是由他来取的。但是自从我去拿邮件之后，哈洛德便按时自己来了。在回程中，我们有两英里路是顺路的，但是他总是会一直陪着我，直到看到了我的家。有几次我们还玩起了赛马，弄得小马都口吐白沫了。

有一两次我的马情况特别严重，我们只好跳下马来。哈洛德卸了马鞍，用他的抹布把马身上的汗擦掉，抹掉骑过了头的痕迹，以免杰·杰舅舅责怪我。其他的时候我们都是慢悠悠地回去。分手的时候，落日的余晖好像躲在高大的桉树的白色躯干之间向我们微微地笑；笑鸟好像在四处浪荡，随意说着晚安；几十只野鸭以很快的速度奔回巢穴。

我经过小溪和小河的那块三角地，距离家里半英里左右的时候，耳边传来了拴马腿的链条发出的动人的叮叮当当声，马铃声还有好十几堆扎营的烤火噼啪声。礼佛里那平原的剪羊毛工作已经完全结束了，男人们已经踏上了归途。日复一日，那几十个人踏上了长长的白色道路，朝着东南方蓝色山峰那一边的蒙纳罗和凉爽的乡村走去。在那里，剪羊毛的工作才即将开始。

我到卡达加的时候，他们的最后一批人正骑着蹩脚的马出征，现在，他们又骑着马回来了——有一些马已经换成了长得颇好的纯种马，他们的口袋里也装着这几个星期辛辛苦苦劳动的收获。无论出去或者是回来，他们都会在卡达加宿营。从蒙纳罗到礼佛里那，这里的地方最适合做宿营地。这里有一个水源充足的隐秘角落，土地肥沃，哪里都有牧草。所以，这里很难得看到没有扎营的时候。空果酱罐、酒瓶、袋子的碎片、纸头、帐篷桩子还有空鱼罐，一定能装上满满一卡车。

我每逢星期四去狗陷阱拿信件，其他的日子都有着快乐的工作还有符合健康的娱乐活动。河边长着的蓝色番泻树花已经被白色的茶花艳压。外祖母、舅舅和姨妈为了让我开心一点，特意让房子里住满了来这里玩的小女生。中午，气温升高的时候，我们去两英里之外的小河里游泳。有一些从附近牧场过来的女生自带了马鞍，但是从镇上来的人，也只能靠我们提供，所以女鞍总是不够，弄得我只能用男鞍。不过想到了热热闹闹的奔腾，还有马上就可以下河游泳，我对此就不再在乎了。海伦姨妈总是想陪着我们去，好看看我们。但是只有她一个人穿泳衣，而我们其余的人很快就脱光衣服，跳进舒服的河水里，匆匆忙忙的时候还会扯掉纽扣，使得她们满地乱滚。之后就是互相打闹了，也就是健康的女生在快乐时会玩的那些：打水战，追逐嬉闹，大笑，大叫，大闹。可是往往我们意犹未尽的时候，海伦姨妈就叫我们上车回家了。

但是我们会拖拖拉拉，再待上一会儿，过后便争先恐后地穿衣服，然后骑马回家，湿漉漉的头发还往毛巾上滴着水。我们兴高采烈地骑马回家，十二双飞奔而起的马蹄，在坚实的路上扬起灰尘，响起庄严的马蹄声。外祖母有一个规定：谁回家晚了，就要自己卸马鞍，不能因为自己的快乐而打扰正在吃饭的工人。我们回家之后一般都挺晚了，所以往往会有一场激烈的比赛，看谁能够先完成任务第一个赶到饭桌吃饭。十二匹热气腾腾的马不拘形式地被牵了出去，马鞍和辔头随地乱扔，骑手们则披头散发、衣冠不整地出现了餐厅，证明她们的真的已经很饿了。

卡达加的人都很喜欢钓鱼。这是他们的爱好，也是一家人相聚一堂时的娱乐活动。下午时分，他们从水道里挖了满满一罐的小虫，准备好了渔具，套上马鞍，然后外祖母、舅舅、姨妈、弗兰克·哈登、我自己还有刚好来拜访我们的任何人，向着三里外的鱼塘出发。其实我很讨厌钓鱼。啊！把一只虫子活生生地挂在鱼钩上做饵，然后还要把鱼从钩子上取下来，是多么恶劣又残暴的行为啊！舅舅在钓鱼的时候不喜欢有人在河边闲着。每个人都一定要拿上一根鱼竿和渔线。因为总是沉浸在自己的美好幻想里，所以我总是会忘记了看软木塞状的浮标，直到我手中的鱼竿开始抖动我才急急忙忙把它往上提——可是已经太晚了！小鱼在吃掉渔饵之后已经逃到千里之外了！

舅舅教训我说，钓鱼的时候要像一只寒鸦，一动也不动的。于是等到下一次的时候，我眼睛不眨一下，死死盯着浮标，等到它一下沉，我就立刻把鱼竿拉起——哎，又太早了！小鱼被惊动又逃掉了，我又一次丢脸了。经历了这几次之后，我就生出了一个妙计，但凡看上去觉得会有鱼儿上钩的时候，我就对弗兰克·哈登客气一点，这样的话他就会看着他自己的鱼竿，顺便还会照看一下我的。而我呢，就看起了偷偷带过来的书。

这个鱼塘是一个杂生灌木的角落，虽然离大马路只有两百码，路人却不能看到我们和我们的马。我躺在柔软的青苔和枯叶上，尽情地欣赏着大自然的风景。在这个美丽的角落，我做着诗人的梦。在底部呈粉红色、顶部呈灰色的青苔覆盖着的岩石中间，河水潺潺，灌木清香，斜阳金辉，路上偶尔会响起动人的马蹄声，河水里也会传来鸭嘴兽戏水的吧嗒声。对于我来说，这里就像一帖最甜蜜且能治百病的良药。

在那些日子里，我过得非常开心。生活其实是由很多件小事情构成的。有不多但足够的零用钱，能买自己喜欢的东西，自然也是一件小事情——而且是一件微不足道的事情，但是它却给了我极大的快乐！虽然吃并不是我享受生活的最重要的目的，但是能够享用到自己喜欢的美食确实是件很爽的事。我也并不是说我在家里的时候经常饿着肚子，但是在大热天时，除了面包和牛肉我们就没有其他的主食，这就难免会使人向往水果和冰镇的甜品了。

当想起成千上万的同胞，仅仅是因为生活所迫，每天都出卖着自己的灵魂时，我想，我们——不负责任的人们——其实是应该怀着非常感恩的心感谢上帝的。起码我们还能够勉强度过我们的日子，嘴里还叼着一块面包，肩背上还遮着一块破布。但是我并不是懂得感恩的人。我为平日所说的"离题万丈"而感到愧疚——没错，我现在正要出发去狗陷阱拿邮件。

哈洛德·比澈每个星期四都会送我回家，就算剪羊毛的活动已经全面展开，而他一定因此而忙得焦头烂额的时候，他也是如此。他从来没有向我吐露过任何关于"爱"的字眼——就是年轻的异性朋友常常要毫无意义地对付的那些软糯的废话。他为了陪我回家大费周章，耗费多时，仅仅是要显示他的绅士风度还是另有别意，对于我来说是一个谜。我很想去解开它，所以我决定先不骑马，而是驾车去狗陷阱，看看他有没有什么话要和我说。

外祖母也同意了我的想法。当然，如果我觉得自己不会驾车的话，可以只尝试一次。不过，这些马休息了很久，已经变得活跃起来，所以祖母说我一定要带上弗兰克一起去，要不然肯定会被它们摔断脖子。

我当然很坚决地反对了她的提议，因为弗兰克与我同去的话，肯定会把全部事情弄糟。但是与外祖母争论，和她说我见到马儿不慌是没有什么用处的。她说，我要么带上弗兰克驾车，要么自己骑马去，不然的话就待在家里，哪里都不要去了。但是我喜欢驾车。结果他们把几匹肥壮的马套在马车上，千叮万嘱，"一路小心""不要忘记了邮包"之类的话，最后才让我们出门。弗兰克·哈登的出现肯定会让事情变糟的，所以我决定要立刻甩掉他。

在离家里四英里的地方，我们要通过一扇门。到达的时候，弗兰克·哈登便跳下了车去开门。趁着弗兰克推车的时候，我挥鞭策马，马儿全速前进，我顺利驾车逃走。他跟在马车后大声叫着什么，但是在嗒嗒的马蹄声中，我们什么都没有听见。一匹马开始踢腿，弗兰克没有时间再胡闹了。我驾车飞驰，很快就使得这个可爱的牧羊工成为远方的一个黑点。路上尘雾飞扬，转动着的车轮下飞沙走石。

空气中回荡着知了的声音——"无知啊！无知啊！"耀眼的太阳把白色的道路照得闪闪发亮。我有些陶醉了。当想起我作弄弗兰克·哈登的时候，我忍不住偷偷地笑了起来。这个玩笑实在开得太好了，就算回家之后会因此挨上外祖母的两顿打骂也值得。

没过多久我就到了狗陷阱的住所，拴在花园里的"六英尺"栏杆上的是哈洛德·比澈的爱马，高大黑实的坐骑华里格尔。这个性格暴烈的骏马转过漂亮的头来，露出了额头上的白色斑点，当我走进的时候，还喷着鼻息。马主人出现在了走廊上，举起了他柔软的巴拿马帽子，说："我从来都没有见过这样子！你该不会是一个人来的吧?!"

"我确实是一个人来的。麻烦你告诉巴特勒太太，马上把我外祖母的包裹和邮件拿出来，我不敢耽搁时间了，已经不早了。"

他走开了去帮我问问。不到一分钟，他又出来了。

"比澈先生，你能够帮我检查一下巴尼的挽具吗？我觉得一定是有什么东西弄疼它了，它一路上都在踢着腿。"

比澈先生帮我检查了挽具，看到那匹马因为激烈奔跑而喘着大气，身上还滴着汗水，说：

"看起来你刚才让巴尼不要命地跑起来了，但是它根本就没有被什么东西激怒。如果它显得有点趾高气扬，可能是因为性子太活跃了。自己一个人驾车一点都不安全，朱利叶斯怎么会让你一个人来这里啊?"

"但是我不怕啊。"我说。

"我知道你不怕。你胆子大得很！两头野象你都能够对付，我当然知道。但是你要记住，你坐在车上，并没有比麻雀厉害多少，我不能让你自己一个人驾车回去。"

"你又不能阻止我。"

"我当然会有我的办法。"

"你才没有。"

"我当然有。"

"你没有。"

"我就有。"

"什么办法?"

"我跟你一起走啊。"他说。

"我才不要跟你一起走。"

"我要一起走。"

"我不要。"

"我就是要。"

"我，不——要。"

"我要。"

"我不要，我不——要——跟——你——一起走。"

"那你等着瞧吧，看一两分钟之后我能不能做到。"他颇有兴趣地说。

"但是，比澈先生，首先，我不要你陪我，我完全能够照顾我自己；还有，如果你跟我一起回家的话，以后我就不会再允许自己出来了——这样的话，我会很不开心的。"

这个时候，巴特勒太太拿了信件和包裹出来，哈洛德帮我把它们放进马车。

"不如你们还是进来喝口水再走吧，水已经烧好了，我也把你们两个人用茶的桌子准备好了。"

"不喝了，巴特勒太太，真的很谢谢你。时候不早了，今天我不能再留下作客了，我要赶快离开了。再见了。午安，比澈先生。"

我灵活地把马车掉头，正要飞驰而去，但是哈洛德已经不声不响地站在了马头前面，一把抓住了缰绳。他勒住了栏杆旁边华里格尔的辔头，一瞬间便把它拴在了巴尼的旁边，然后轻盈地跳上了马车，把我从车夫位置拉开，好像我只是个孩子。他默默地握着缰绳和马鞭，抬了下帽子，向微笑着的巴特勒太太致意，然后驾着车出发了。

我对他的行动很满意。如果他屈服于我的话，我会把他看作呆子，也不会瞧得起他。但是我忍着自己，不把满意之情表露出来，而且尽量坐得离他最远的地方，还要装出一副很生气的样子。有一段时间他专心致志地驯服巴尼，没有注意到我，但过了没几分钟后，他就回过头来，露出了令人生气又让人愉快的笑容。

"我还是建议你把下巴放松一下，它这么圆，又柔软，就是嗽上天去都顶不了什么作用。"他挑衅地说。

我想回瞪他，压下他的意气，但并没有达到预期效果。

"我劝你还是礼貌一点好，起码我的手上还握着马鞭的柄。"他说。

"在我舅舅的马车里，我还是有权按自己喜欢的方式做事的。但现在是你自己闯上门来的，应该要礼貌些的人是你吧。"

我举起了遮阳伞，作弄着哈洛德。没一会儿后我把它放了下来，让他看不见马匹。他立刻抓住了我的手腕，移走阳伞，好一会儿才松开手，说："喂，你老实一点。"

我没有理会他的警告。他的耳朵和眼睛都受到了威胁，搞得他只好戴上了帽子。

"我给你三分钟，再不乖的话我就把你扔下去。"他假装严肃地说。

"我觉得我自己很乖。"我回答说，没有停止胡闹。

他勒住了缰绳，一把抓住了我，轻轻地把我放在地上。

"好吧，既然这样，你就自己走回去吧。等你变得像一个基督徒一样得体的时候再说吧。"他说着，驾了车，以步行的速度往前走。

"如果你是在等我答应你什么的话，那你就等到这个世纪结束吧！我自己能够走回去。"

"太阳那么毒辣，你很快就会累的，而且穿着那种纸鞋，不到一里路你的脚就得长泡。"

他说的纸鞋是那双薄底的白色帆布鞋——确实一点儿都

不适合穿着它在又硬又热的地上走上八英里。我毫不动摇地向前走，没有看哈洛德一眼，而他已经放慢了速度，几乎是蜗牛爬行的状态了。

"你要上来了吗?"他问。

我没有理他。走了四分之一英里的路程之后，他跳下马，一手抓住了我，把我拎回了车上，哈哈大笑着说："你真厉害，好在还不能搞什么破坏。"

离家里还有一半路程的时候，巴尼磕绊了一下，绷断了缰绳和马带。眨眼的工夫，比澈先生就已经蹿到了往前冲刺的马前，马具好像已经散了一地。

"我还是继续往前走吧。"我说。

"步行，傻的吗? 叫两匹又肥又懒的马拖着你吗?"比澈先生回答说。

在处理小事情的时候，男人们都显得笨手笨脚。但是在适当的场合里，他们却摇身一变成为神通广大的人物。如果一辆马车散得七零八落，他们会从很神秘的口袋里拿出小刀和绳子，眨眼之间就把一堆残片修复成形。

在这个方面，哈洛德跟任意一个丛林汉一样聪明。没有多久我们就又驾车赶路了，依然心情愉快。

在快到卡达加的时候，他停了车，跳下马，解开了华里格尔，把马的缰绳递给我，说："我想从这里你也可以平安到家。不要生气了——我只是担心你一个人回来的话会出什么事。如果你不愿意的话，你不用提起我跟你一起回来的，再见了。"

"再见，比澈先生。谢谢你的多管闲事。"临别之际，我又趁机补了一句。

"你这么忘恩负义，就算是魔鬼都被你吓跑了。"他回答说。

"魔鬼肯定会把我抓住的。"我暗暗想道，在暮色中踏上归途。知了的叫声已经停息了，几十只兔子经不起黄昏凉爽的诱惑，纷纷出动，快速穿过了道路，钻进蕨树丛里。

我真希望挽具没有坏掉，因为我怕他们会以这个为借口，以后都不准我自己驾车出去。

马夫兼杂工乔·斯洛克在大门口等着我。

"西比拉小姐，总算看到你回来了，我太高兴了。小姐一直很担心你会出什么事，一直进去出来，跟小姑娘盼着与情人见面似的，还说要我去找你。不过她一看到你的马车回来之后，就回去吃饭了。我会帮你把包裹放在走廊上去的，你快点去吃饭吧，不然饭菜就凉了。"

"乔，挽具坏掉了，我要把它捆好，所以我就耽误了时间，"我解释说。

"挽具坏掉了?!"他惊叫起来，"那是怎么回事啊？缰绳和马带都断掉了?! 哎呀，真是要命! 我说这些马带如果不是死命拉是不会断掉的。老爷很较真儿呢。他肯定会把我辞退的。我昨天还看过这个挽具啊，怎么这么容易就弄坏了？老爷肯定会大嚷大叫，说你会因为这个而死掉的。"

他的这些话确实让情况起了微妙的变化。我知道斯洛克能够不费吹灰之力就能够修好挽具，舅舅曾经说过他很擅长马具修理，所以在卡达加待了下来。我毫不在意地说：

"乔，如果你能够立刻就修理好这个挽具的话，就不用去麻烦朱利叶斯舅舅了。事情都已经过去了，而且我也没有受伤，我不会再提起这件事情了。"

"谢谢你，小姐，"他急切地说，"我这就去修好它。"

既然我已经非常幸运地处理好事情，就不会再害怕看见外祖母了。我手捧着信件，进了餐厅，叽叽喳喳的，很高兴：

"外祖母，你看，我真是个好邮差！我带回来一沓信，你说的事情，我一点都没有忘记。"

"现在我不想说这个，"她撇着嘴说，这很明显地告诉我，这件事情不像我想的那样，可以很简单地掩饰过去，"我想知道你下午为什么要这样做？"

"什么这样做！外祖母？"我问道。

"不要再装了！我叫哈登先生陪你一起去，你不但粗鲁地对待他，还故意任性妄为地不听我的话。"

朱利叶斯舅舅认真地听着，哈登则用小人得志的眼神看着我，弄得我手指痒痒的，恨不得揍他一顿。我转过头看着外祖母，清楚而尖刻地说：

"外祖母，我怎么会故意不听你的话？我从来就没有想过要这样做。但是我真的很讨厌他，他真的很烦人。所以当他走出大门的时候，我不能压抑自己的冲动，把车驾走了，留下了他。他看上去好像一只寒鸦，如果你看到的话，也会笑死的。"

"哎呀，你这个可恶的女人，看你会有什么好下场！"外祖母摇了摇头，想严肃对我，却用餐巾遮住了面容偷偷而笑。

"西比拉，你的言行举止一点儿都没有改变过，我真的怕你无可救药了。"海伦姨妈说。

舅舅听完整件事情之后，倒在了躺椅上，捧腹大笑。

"朱利叶斯，你总是怂恿她那种像男生一样的举动，你应该觉得羞愧的。看，她一点儿都不努力培养自己成为贵妇人，我真的很担忧啊。"外祖母说。

哈登先生没有出完气，饭只吃了一半就站起来跺脚走了出去，在身后砰地关上门，嘴里还嘟囔着什么。"就像个男人婆一样，被你们宠成什么样子了""可恶的野蛮人"之类的话。

　　舅舅把整件事情说给每个人听，还很高兴地说起在炎热和灰尘的逼迫之下，弗兰克·哈登居然走了四英里路回家。

第二十章　但愿我被迫倾听的多数说教越短越好

　　我和海伦姨妈单独在一起的时候，我坦白道，哈洛德一直陪我到离家不远的地方。她听了之后，并没有如往常那样一笑而过，反而神情严肃地把我拉到她面前说：

　　"西比拉，你知不知道你自己在做什么？你真的喜欢哈利·比澈吗？你想要同他结婚吗？"

　　"海伦姨妈，怎么可以这样说话！我做梦也不会想到这件事情啊。而且他从来都没有对我说过'爱我'之类的话，结婚？！我敢肯定他也没有想过。我还没到十七岁呢！"

　　"没错，你还是很年轻。但是有一些人的年龄是不能用年岁来估算的。看到你最近表露出来的真假参半的蓬勃朝气，我真的感到很高兴，但是一旦你现在的这种新鲜感消失了之后，你就会变得成熟，以后再怎么装作孩子气也没有用了。哈洛德·比澈是不善言辞的人——对他来说，行动就是语言。西比拉，你能够看着我的眼睛说，哈洛德真的没有向你显露出不合礼节的行动或言语吗?"

如果海伦姨妈在前一天这样问我,我可能还会脸红,或许还会觉得内疚。但是今天不同了。那个牧羊工在昨晚说的话直击我的要害。他说我是"可恶的野蛮人",我觉得他说的是事实。最近我生活得很愉快,所以我忽略了这一点,但是此时此刻,它又重返了我的脑里,并且以加倍的刻薄刺痛着我。我虽然很想获得大家的宠爱,但是我却并不具有足以获得这种宠爱的可爱性格。

我看着海伦姨妈,像她看着我一样从容地看着她,而且尖锐地说:

"海伦姨妈,我可以很老实地告诉你,他从来也没有,而且也永远不会显露出任何不合礼节的行动或者言语。其他的男人也一样。当然,你也是非常了解男人的本性的,所以你也会知道,就算一个男人爱上像我这样普通的女人也是毫无危险性的。幻想中和歌曲中的爱情是一个美丽的神话,它包含着灵魂的一致、相似的品位以及诸如此类的东西。但是在平凡的现实生活里,爱情是很低级的激情,常常很容易就被艺术和冲动点燃。只要它有这样的特质,就算对象卑鄙无耻、趣味低级或是蠢钝如猪,也没有什么关系。"

"西比拉,西比拉。"姨妈很悲伤地说,好像在自言自语,"你才刚刚成为一个少女,说话就这么尖酸刻薄,到底是怎么了?"

"因为我能观察、能思考、能感觉到痛苦,最让我觉得难过的是,竟然能感觉,而且还被贴上了令人痛心的标签。"我回答说。

"哎,西比拉,你先冷静冷静。你肯定是被什么东西激怒了,你要清醒下来。至于男人的爱,你说的那些话,也不是毫无道理的，但也并不是永远都这样。哈利不是这种男人。我理解并了解他的为人，并且有把握说他是真心真意爱你的。你直接说吧，你要接受他的爱吗?”

“要接受他的爱?!”我重复说，“我从来就没有想过。而且我都不想结婚。”

“你不喜欢哈洛德吗？一点点都没有吗？你再想想。”

“我怎么可能会喜欢他？”

“很多可能啊。他年轻但心地善良、脾性温顺。他是你所能够找到的最高大英俊的男人。没有人会小看他，因为他身上完全没有卑鄙低劣的东西。但是最好的一点是，他很真挚，我想这是一切美好的基础吧。”

“但是他太高傲了。”我说。

“可那并不会影响到他的可爱啊。我知道的另外一个年轻人，也很高傲，但这并不会阻止我深深爱着他，”说到这里的时候，姨妈很深情地朝我笑了笑。“你一直抱怨哈洛德的那些东西很快就会消失掉的——你看，到目前为止他一直都过得很顺利。”

“但是姨妈，我敢肯定，他觉得自己一说话，就能够得到任意一个女生。”

“哦，那确实是有不少女生可以让他选择，因为她们都很喜欢他。”

“对啊，喜欢他的钱，”我很轻蔑地说，“不过如果他觉得自己一说话就能够得到我的话，我肯定要让他大跌眼镜。”

“西比拉，不能和男生调情。我觉得玩弄感情是女生最不正经的行为了，我们要知羞知耻。”

“我才不屑这样做呢，”我字字有力，“玩弄感情?! 海伦姨妈，看看你说话的样子，好像真的觉得男人是有感情的。

女人最多会挫伤他们的虚荣心，几天之后又没事了。我很不喜欢这种关于玩弄男人的说教。这个古老的传说早就应该摈弃掉了。况且，这与女人玩不玩弄又没有关系。"

"西比拉，你不要胡说了。男人是有不少缺点，但这并不能成为你没有良好品性的口实啊。"海伦姨妈说。

第二十一章　1896年11月9日

威尔士王子的生日，依照乡下的惯例以一年一度的赛马来庆祝。比赛在离卡达加十四英里的维姆彼特的赛场举行。

赛马是一个很古老的风俗，比赛结束之后，当晚会举行仆人的舞会，由一个牧场主来负责。去年的负责人是比澈，前年是我们博斯厄家，而今年，将由雅博树地区的詹士·格兰特主持大局，地点安排在他的羊棚。我们家的两位女生、一个园林工和马夫乔·斯洛克都会去参加，其他的工人也是如此。几乎全部在这个地区生活的每个人——雇主还有工人都去参加赛马。我们也一起去，弗兰克·哈登自愿留下来看家。

九点钟的时候我们就出发了。外祖母和舅舅坐在马车的前座，海伦姨妈和我坐在后面。舅舅总是喜欢驾快车，他的想法是一定要好的马，不能要驴子；也不用太珍惜它们，反正随时都可以补充。这天早晨他仍然以往常的速度驾车。外祖母劝他不要跑得太快，灰尘飞舞让人受不了。我一边拍手一边大叫，"就这样，博斯厄先生！太棒了，杰·杰舅舅！万岁！"

起初舅舅还说他很高兴能够在我身上看到澳大利亚人的精神，但后来却威胁我说，如果我再不规矩点的话，他就把我的鼻子拧下来。外祖母说，可能我只有澳大利亚人的精神，却没有任何贵妇人的仪态。海伦姨妈则只剩一个愿望：希望我能够把一切多余的精力都耗费在路上，这样我在到达赛马场之后可能就会得体一些了。

我们全速前进。几十条蜥蜴与巨蜥慌忙地给我们让出一条路来，蹿到树上，眼睛一眨不眨，直到我们离开。如果我们前面有一个看上去是小黑点的人或者车的话，那么没一会儿他们也会被我们远远抛在后面。

"舅舅，请你让我来驾车吧。"我请求道。

"现在不行。不能让你外祖母或者我像只被驯服的白色鹦鹉一样坐后面，而你反而坐前面。你去求哈利给你驾车吧，我敢保证他一定会同意的：他肯定坐在单座的两轮马车里，车上专门有个空位。不到几分钟我们肯定可以超过他。"

远处确实有一辆来自五先令洼区的车在行驶着。可是当我们赶上他的时候，发现这是一辆大马车，而不是舅舅所说的二轮马车。哈洛德坐在赶车人的位置上，其他的全部都是女乘客。他旁边坐着的那位女士头戴着一顶很大的帽子，装饰着皱褶、花朵和羽毛。

"需要我停车给你弄个位置吗？"杰·杰舅舅说。

"不，不，我才不要。"

五先令洼区的主人将车子让到一边，我们超过他们的时候，舅舅开始笑话他来：

"是不是害怕了？那个女人帽子上的花园让你把胜利的机会都弄丢了。不过没有关系，不要害怕，以后我还会给你机会公平竞争一次的。下一次进城的时候我会给你买个正规的车轮，用巴尼的尾巴装饰它，如果这样也不能救你的马的话，那它也肯定是没救了。"

还没到赛马场的时候，巴尼因为马蹄上塞了一块小石头而瘸了腿，以至于我们耽误了时间，让五先令洼区的车子赶上了前头。他们还差我们一截路的时候，我们勒住了缰绳，跳了下马。

比澈先生的马夫跑到了他的马跟前，而他自己则要帮助车子上的女人慢慢走下车来。海伦姨妈和外祖母走上前去跟他交谈，我跟舅舅两个人在一起，而舅舅要把马拉出去。不知道为什么我觉得很失望，因为我一开始以为只有哈洛德一个人。最近，无论在哪里看到他，他都很照顾我，所以我已经不知不觉地认为他是我的了。而现在我却看到他是那一帮女人的。没有了他，什么事情都显得很无趣。

"我告诉过乔那个死鬼，让他在我来到的时候一定要来这里一下。我要他牵马去饮水，但是哪里都看不到他的人影——这个下人，这个爬虫，真是十足的大笨蛋。"朱利叶斯舅舅大声叫着。

"没关系啦，舅舅，就让他开开心心地过这个节日吧，估计他也想抓紧时间跟自己喜欢的人谈情说爱呢。至于牵马去饮水，我来就好了，很简单的。"

他牵着一匹马，而我牵着另外一匹，朝着几百码之外的饮水处走去。

"你快点去外祖母那里吧，这里我来就好。"舅舅说，但是我仍然牵着马走着。

"你不要让一顶五基尼的帽子打败你,"他继续说,眼睛里夹杂着调皮的神色,"如果你能够坚持到底的话,你肯定比任何人都更有希望把五先令洼区的主人钓到手的。"

"博斯厄先生,你说的话,为什么我一句都听不懂?"我生硬地说。

"我的小女孩,你以为你很聪明吗?但是你一点都骗不了我。你跟哈利直到上个月还在玩的把戏,我都看得一清二楚。如果是另外一个男人的话,我早就出面阻止你们了。"

"舅舅——"我想要解释。

"西比拉,不要说谎话了。爱上哈利其实也没有什么不好的。这是很自然的事情,而且也完全在意料之中的。他一生下来我就认识他了,他是个好人,什么都会。他的头脑清楚,心地也善良,品行也很端正。而且他也不小气,会一直送小礼物给你。你找不到比他更好的男人的。不要这么容易就退出竞争,坚持就是胜利,这是我要对你说的话。除了脾气不好,他也没有什么缺点了——至于那脾气,真的是连魔鬼都甘拜下风。"

"脾气?!"我失声大叫,"他这么安静,好讨人喜欢啊。"

"没错,因为他很会克制自己。他这个人,意志力很坚定,这正是你所需要的,因为我知道你这方面很欠缺。不过一定要小心哈利·比澈发脾气,他会像一头狮子,而一旦平静下来,又会一声不吭,凶神恶煞的,这种脾气真的太糟糕了。可是他没有报复心,只要你愿意忍让他哄哄他的话,他也是蛮容易对付的。"

"舅舅,既然你已经发表了你的意见,下面请让我说几句吧。你好像觉得我和比澈先生的关系比朋友之情更深,但是实际上并不是这样的。就算我有可能会和他结婚,我也不会这么做的。我很不喜欢别人会以为我喜欢他的钱才嫁给他。如果我不爱一个国王，我也不会勉强自己去做他的王后。至于要赢得一个男人的感情，我不屑于用那种方法。我永远都不想结婚。与其浪费这么多钱去买小礼物或者张罗其他事情，倒不如给我找个好的工作，一个终身无忧的工作，这样我还能独立自主。"

"也难怪，你这个奇怪的丫头。你可以一直给我做伴，一直到有其他事情要做的时候再说吧，这份职业也够你干上一段时间了。"

我只好暂时满足这样的回答，因为我发现他根本没有将我说的话放在心上。

我离开了舅舅去找外祖母。她已经到了赛场的另一边，距离我所在的地方足足有四分之一英里远。我朝着她的方向走去，碰到了五先令洼区的一个叫作乔·阿切尔的牧羊工，他也是我的好朋友。他喜欢文学，和我很投机。我们坐在一棵桉树下，谈论着自从相见以来所看过的书，彼此都觉得很愉快，竟然完全忘记了赛马这回事，也忘记了时间，直至哈洛德·比澈的声音把我们从书本里拉回了现实。

"对不起，梅尔文小姐，你的外祖母让我来找你，我们要吃中饭了，但好像只有你一个知道食品袋原来是怎样整理的。"

"对不起，比澈先生，他们在哪里吃中饭呢?"

"就在那边的黄杨树丛里。"他回答说，手指着远处一块隆起的地方。

"你玩得开心吗?"他问，目光直视着我。

"很开心，先生，"我回答。

"我想每场赛马的胜利者你都知道是谁吧。"他说，带着讽刺的目光看着乔·阿切尔。阿切尔红了脸，一时间竟像一个被抓到读着违禁情书的女生一样局促不安。

"比澈先生，老实说，我和阿切尔先生聊得很投机，一点儿都没有想起赛马的事情。"我回答。

"你还是回去看看老马伯克塞吧，如果你不看紧一点儿，它肯定会踢其他马的。"他对自己的牧羊工说。

"不是应该先服务女士吗？"我插嘴，"我要阿切尔先生带我去找我外祖母，然后再回来看老马伯克塞。"

"我陪你。"

"谢谢了，不过我已经先请求过阿切尔先生了。"

"那对不起了，如果这样的话，只好去照看伯克塞，让乔去陪你了。"

他抬了抬帽子，快步离开了，他平常可爱的脸上，突然泛起一种奇怪的神色。

"哎，我可要倒霉了，"我的陪客忽然叫道，"我们主人不会无来由地露出那种表情的，你听我说，他肯定恨不得抓住我的脖子，然后一脚把我踢到雅博树那里呢。"

"看你说的，怎么会呢？"

"我说的都是实话。我不立刻按他吩咐去做事的话他肯定会发脾气的。对待不听话的人，他有一句狠话，'要么做，要么走'。"

"但是你违抗他完全是因为我，谅他也会有足够的理智去看到这点的。"我回答说。

"这就是最糟糕的地方，如果是其他女人的话，他也不会太在乎。但如果谁霸着你不放，他肯定会发疯的。也不知道你是怎么对付他的，他的脾气很大的。"

"阿切尔先生，你太放肆了。不过放开这个玩笑不谈，比澈先生的脾气真的很差吗？"

"说他脾气差都已经是说得好听点儿了。如果你能看到他那天对老本森做的事就好了，他真的敢做的。"

我总是听到别人说哈洛德·比澈的脾气怎么怎么坏，其实也很想亲眼看看的。就算在难堪尴尬的情况之下，他也总是沉着冷静、脾性温和，所以我很担心他没有激情，很希望故意惹他，看他发火。

外祖母一看到我就说："西比拉，你这个讨厌的家伙。我都不知道这些菜篮是你负责装的，我们要开始吃中饭了，你到底去哪里了？"

奥古斯塔小姐给我一个热情的吻来向我致意，并把我介绍给她的妹妹莎拉，她也抱了我一下。我跟几位先生女士都寒暄了一番，跟熟人也打了招呼，才认认真真地把菜篮里的食物摆了出来——五先令洼区的那些人已经把他们自己的摆好了。任谁也看得出来，我们要合在一起吃饭。

我刚摆好，比澈先生就跟两位年轻女士一起过来了。一位是浅黑色的小个子，长得一脸聪明相；另一位是高挑的白人，我认出来了她那顶精心整理的帽子，她就是早上坐在比澈家马车前座的那个女人。

乔·阿切尔对我说，她是布兰奇·德里克小姐，是墨尔本人，那座城市有名的美人。

听到这话，我急切地想要好好看看她，但是我已经没有机会了。我忙不迭地招待着这帮人，失去了介绍与她认识的荣幸。当我空闲下来的时候，她偏偏又远远地坐在一段木头上，而且哈洛德·比澈正撑着一把别致的阳伞，诚挚地帮她挡着太阳。

那天的下午时分，她跟哈洛德·比澈先离开了，而我收拾好了盛宴的残羹剩饭之后，跟乔·阿切尔同行。他告诉我，德里克小姐在三天前就已经去五先令洼区了，而且坚定不移地调戏着他的主人。

"她真的长得很漂亮吗?"我问。

"啊，是啊!"他回答说，"不过她是那种很高傲的美人，对一个年收入低于六七千英镑的人，连正眼也不会看一下。"

我都不知道为什么自己会忽然对赛马不感兴趣了。每一匹奔跑着的马我基本都认识，其中还有好几匹是舅舅的，虽然他自己从来都不去参加赛马，但是他也要养着几匹快马，等到这样的场合，把它们借给别人。

比起赛马来，更让我感兴趣的，是在远处散着步的那对人。他们很适合去做艺术家的模特儿。一位是高大魁梧、无拘无束的丛林汉，一副不紧不慢的绅士派头，还有那套职业骑手服更凸显了他挺拔的英姿。另一位的身材同样高挑，但却是一个端庄的城市美女，她自信而时髦的装束，暗示别人她已经不是少女了，已经成为一名有韵味的女人——但说真的，就身材方面来讲，他们还真是天造地设的一对啊。

立刻我就想到了自己五英尺一英寸的可怜个头，毫无美感。我看了看我身边的这位小个子圆肩膀的男人，我们都是贫穷的产物啊，都没有办法自我独立。我们跟另外的那一对人所形成的鲜明对比真的很让我震惊，我苦笑了一下。

我对我的同伴说了一声"对不起"，就走开了。我同意了几个小孩儿的要求，同他们一起去找花朵跟树胶。我们离开了好久，等到回来的时候，小孩子们蹦蹦跳跳地走在前面，把我一个人扔在背后。哈洛德·比澈上前来迎接我，看上去跟往常一样愉快。

"外祖母跟舅舅又等了好久了吗?"我问。

"没有，他们已经走了一个多小时了。"他回答说。

"走了?! 那我怎么办? 她一定是生气了，就把我留下来了。她说什么了吗?"

"恰恰相反，她很开心。她要我跟你说，不要玩得太累了。因为你不回家，所以她就让我代她先说声'晚安'了。我想她平时这么做的时候肯定会亲你一下吧。"他调皮地说。

"那我今晚去哪里啊?"

"到五先令洼区啊，你的房间。"

"我没有带餐服啊，而且我也没有思想准备要去。不行，我要回家。"

"在五先令洼区你还担心没有你的餐服吗? 我们要的只是梅尔文小姐。"他说。

"啊，那真是麻烦你了!"我反驳说，"男人是纯钝的东西，永远都不可能理解服装跟其他装饰的东西。他们觉得你完全可以穿着早衫去跳舞。"

"但不管怎么说，他们还是蛮聪明的。因为他们知道在什么时候要有一个年轻女性作陪伴，也不管她的衣服穿成什么样。"他很开心地说。

到了赛马场之后，我看到了海伦姨妈，这让我很吃惊。我从她那里知道，外祖母和舅舅还真是已经先回去了。但是比澈说服了他们允许海伦姨妈和我在五先令洼区过夜，第二天再送我们回家。现在，有海伦姨妈和我在一起的话，我觉得还是挺满意的，不然的话我肯定会觉得很扫兴。跟海伦姨妈在一起，我在哪里都觉得心满意足。我想建一个空中楼阁，总有一天，她会和我永远住在那里——永永远远，直到死去。

回家的路上，海伦姨妈和哈洛德还有德里克小姐一起坐在前座。而我则挤在后排，坐在奥古斯塔小姐的旁边。她拍了拍我的手说，看到我很高兴。

一群年轻的男生和女生乘着车，或者骑着马，期待着无穷无尽的乐趣，一路向着雅博树农场出发——几乎每一辆马车上都有提琴、六角风琴、笛子或者手风琴，准备着一场比赛。

第二十二章　同一个故事——续集

五先令洼区的每一个牧场工，无论男女，都去雅博树那里去了。哈洛德和监工只好亲自去照看马匹。牧羊工在厨房里生起了火，打开了本来整天都关着的窗门，而且体贴地服侍着客人们。

海伦姨妈和我住在同一个房间。我们没有可以换洗的衣服，只好充分利用已有的服装。

我解开了头发，抖了抖灰尘，把它们披散下来。我们两个人洗了洗脸，拍了拍衣服，戴上了玫瑰花作装饰。深红色和米白色的玫瑰花因为往窗外探出了头而受到了惩罚——海伦姨妈摘下了几朵，戴在了我的头发上和腰带上，还小心地用扣针扣在了脖子上，这样的话，我们都准备好了。比澈小姐很照顾我们，女仆们已经摆好了桌子，还在早上我们临走前准备好了冷餐食品，现在已经没有什么事情要做了，所以我们朝着客厅走去，等待着其他客人的来临。他们很快就到了。首先是两位胖嘟嘟的老牧场主，很喜欢大笑，而他们的大肚子比大笑声更吸引人的注意；随后就是奥古斯塔·比澈小姐，还有监工乔·阿切尔和另外两位牧羊工。在他们之后的，还有两位家庭先生，本森一家三口，一位牧师，一位拍卖商，一个哈洛德从库塔蒙特拉来的朋友，一个来买马的人，一个羊毛分类工还有莎拉·比澈小姐。然后，德里克小姐也来了。她穿着时髦，派头十足，身穿一件深青色的丝绸衣服，脖子上、手臂上、头发上都戴着珠宝。她脸上满满的自信，暗示着她曾经俘虏过很多男人的心。她身材高挑，相貌端正。而我，穿着一件揉皱了的白色薄纱衣，站在她的旁边相形见绌，好像在用一块白色手绢与一块用丝绒特别装饰过的大披肩做比较。主人给了她最好的位置，她就像是一位公主。她冷酷地就座，转动着手上的手镯，意兴阑珊地打开了扇子，慢悠悠地扇着，闭上了眼睛。

"哇，她真漂亮！"坐在我旁边的一个绅士很热情却小声地说。

我挑剔地看着她。她是一个大个子，身材已经完全长好了，瘦瘦高高而又很挺直。大却漂亮的鼻子，匀称的长脸，棱角分明的薄薄的嘴唇，空洞的淡色眸子。如果不是别人的提醒，我是绝对不会去注意她的。因为别人说她是个美人，所以我就根据自己对美貌那套看法来打量她，后来觉得，她其实是我所见过的人里最无趣的人。

她确实是那种会让男人神魂颠倒的女人。她也不会傻乎乎地让自己在情感游戏里失去控制，因为她根本就没有情感，她只是生活在平静的自我意识还有自信的海洋里。任何一个男人，都会很自豪地把她这样一位妻子介绍给被邀请去家里吃饭的朋友认识。让她静静地坐在餐桌的一边，像是一个花瓶。她也绝对不会说出什么傻话来让他觉得烦恼。她的举止也绝对不会不得体，但她也肯定不会成为丈夫的友伴。呸，男人才不会要他的妻子成为友伴呢！以前有神话寓言做伴，现在也还是如此。男人们既想要友伴也想要妻子，这是一个新想法。

我的思路被主人的到来打断了。他站在门口，穿着一身白色的素衣。我们走向了餐厅——一共二十二个人——十三个男人和九位女士代表。

海伦姨妈坐在了餐桌上两个荣誉席位中的一个。而德里克小姐则坐了另外的那一个。我移到了餐桌的另一边，和无足轻重的年轻小伙伴们坐在了一起，在那里我们可以随意聊天，心情愉悦。我们自己照顾着自己，不受礼仪的约束，就好像出去野餐一样自由。

天气炎热难忍。每一扇窗户，每一道门都敞开着。温柔得几乎感觉不到的微风，轻轻掠过了窗帘，轻抚着我们满布汗水的眉毛，还从宽阔的老花园里给我们带来很多香味。虽然正值旱季，花园里依然百花争艳。

吃完饭之后我们要洗餐碟，大家便又在厨房里奔波起来，但欢笑声不绝于耳。每一个人都想要帮忙，但都碍手碍脚，还相互插科打诨，开着善意的玩笑，陶醉在快乐之中。洗完碗之后，有人提议大家一起来跳舞。一些年纪比较大的人此时显得更加明智，说天气实在是太热了。但所有的年轻人此刻却对天气满不在乎：哈洛德不反对跳舞，德里克小姐也同意了，本森小姐说她已经做好了准备随时奉陪。乔·阿切尔说，他已经等不及了。所以，我们都来到了舞室，开始跳舞。

我在钢琴上弹奏了一首瓜德利尔舞曲，海伦姨妈接着弹了第二首。这一切都很有趣。房间的一头放着一张大桌子，上面摆满了：好吃的零食樱桃、糖果、饼干、糕点、啤酒、果浆等，桌子上还放置了杯子，谁想要吃，都可以不拘小节、毫不顾忌地享用。长长的房间里面，靠着花园的几扇窗门开着，如果有谁不怕蛇的话，在跳舞小憩的时候在花丛里散散步，乘乘凉，也是非常惬意的。

在这样的夜晚，每个人稍微一动，都会浑身燥热。跳完第三轮之后，两位老牧场主、买马的人、牧师还有本森先生都已经不见了。大约一个钟头之后，他们回来了，从他们快乐的神色还有嘴里喷出来的恶心味道可以知道，他们在离开的那一个小时里，一定都认真品尝了酒柜上的每一瓶威士忌。

我不会跳舞，但也不缺舞伴。因为女士的人数比较少，先生们在跳舞的时候，偶尔也只得采取讲究的态度了。

"现在我们先出去透透风，唱几支歌，暂时休息休息。"有些人说。

但是哈洛德·比澈却说："不如再多跳一轮吧，然后我们休息多一会儿，顺便也换一下节目。"

他吩咐乔·阿切尔弹一首华尔兹。于是地板上立刻就有了几对旋转着的舞者。哈洛德过来邀我跳舞——那天晚上还是第一次。我不同意，但是他不愿意接受拒绝。

"相信我吧，比澈先生，如果我是可以跳的话，我是肯定不会拒绝你的。我一点都不会跳舞，你不会玩得开心的。"

"究竟什么才能让我开心，我相信我自己能够做出最好的判断。"他说，然后默默地拉我就位。他拉着我绕着房间转了一圈，然后从开着的落地窗走出来，去了花园。"很对不起，今天我没有花太多时间来照顾你。来我的房间吧，我要跟你谈一桩买卖。"他说。

我跟着他朝着花园里的一栋独立的房子走去。这里是哈洛德的独立王国，一共有三个房间——一间是图书馆和办公室；另一间是放着枪械还有契约的房间；他带着我去的第三个房间是起居室，里面有钢琴，有盥洗设备，有一张桌子还有一把安乐椅之类的。进到房间的时候，我看到桌子上灯光明亮，照着挂在墙上的钟面，显示着十点半。

我们站在桌子的旁边，中间隔着一段距离。

他面对着我说："我也没有必要再啰啰唆唆些什么了，你肯定比我自己更加清楚我想跟你说些什么话。你向来都很聪明，也很容易看透其他人。那你能告诉我吗？"

这算是一段恋爱经历了。但是他既没有脸红耳赤，也没有脸发白，发黄或发青的现象。他也没有颤抖结巴，也没有大声叫着笑着，或者是来势汹汹，十分激动，也没有显得很温顺。他还是他自己，与我所知道的那个他一样。他没有比邀请我去野餐显露出更多的激情，这和我所想象的男生表白不一样，也跟我所能读到、听到或者是期盼的完全不一样。很奇怪的情感涌上了我的心头——也许是有点失望。他那种讲求实惠的冷静让我吃惊。

"这么突然吗？但是你，你从来都没有向我暗示过你的想法。"我有点结巴地说。

"我不想拐弯抹角，"他说，"当然，自从我见到你的第一天开始，你也知道我对你的意思了，时间完全足够，我也不会催你逼你，只是为了放心起见，我想跟你订婚。"

像往常一样，他慢吞吞地用土音说，这个口音暴露了他的殖民地国籍，他没有向我说过一个爱字，也没有想要从我身上得到它。

我觉得这是他高傲的地方。我觉得他应该会认为赢得我，同赢得其他任何一个女人一样，都可以不费唇舌，不用大费周章，所以我觉得有点生气。

我大声说："同你订婚?!"然后自言自语一句，"这只是短时间之内的，以后你肯定会吃惊的，我要把你的傲气都消磨掉!"

现在我对他的性格好像已经有一点了解了，知道他当时之所以会这样表现，完全不是因为他的高傲，这本来就是他沉静朴实的性格。他在我面前已经采取了行动，而且希望我会回报他。

"谢谢你，西比拉。我想要的就是这个，以后我们再细说这个问题吧。下个星期我会去卡达加的，你的回答让我吃惊了，我现在也不知道做什么好。"说到这里，他忽然大笑起来，"我从来没有想到你会同其他的女孩子一样第一次就答应了。我还以为我还要在你身上花费好多心思呢。"

他走进我，俯身想要亲吻我。我没有办法解释自己的行为，但是却对它谴责不已。这像是一种歇斯底里的发作——过度的紧张、极其的兴奋还有我自己不安的性格所造成的后果。可能是因为我的虚荣心受到了伤害，所以现在他的这个动作将我的所有脾气引爆了。

哈洛德靠近我的时候，那种俨然自以为主人的平静神态激怒了我，或者，就如平常学校的老师所说的那样，是撒旦把我控制住了，它把一根结实的长柄马鞭放在桌子下我的手里了。正当哈洛德俯下身子想要把嘴唇贴过来的时候，我立刻举起了鞭子，耗尽力气也要对着他的脸打过去。

鞭子落下的那一刻，我真的好想把自己的手臂往柱子上撞烂。但是要收回那一重击，已经是不可能的事情了。鞭子已经在他被太阳晒黑的脸上划下了一道疤痕。但因为他的胡须，他的嘴唇才没受到伤害。那一鞭打在了他的鼻子跟左脸颊上，打蒙了他的左眼，太阳穴上也留下了一道口子，鲜血沿着脸颊淌下，染红了他的白色衣服。

这时候他的眼睛像是充满了怒火，他喘了一口粗气，也不知道是因为吃惊还是因为痛苦，或许还有生气，但是我不知道。他向我做了一个手势。我觉得而且也十分希望他能揍我一顿。我被自己的穷凶极恶的行为吓着了，手上的马鞭不听使唤地掉在了地上。

我坐在身后的矮躺椅上，用胳膊搂着膝盖，低下了头，双手捂脸。我的头发柔软地散在肩膀上，碰到地板，好像它们也很同情我，想要为我遮羞。啊！如果哈洛德能够狠狠地揍我一顿就好了，这样我就觉得宽心一点。我竟然做了一件卑鄙的、完全不符合女德的事情。我打了一个男人，而他因为自己的力气还有性别，是不允许还手的。我的自尊受到了伤害，还违背了最普通的礼节。我竟然用一根马鞭打了一个男人的脸，让他蒙受羞辱。而这个人竟然是哈洛德·比澈。他虽然高大魁梧，力大无穷，但是却惊人地温顺——他常常用一种有趣的忍耐来对待我奇怪的想法还有荒唐的行为，像是一只纽芬兰大狗对待一只小猫咪的胡闹的态度一样。

时钟敲响了它的第十一下。

"其实你也不必用这么伤人的方式来拒绝人嘛。我也没有想到，一个求婚成功的男人稍微想跟爱人亲热一下，竟然会被看成是不能原谅的放肆行为。"

在一片安静中，哈洛德的声音清晰沉着，而且很严肃。他走到了房间的另一边，我听到了水声。

我很希望我能够跟他说，我没有觉得他的行为很放肆，只是因为我疯了。我很希望能够说出解释我行为的话，但是我却默然不语。我的舌头一点也不听指挥，我觉得自己快要窒息死掉。哗哗哗的水声从房间的另一边传来。我知道他的眼睛肯定很痛。我承受过比这轻得太多的打击，我都整晚疼得睡不着。我突然很担心我会把他的视力给毁掉了。水声停止了。他的脚步声也在我耳边停下了。我觉得他与我靠得很近，但是我一动也不动。

"没有关系的，西比拉，我知道你其实并不是想要伤害我。你可能觉得我这个马鞍色的老脸，黑黑皱皱的，打一下也没有关系。这可能是我这个庞然大物最不好的地方了。快起来吧，好姑娘。"

我站了起来，只觉得一阵头晕目眩。如果不是哈洛德在旁边扶住我的肩膀，我肯定会立刻倒下去。我不安地看着他，请求着他的原谅与宽恕，但最终还是没能说出一句道歉的话来。

"天哪！孩子，你的脸色跟白纸一个颜色！我太粗鲁了，居然说出这么刺耳的话来！"他给我端了一杯水，我喝了下去。

"哎呀，其实你也不用这么担心的！我知道你其实并不是想要伤害我。没事——我很快就会好起来的。我反而觉得你这种冷漠的态度很有趣，我觉得很敬佩。你只是忘记了你手上还拿着一样东西而已。"

他轻描淡写地说着，用最和气的字眼来宽恕我。

"哎呀，你不要再烦了好不好。这其实没有什么的。请你用这块手帕帮我包扎吧，然后我们就回去，不然的话他们肯定会派搜索队来找我们的。"

他其实完全可以自己包扎的——只不过是出于善意，才希望我代劳。我很感激他的这份诚意。他跪在地上，让我够得着他。我用一块大大的白色手帕帮他包扎伤口。他甚至都没有办法睁开眼睛了，眼泪扑簌簌地往下掉，但是他并不在乎这种疼痛。这个时候，我觉得好多了，于是我们一起回去了舞室。离开的时候正好是十一点半。哈洛德走的是一扇门，我走的是另外一扇。我偷偷溜回到座位上，像是我已经在那里待了一整个夜晚。

房间里只有甚少的几个人。大多数人都已经不在了——有一些人在谈情说爱，另外的一些人在打牌，只有比澈小姐闲着，看到我们之后，她立刻大叫起来：

"哎呀，孩子，你干吗又跟自己过不去啊?!"

"看上去就像刚刚接待过一个经常打架的流浪汉。"海伦姨妈微笑着说。

"他肯定是撞到晾衣绳上去了，这就是他做的好事。"奥古斯塔小姐看了看包扎布的底下之后，很有自信地说。

"古斯姑妈，你可以获得一个圆面包，因为你猜对了。"哈洛德说完之后，哈哈大笑。

"我已经告诉过他们了，用完的绳子要收好，我就知道肯定会出事的。"

"但是对于一般人来说，那条绳子已经绑得够高了。"她的侄子说。

"亲爱的，我来帮你包扎吧。"

"不必了，姑妈，谢谢你，真的没事的。"他漫不经心地说，事情就这么不了了之了。

哈洛德·比澈不是一个喜欢招来别人问候的人。

我发现自己并没有引起其他人的注意，便偷偷离开了，自己一个人沉浸在刨根究底的坏习惯中。为什么比澈（他就像一个年轻的国王，可以随心所欲地向其他女人伸出手）偏偏在这么多女人里选中了我? 我没有一点诱人的魅力——一点也没有男人心里好妻子的那种品行。

首先，我长得很矮小，而且我的性格很乖戾，没有信仰的神灵，我只不过是一个"男人婆"——最不合格的是，我长得好丑。但是，为什么他要向我求婚呢？或许他只是心血来潮？他真的是真心真意的吗？

夜幕漆黑而温柔。在室外待了一会儿之后，我已经能够看清楚灌木在微光下的朦胧剪影了。舞室里再次响起了音乐。花间的沙石小路上，一阵脚步声轻轻向我靠近，哈洛德轻轻地叫着我的名字，我答应了他。

"来吧，"他说，"我们又要开始跳舞了，那你愿意做我的舞伴吗？"

我们跳了舞，唱了歌，玩了游戏。直到半夜过后，我们才愉快地说晚安，回去休息。海伦姨妈一沾枕头就呼呼大睡，而我躺在床上，听着马厩附近灌木丛里传来小鸟隐约的叫声。

第二十三章　我第二次有失妇道的行为

第二天早上，主人派乔·阿切尔送我们回家。他向我们告别的时候——仍然蒙着眼睛——趁机悄悄地告诉我，下个星期天想去卡达加。

那天中午，我带了本书，走了一段路，爬上一棵柳树的大丫枝上，等着他。

没隔多久，他便骑着马轻快地跑过来了。他没有发现在树上的我，但是他的马却先发现了，前腿蹬直，停了下来，一边粗野地喷着气，一边往后倒退着。哈洛德蹬了一下马刺，那匹马猛然弯背跳起。

这时候他才发现了我，大声地说："喂，不要再吓它了，不然的话它肯定会把我摔下来，我没有用皮带或马鞍的。"

"为什么不用?! 不要下来，我挺喜欢它跳起来的时候你的表情呢。"

他跳下了马，把马绳拴在了栏杆上。

"天气这么热，除了肚带我什么都没有用的，而且肚带又系得很松。我差点儿就从上面摔下来，就这样被你害死了！"他略带幽默地说。

"如果我真的把你害死了的话，那我可就发达了。"我说。

"怎么会呢？你还是像以前一样，乱说话。"

"如果我结束了你的性命，别人都会说我是有毒的除草剂和除虫药。"我说。我邀请他在我旁边的柳树上坐下，他很高兴，轻松地跳了上来。这棵温顺淳厚的老柳树的枝丫，完全可以容纳下我们两个人。

我的伙伴坐稳了之后，说："好的，西泊①，我已经准备好了，你好吧。不过还要等一下，我有一样东西要给你，我希望你会喜欢。"

他掏口袋的时候，我注意到他的眼睛已经好了，但是脸颊上仍然留着一道淡色的疤痕。他递给我一个很小的山羊皮盒子，打开之后我看到一个贵重的戒指。我对物品的价格毫无概念。这个戒指可能价值三十英镑，也有可能是五十基尼，反正我也不知道。戒指很重实，上面镶有一颗大钻石，钻石的两边各有一颗大大的蓝宝石，也有不少小宝石在周围镶嵌着。

"让我看看合不合适。"他一边说，一边把我的手拉过去，可是我把手抽了回来。

"不行，还不能戴的。戴了就等于定终身了。"

"我们不正是想这样吗？"他很惊讶。

"不是啊，还没到时候啊。我正想要跟你说的。我们应该有三个月的准备期，看看相处得好不好。三个月之后，如果

①　西比拉的昵称。

过得还算顺利的话，那时候我们才能够真的定下来。但是在那之前，我们一样要保持之前的关系。"

"那这三个月内我要做什么？"他翘起了嘴角，颇有兴致地问。

"做什么?! 当然是做你平常做的事情了，不过千万不要特别向我献殷勤，不然的话我会跟你分手。"

"什么意思?"

"我们也没有必要欺骗大家，我们都很有可能改变主意的。"

"好吧，那就这样吧，"他笑了笑，"我本来就应该知道，你跟其他女生处理问题的方法是不一样的。不过，你能不能收下这个戒指，把它戴上去？我来帮你戴上。"

"不行，在三个月结束之前，我是不会让你碰我的。三个月之后，如果你还是真心的，你就可以帮我戴上戒指。但是在这之前，你千万不能用言语或者手势暗示别人我们之间已经达成协议了。把戒指给我吧，有时候我会戴的。"

他把戒指又递给了我，我试着戴上它，但是那个戒指稍微大了一点。哈洛德想把它拿过去，戴在他的一个手指上。但是除了手指尖，没有一个手指是合适的。两个人的手指大小竟然有这么大的差别，我们忍不住放声大笑起来。

"我同意你说的，"他说，"但是你照样要跟我正式订婚。"

"会的，但在我刚才提到的条件之下。如果我们发生了争吵，也没有什么关系，我们也可以分手，谁也不会知道。"

我建议回房子里。他拉住了一根树枝，荡到了地上，然后回头来帮我。虽然爬下来时有点困难，但是如果旁边没有别人的话，我也能够毫不费劲地下来，可是现在的情况却有点尴尬了。

"把你的马牵过来吧，我可以先跳到马背上，然后再跳到地上。"我说。

"当然不行啦。华里格尔也不会这么做的。我来不行吗？你的小个子也不会压垮我的。"他一边回答，一边弯下了身子，像是在玩跳马。我踩在了他的背上，然后从背上轻松下地。

那天下午我离开家里的时候，有一只狗一直跟着我。我爬上了那棵柳树之后，它就沿着小溪，一边追着水蜥蜴一边大声吠着。它的叫声吓到了在走廊看书的外祖母。她撑了把大伞，寻声来到路上。而事有凑巧，她正好看到了我站在哈洛德·比澈的背上。外祖母对我的无赖行为，一向都很不满，但是我从来都没有见过她这么愤怒。

她收起了伞，用它戳我，说："你知不知羞！知不知羞！你以后会害死人的！你这个胆大包天一点都不正经的女人！我要写信去告诉你的妈妈，马上回家去，小姐，关到你自己的房间里去，今天都不准你出来，明天才准你吃东西！禁食一段时间，向上帝祈祷祈祷，希望他保佑你变得好一点。我一点都不明白，你对男人怎么会这么直率?! 你妈妈还有姨妈都没有在这方面让我操过心！"

她怒气冲冲地推开我，我也没说什么，转身大步回家，连头也没回。我走的时候听到外祖母在训斥我，而哈洛德轻声轻气的，但也坚决地表示着不一样的意见。

从小时候开始，什么样的惩罚在我的身上都没产生过任何积极的影响。那些也不过是外祖母以她自己的准则，让我用苦修来赎罪，所以我按照她的命令，把自己关在了房间里，心里也没有什么不满。我反而真的觉得很羞愧。难道我真的跟她说的一样，对待男人一点都不正经，胆大包天吗？对于这样的不谨慎，我是最不能感到有罪的。在同男人相处的时候，我从来不会意识到两性之间的小小差别会成为我们交往的一面墙。我的脑子根本就没有想过男女有别的问题，我跟男人交朋友和跟女生交朋友一样容易。而且，男人总是很友好，以相同的态度待我。

散步回来之后，外祖母来到了我的房间，带来了好几本祷告书让我读，还给了我忏悔的特权，也恢复了我在家里社交的正常地位。

"外祖母，我没有办法说对不起或者答应你说要改正。因为我的良心一点也没有受到谴责。其实我心里并没有起任何的邪念，而且行为上也没有特别大的过错。不过，对于让你生气这一点，我很对不起。"我说。

"你惹我生气也不是什么大事情。只是你那一颗不知忏悔的心，叫我为你以后而担心的。我让你自己一个人在这里想想。但你唯一还有救的一点是，你觉得自己没有做对不起的事情时，不会假装自己说对不起。"

这位可亲的老婆婆难过地摇了摇头，走了。

下午很快就过去了，我转向书架寻找着自己的乐子，拿来漂亮的戒指来欣赏。

我听到他们回来吃晚饭，原本还以为哈洛德已经走了，但是我听到舅舅与他说话："乔·阿切尔对我说，赛马那天晚上你撞到一根绳子上了。从那之后啊，我妈也对我们的绳子唠唠叨叨。我们的晾衣架差不多有一百英尺高，不知道的人还以为我们有一根电线通去圣·彼特的。"

我不知道哈洛德会对他现在看中的未来妻子有什么想法，她因为是一个"不好的姑娘"而被罚在黑房子里。这样的情况让我觉得非常有趣。

大概九点钟的时候，他敲了敲我的窗说：

"没有关系的，西泊。我想救你出来的，但是没有成功。老人常常会有一些麻烦的准则，到了明天就没事的了。"

我没有回答，于是他迈着坚定整齐的脚步离开了，马上我就听到了马蹄声，慢慢消失在黑夜里。我还听到了周围锁门的声音，因为一家人都上床睡觉了。

在之后的两个星期里，我看到哈洛德好多次，板球赛上，猎兔的时候，等等等等，但是他都没有特别注意我。我和其他年轻的男朋友打打闹闹，他也毫不在意。我觉得他不是一个十足热情或者是妒忌心强的情人。他太冷静了，冷静得让人生气，又无趣寡味，我真的恨不得三个月立刻就过去，到时候我就跟他一刀两断。因为我已经知道，他是没有感情和激情的动物。

第二十四章 甜蜜的十七岁

到了星期一——11 月的最后一天，是我的十七岁生日——我用自己喜欢的方式庆祝了。

在咖玛贝拉（Cummabella）——卡达加东面十七英里的那个牧场——现在正是每年将牲畜赶在一起的时候，所有的男人都会去那里帮忙。有人带来了口信，说在偎靠着的牲畜当中，有很多牲畜的皮上都打着博斯厄家的记号，所以，星期日下午的时候，杰·杰舅舅也到那里，准备星期一一大早把牲畜分离。而弗兰克·哈登因为手腕脱了臼，失去了工作的能力，在古尔那里先休息上几个星期，等到可以干活的时候再回来。这样一来，家里就没有男人了。

舅舅走了之后，不到一个钟头的时间，一个赶牲畜的人过来报告，说明天会有两万头羊经过。牧草是很珍贵的，如果任由赶牲畜的人喜欢，把羊群随意散开游离浪荡是绝对不行的。但是现在家里一个男人都没有。外祖母很焦急，于是我也自告奋勇要帮忙。开始的时候她不同意，但是最后还是答应了。我心里记着外祖母要我谨慎行动的训令，星期一一大早就出发了。我穿着凉爽的上衣和亚麻布裙子，头上戴着一顶大草帽，坐在栗色的大马上，手上拿着一条长长重重的鞭子，还有一条好牧羊犬来与我做伴。我策马向前，一边唱歌一边打着鞭子，把行为端庄的那些嘱咐都抛到千里之外了。很快我就看到了刚开始流浪的羊群，在羊群的前面是一个黑人男孩，我问他谁是负责人。他指了指后面戴着傻瓜帽的男人。我穿过了羊群朝着他走过去，问他羊群是不是他负责管理的。他说是，我就告诉他，我是博斯厄先生的外甥女，因为男人们都要忙其他的事情，所以叫我来照顾羊群。

"好啊，小姐。我会小心不给你带来大麻烦的。"他回答说，一边还客气地抬了抬帽子，脸上带着有趣的表情。

他骑着马走了，向着手下大声呼喊着，叫他们将羊群限定在一个范围里，规矩地向前进。

"是的，老板。"他们回答说。这个负责人又回到了我的身边，告诉我他叫乔治·莱德沃德（George Ledwood），还对天气干旱发表了一通意见。我们避开了灰尘和阳光，专门走最好的地方。我也问了他一些问题，例如这些羊是哪里来的，要去哪里，它们已经走了多久。这些一本正经的寒暄结束了之后，我们开始无拘无束地交谈起来。

我很认真地听着他的故事：怎样几周几周地在烈日和星空下度过，穿过长满了灌木的广袤乡野，穿过缪尔格树和阿拉伯橡胶树林；怎样与昆士兰的黑人相遇，等等。我对他说的羊毛工罢工这件事情很感兴趣，当时这位叙述人正是伯克（Bourke）附近地区工头董事会的人。从他的谈吐来看，他应该是受到过良好教育的，就像是一位绅士——赶牲畜的很多人都是这样。但是他为什么流落在外，靠赶牲畜为生呢？我觉得他应该是一个无可救药的无赖，因为他有着"不做好事的人"的那种迷人的举止。

中午——烈日炎炎、沙尘弥漫的中午——我们在离卡达加一英里的地方停了下来吃中午饭。我本来可以骑马回家吃饭的，但是我还蛮喜欢和赶牲畜的人一起玩儿。赶牲畜的人用铁罐烧水沏茶，将铁皮小罐当茶杯来喝水，就着罐头鱼吃饭，还用铁皮盘在或灰烬上煨菜，作为最后一道菜肴。莱德沃德先生和我坐在离赶牲畜的人不远的地方。用洋铁罐在林木之火上烧出来的茶，有一种特别的味道。我很喜欢自己的生日午餐。厨师将东西收拾了起来，放进了弹簧车，我们就又开始继续赶路。一边懒洋洋地坐在马背上任其驮着走，一边还在嘴里嚼着桉树叶。

最后一只羊离开卡达加的牧场时已经快两点钟了。

莱德沃德先生和我握手作别，我们两个人都希望还会有再见的一天。

我骑着马转身回家。回头看的时候，赶牲畜的人正目送着我。我挥了挥手。他举起了帽子，笑着，露出了牙齿，被太阳晒成红棕色的脸上，闪过了白色的光。我给了他一个飞吻。他低身鞠了一躬。我对着自己的牧羊犬吹了一下口哨，它跟在爬行般行走的羊群后面继续赶着路。我飞驰回家，两点半的时候在前门下了马。这个时候的我浑身都是灰尘，觉得又热又累。

外祖母出来的时候一直问我关于羊的问题，雌雄啊、大小啊、状态啊、种类啊、去哪里啊等等，还有它们是来找牧草的，还是要赶去卖的？羊群有没有吃了很多草，那里的男人对我是否客气？

　　我回答了这些问题。她便嘱咐我先吃些东西，再去洗个澡，换好衣服，还把那天剩下的时间都给我当假期。

　　灰尘染白了我的头发，我彻彻底底地洗干净了它。接着我穿上了凉爽的白色衣服，坐在走廊的牧场主躺椅上，把头发披散在椅背晾干，膝头上放着哥顿（Gordon）、肯朵（Kendall）和罗森（Lawson）的杰作。但是我的身体感到太舒服了，都不能静下心来和这些莫逆之交好好交流一番了。我尽情地享受着活着的愉悦感。

　　大马路上烈日似火，白光闪闪——桉叶在阳光下熠熠生辉，像无数宝石！一团白色的云朵——我知道其实那是白鹦鹉，在远处的山顶上盘旋着。它们向我们飞近，直到我都能够听得见它们不好听的叫声。尽管老围墙上有藤蔓、灌木和树木的浓荫遮盖，但是墙上的温度计仍然显示在华氏一百零四度的刻度上。我感觉到淙淙流水声是那么响亮，院子里的花儿是那么芬芳，还有果园里的马为了驱赶蚊蝇而发出的蹄声是那么清脆。啊，这个可爱的炎热而又美好的夏天！我说，生活是多么美妙啊！

　　海伦姨妈在忙活着她的刺绣，她纤细的手指与漂亮的刺绣相互映衬着，看上去很有艺术性。色彩斑斓的蝴蝶在院子里飞来飞去，无数只蜜蜂在花儿上懒洋洋地嗡嗡叫着。我闭上了眼睛——放松全身让自己沐浴在美丽之中。

　　外祖母坐在我旁边的桌子前，列着圣诞节所需的购物清单，我甚至能听到她的笔在纸上疾书的声音。

　　"海伦，你觉得一英担的葡萄干够不够啊？"

　　"我觉得够了。"

　　"那八码多本色布够不够？"

　　"够了，够了。"

"那订哪个号的茶具？"

"二号吧。"

"你和西比拉有没有其他需要的东西呢？"

"有啊，阳伞、手套和几本书。"

"书吗？那在哈登书店能不能买到？"

"能的。"

外祖母的声音在我的耳边渐渐消失，我想起了舅舅。他答应我会准时回家来参加我的生日派对的，他肯定会给我带来一份礼物。但是他会送我什么呢？——东西吧。我基本上都可以知道，他会从咖玛贝拉带一个人过来，我们会玩游戏，很开心。我才十七岁，只有十七岁。我的面前是一条很漫长的道路，可以尽情地享受生活。

啊，活着多好啊！这个世界是多么让人快乐的地方啊！——多么方便啊，我觉得自己完全是这个世界的主人。这个世界就像一个橘子——只要你挤它一下，它就会涌出甜水。小溪潺潺的声音在远处响着；阳光红火闪耀；外祖母的声音在我耳边犹如美妙的耳语；白鹦鹉尖声怪气地叫着飞过屋顶，直往西边。

夏天是多么美妙啊，生活是多么愉悦啊！我重复着自己说的话。啊，愉悦！在红绿相间的鹦鹉飞离的那一瞬间，也有愉悦。它们在大门外面的玫瑰丛里盘桓，随即便嗖嗖地继续向前飞，消失在夏天里。愉悦在阳光里，在蜜蜂的嗡嗡叫声里，也跳动在我的心里。愉悦啊愉悦！笑鸟栖息在路旁的电线杆上，叫得很快乐。愉悦啊愉悦！

夏天是一个很快乐的梦，生活本来就是快乐的，我从心里说出了这样一句话。我反反复复地说着同一句话——啊，这种快乐能让我反复回味啊。凉爽的小溪的低语已经渐渐消失，我感觉到了我的诗集滑下了膝盖，落在地上，但是我实在是太满足了，已经不在意这些小节了——我太快乐了，已经不再需要它们的抚慰，尽管我以前总是饥渴地寻找着它。啊，青春啊！快乐啊！热情啊！

院子的门吱呀一下打开了，把我从愉悦的梦里惊醒。外祖母已经离开了走廊。在她写过信的桌子上，海伦姨妈把铁线蕨和法国玫瑰装在很多花瓶里。从厨房里传来了令人兴奋的叮叮当当的声音，说明我的生日晚餐在积极地准备之中。在宽广的走廊尽头，黄色阳光的位置渐渐减少，浓重的影子拖得越来越长，夕阳西下，夜幕低垂。我明白现在的情况，立刻就把蚊帐拉直——可能是姨妈还是什么人为了使我不被蚊蝇骚扰而盖在我脸上的——假装睡着了。从落在院子里的石板路上的脚步声可以知道，哈洛德·比澈也是来客的一员。

"你好，贝儿太太！请容许我给你介绍一下我的朋友阿尔奇·古德恰（Archie Goodchum）。古德恰先生，这位是贝儿太太。今天天气真热啊！就是在阴凉地方也有一百度之高！实在是太热了！"

海伦姨妈跟他们打了招呼，然后让客人就座的时候说。

"哈利，你对艺术有什么想法吗？如果有的话，你可以帮我弄以下这些花吗？古德恰先生如果是喜欢的话，也可以帮帮忙。"

哈洛德接受了这项任务，问："你的外甥女干吗呢？我第一次见她这么安静。"

"是啊，她就是一个吵闹的小东西——家里的小旋风——不过她下午挺累的，因为今天她在看羊。"

"如果我拿个什么东西挠她痒，会不会很好玩？"古德恰说。

"好啊，那你就去逗逗她，"哈洛德说，"不过你要小心一点，她很喜怒无常的。"

"那她会不会觉得受到了委屈？"

"她才不会，"姨妈插嘴说，"没人比她更加喜欢开玩笑了。"

在蚊帐之下，我眯着眼睛，所以看见他小心翼翼地向我走来，手指间还夹着一根玫瑰花的枝。我很怕痒，所以他一碰我的耳根我就立刻从椅子上跳了起来，搞得那个逗我的人一时间不知所措。

他是一个相貌端庄的年轻人，看上去也不过二十几岁，我对他的面容感到很熟悉。

他很和气地对我笑了笑，我也回应了他一个笑容。他伸出手来，往前走了一步，说："啊，终于醒来了!"

其他的人都很惊奇地看着我们。哈洛德有点疑惑地说："你还说你不认识梅尔文小姐，但是现在看来也没有必要再介绍了。"

"对啊，我是不认识，"古德恰先生叽叽喳喳地说，"我都不知道这个年轻小姐的名字。"

"你们不认识对方吗?!"哈洛德叫了起来。而当时在场的外祖母也一本正经地问，如果是不认识的话，那开这样的玩笑是什么意思？

古德恰先生连忙做解释。

"我在我工作的那所银行里，曾经有好几次见到这位年轻的小姐。而且，有一天我骑单车外出的时候，很荣幸地帮了她一个忙。她的挽具，或者说，至少看来，是她驾着的马车的挽具，散了架，我用一把小刀还有一根绳子帮助了她。还证明了自己并不只是秀秀花架子，还是很有真材实料的。自从那次之后，我一直想打听她的名字，但是总没有结果。当哈利对我说梅尔文小姐是一个古本女生，还问我认不认识她的时候，我根本就没有想到梅尔文小姐究竟是谁。"

"这么浪漫！"海伦姨妈笑着说。古德恰先生直到现在才知道我的身份，我为此十分感激。被人知道梅尔文小姐是卡达加博斯厄太太的外孙女，还是五先令洼区农场的大富豪比澈家的好友，当然是一件好事。但是在古本，我其实不过是破产的农民迪克·梅尔文的女儿，而这位农民因为常常在镇上的酒店花天酒地而享有恶名。

古德恰对我说，他第一次到乡下来，所以过得还是非常开心的。他还说他很想看一看卡达加周围的溪谷，因为他曾经听人说过，这里的溪谷里长满了美丽的山蕨，颇负盛名。于是海伦姨妈建议我们顺着溪谷的方向去散散步，然后她就急忙忙地走开，说在出发之前先去办点小事情。

我们在等姨妈的时候，哈洛德偶尔说到，今天是我的生日，于是古德恰先生给了我传统的祝福。还说："在这样一个快乐的时刻，我冒昧地问一下你今年几岁了？当然这个是可以原谅的吧？"

"十七岁。"

"啊！啊！'甜蜜的十七岁，但从来也没有亲吻过'，不过，梅尔文小姐你能当真说是这么回事吧？"

"哈哈，我当然能这么说了。"

"哈哈哈，但你可以说这句话的日子也不长了，"他一边说一边朝着我走来。我拔腿就跑，他紧追其后，而外祖母刚好从餐厅出来，看到我对着追赶的人砰的一声关上了花园的门。

"这个人究竟在做什么啊？"我听到她问。

然后古德恰先生最终还是没有实施他的威胁，相反的，我们都彬彬有礼地去最近的溪谷去看山蕨。而哈洛德和姨妈在后面跟着，姨妈还给我拿了一顶遮阳帽。

我们爬上了一段山脊之后，海伦姨妈大声地说，她要和哈洛德休息一会儿，叫我替她带同伴去蕨树里看洞穴。

我们走着走着，很快就看不到其他人了。

"不如我们把名字刻在桉树上，好不好？树皮软软的，又好看。"这个银行职员说，我接受了他的建议。

"我要用比喻的方式刻上去。"他说做就做。

他用小刀的方式很纯熟，没几分钟就已经刻好了 S. P. M. 和 A. S. G. ①，还有两颗交叠在一起的心，把上面的两个缩写圈住。

"可以了！"他回过头来说，"喂，你会中暑的，拿我的帽子戴吧。"

我谢绝了，但是他硬要给我。我只好同意，但是条件是他得批准我把他的手帕扎在他的头上。我戴着他的帽子，正要把他的丝质手帕的一头绑在下巴底下的时候，一根树枝的断裂声吸引了我的注意，我抬头看见了哈洛德·比澈，他脸上的表情有点吓到我。

"你，你的姨妈叫我来把这顶帽子拿给你。"他有点结巴地说。

"那你自己戴着它吧——我已经升级了。"我轻率地说，然后向他抬抬帽子，鞠了个躬。他并没有像之前对付我的奸计那样哈哈大笑，反而阴沉地蹙起了眉。

---

① S. P. M. 是梅尔文名字的缩写。A. S. G. 是古德恰名字的缩写。

"我们已经刻上我们的名字——至少我已经刻上了。"古德恰说。

哈洛德把遮阳帽扔在地上，有点突兀地说："走吧，古德恰，我们该走了。"

"啊？不要走啊，比澈先生，我还以为你特意为我的生日来的。姨妈已经做了一个好大的蛋糕了，你要留下来啊，我们都没有想过你还要去做其他的事情。"

"但是我现在不想留下了，"他回答，然后跨着大步向前走，我们连赶都赶不上。我们换回了自己的帽子之后，古德恰说，"这位老板一定是被大蚂蚁咬到了，我们去问问他。"

回到家里之后，我们发现其他的客人都已经到齐了。还有来自咖玛贝拉农村的年轻的古德杰（Mr Goodjay）先生，他的妹妹及其家庭教师，还有一两个牧羊工。他们都坐在走廊上。舅舅穿着长袖的衬衣，从餐厅里走了出来，手里拿着五六瓶自家制的姜汁啤酒。

他把啤酒放在地上，从衬衣的口袋里拿出两个小的杯子，说："谁想喝啤酒啊？大家肯定很口渴，对不对？哈利，你要不要喝？看看你的样子，这么热的天气对你的脾气一点儿都不好。嗨，阿切①起来，到这来，拿瓶酒喝。如果一路上有十几家酒店的话，我今天肯定会把它们的酒全部都喝干，我从来就没有像今天这么口渴！"

"哎呀，朱利叶斯！"外祖母大叫，因为这个时候舅舅正要把一罐满满的啤酒递给那个女教师，"克拉多克（Craddock）小姐不可以喝那罐酒的！"

"谁不想喝我这个罐里的酒，那以后就自己带酒来好了。"

---

① 即阿切尔的爱称。

舅舅调皮地说，他兴致一来，就会变成一个扮演滑稽者的好手。

我被他派去拿杯子。喝完啤酒之后，舅舅说反正天色还没暗下来，不如大家先打一会儿网球再去吃晚饭吧。没想到这个建议受到了大家的热烈响应，于是我们都去到了网球场。哈洛德也跟着来了，很明显他已经改变了主意，不打算马上回家了。

果园里面还有草莓和晚熟的樱桃，舅舅叫我去摘一点回来。我拿着个篮子，很乐意地过去了。古德恰先生说愿意陪我一起去，开始哈洛德往前跨了一步，说他也愿意跟我一起。他的神情很坚决，很悲切，古德恰非常大胆地眨了眨眼睛，颇有趣味地说："看，这位大英雄已经完全奋身掉进燃烧的矿井里了。"

第二十五章 啊, 为了一个钟头的热恋, 就算是一辈子受到冷遇也是 值得的

　　我们沉默地走着，哈洛德没有说要为我提篮子。我不敢抬起头来看他，因为之前的种种蛛丝马迹都已经可以看出来，此时此刻在我面前的这位巨人的脸色看起来并不那么讨人欢喜。我转动着他送给我的那个戒指。我有时候也会戴戴它，将镶着宝石的那一面朝着手掌，这样别人就会以为这也不过是我姨妈借给我的戒指里的其中一个。姨妈曾经对我说过，如果我喜欢的话，这几个戒指我可以随便戴。

　　卡达加的果园一共有六英亩，因为这是一个很狭长的场地，而草莓是种植在离房子最远的那一边，所以我们去那里之前，也是走了好一段路程。我一路带着他们来到了这里——一个很安静的角落，这里的葡萄藤与无花果树缠绵，鹅莓灌木的顶端亲吻着樱桃树的低枝。有着蓝色和黄色两种颜

色的羽扇豆长得像人的膝盖一般高，草莓就在这些羽扇豆之间随意地生长着。我们没有说过一句话，我也没有去看相伴的人。

我站住的时候，他冷不丁转向了我，一把就抓住了我的手腕，搞得竹篮在我的手里转了起来。我抬起头去看他，那张脸此时充满了激情，比日月之气染成的黑色还黑，无论是藏在了柔软的低领后那根匀称鼓气的脖子，还是一直垂顺在宽额前的汗涔涔、硬邦邦的头发，都是黑黑的。

"放开我，先生！"我简短地说，想要甩开手，但是我就像想要从一头狮子的口中挣扎般。

"放开我！"我重复着。

但是我得到的回应是，我的手被握得更加紧了。他一只手抓住我的手肘，一只手紧紧地钳住我的肩膀。他强劲有力的手指穿过了我的衣服，在我的肩膀上留下了乌青的痕迹。如果在以前平静的时候，我肯定会痛得发抖，还要哇哇大叫。

"你竟然敢碰我！"他把我拉了过去，离他很近的地方。透过他身上唯一一件衣服——一件很薄很薄的衬衣，我隐约能够感觉到他的体热，还有那颗巨大狂躁的心。

成功了！终于成功了！我成功叫醒了这个安静又沉默的大块头！在多次没有结果的斗争之中，我终于激发起了一点点真正的爱情或者说是激情，或者随便说它是什么吧——那一种人们能够感觉得到的狂野、热烈而且异常活跃的东西，最让人震撼、最动人心魄、最微妙的感情。

我对这样的状况很满意，但是又不想让它出现。一两分钟之后，他还是没有说话。

"比澈先生，麻烦你解释一下，你怎么会敢把手放在我的身上？"

"还要解释?!"与其说他在说着什么话，还不如说他在喘着大气，但同时也满是愤怒之意。"我才要你解释！对你的话，我喜欢怎样就怎样。喜欢怎样碰你就怎样碰你。如果你的解释不能让我满意的话，我就要把你扔到栏杆外面。"

"我要解释什么?"

"解释一下为什么你要与其他男人这么亲密。你怎么可以接受他们对你献的殷勤？还对他们这么好?"

"你竟然敢这样跟我说话！我可是有不经你同意就可以自由行动的权利的!"

"我才不会同意一个手指上还戴着我订婚戒指的女人这么任性地行事！我觉得我完全有权抱怨，因为我可以很容易地找到其他优秀的女人来戴这个戒指，起码她们的举止比你得体。"他凶狠地说。

我很轻蔑地扭过头去说："你松开手，我马上解释清楚以便使自己满意，也使你满意，哈洛德·比澈。"

他松开了手，我从他的身边往另外一边跨开了一两步，然后从手指上摘下那颗昂贵的戒指，带着轻蔑和冷漠，扔到他的脚边，那个被碾碎了的草莓染红的地方，面对他，嘲讽地说：

"好吧，那你就跟配得起你订婚戒指的那些女人说话去吧。现在我不戴你的戒指了，没有资格了。如果你觉得自己有一点臭钱就很了不起的话，那你就大错特错了，比澈先生！就是这样了。哈哈哈，你以为你有权把我当成未婚妻来教训我吗?！我根本就没有想过要和你结婚。你这么高傲真的很令人讨厌，我只不过想要从你身上抹掉它而已。跟你结婚?！呵呵，你不能因为社会旧俗就去安排一个女人的婚姻，她们想要自己过得舒服一点，然后找到一个可以依靠的男人，所以很容易得出结论，她们想要的不是你。实际上你只不过是一个很讨厌的障碍，她们只是为了你的钱才顺着你的意思。你不要以为有一些女人为了让自己下半辈子过得安乐而去结婚，就以为全部人都是这样。我相信我的解释你一定很满意了。比澈先生，哈哈哈。"

嫉妒之火已经从他的脸上消失，现在看来他脸色惨白战栗。我开始有点相信到现在为止我一直在嘲笑的那种有关爱情的话了。

"你是说真的?"他很镇定地问。

"当然是说真的。"

"那我只能说我一点都不尊重你，梅尔文小姐。我一直觉得有三类女人——一类是只要有钱的话，就算是黑人，她们也肯下嫁；第二类的是不知羞耻的风尘女子，她们以向男人调情和败坏女人的声誉来自娱自乐；第三类的是纯洁真实的女人，男人崇拜她们，并愿意以死保其全。我还以为你是属于这一类的，但是我觉得我应该是错了。我知道你总是喜欢显示自己的无情无义，但是我还以为这不过是因为你年轻顽皮，但是心地是好的，可是我觉得我应该是错了。"他平静而鄙夷地说。

他的脸恢复了常色。在他柔顺下垂的胡子下，那张轮廓分明、讨人欢喜的嘴巴显露得很清楚。这个时候，他的嘴巴变得生硬起来，紧紧闭成一条阴郁的直线。这很明显就在跟我说，他是绝对不会主动和好的——就算去死他也不会这样做。

"哼!"我挖苦他，"我们好像都因为对方不是自己理想中的样子而觉得很苦恼呢！那你就去找一个漂亮的女人吧，让她戴你的戒指，用你的名字。找一个听你的话的女人吧，找一个知道应该怎么穿着得体的女人吧；她绝对不会去做别的女人不做的事情，一个知道哪里能买到最好的东西，又愿意因为你的钱而出卖自己的女人吧！这样的女人太适合你了，而且哪里都找得到；快去找吧，不要烦我了。我长得矮小又傻，一点都配不起你。我怕我完全不符合你的要求、你的口味。那再见了，比澈先生。"我回过头来嘲弄地笑了笑，走掉了。

我沿着果园走到一半，转念一想，又立刻在一棵苹果树下面停下了脚步。

我说这样的话，究竟还是因为自己缺爱而觉得心里苦涩，因为自己心里觉得痛苦，所以看到别人也是这样的表情的时候，我就会因为报复成功而觉得高兴。

我已经成功地叫醒了他，因为他那永远沉着冷静的举止在我心里激起了一个愿望，想要试一下能不能牵动他的心。我还以为他是一个没有感情的人，但事实已经证明他不但感情强烈还很深沉。可能他不能够体会到爱情吧？在他发火的时候，也没有很卑劣或者很让人讨厌的样子，他的发火完全得理。我既然接受了他的求婚，我就要给他这样的权利，可以让他对我不当的行为表示反对。但对我来说，我也有让他满意或者解除预定的自由。一个男人表露爱情的时候被人拒绝或者被人嫌弃，在某一些情况之下，他能够体会到的不仅仅是虚荣心的伤害。

哈洛德的痛苦好像是因为对我的深深失望。很明显是我的不对，我完全没有做一个正常女人应该做的事。就算哈洛德·比澈很高傲，但是我又有什么权利去做法官去纠正他呢？我因为刚才的行为而觉得好惭愧，我觉得很难过，因为我伤害了别人的心。另外，其实我一点都不忍心跟朋友吵架，闹别扭之后总是第一个去和好。这样比总是黑着脸好多了，而且这总是会让那个人沾沾自喜，这比吵架有趣多了，也很实在，而且，而且，而且，其实我非常喜欢哈洛德·比澈。

我偷偷回到了果园。他背对着我，已经到了一根比周围叶子枝条要高的篱笆柱子边上。他的手臂靠在了柱子上，额头贴着手背。他的神色低落，也许正经受着幻想破灭之后的折磨。

他的右手无力地垂下，我觉得他不知道我在走近他。

我的心跳得很快，因为我很怕他会拒绝我的和好，然后我停了下来。之后我鼓起了勇气，觉得如果他真的不理我，也是情理之中的，我对他这么粗鲁，如果他喜欢的话，完全有理由再骂我一顿。我觉得他会拒绝我的友好，或者不理我，所以我有点怕地把手指塞进了他的手掌里。其实我可以不用太紧张了，因为这双没有犯过什么错误的强劲有力的棕色大手，安慰般地轻轻捏住我的手。

"比澈先生，哈洛德，对不起，我太不像一个女人了，居然说出这么恐怖的话来。你要原谅我吗？我们从头开始吧。"我像是在自言自语。刚才的那些轻率、刻薄和取闹的情绪顿时消失了，我变得真挚又严肃。我觉得我肯定透过眼神表露出这一点了，因为哈洛德凝视着我，在我的眼里看了好一会儿之后，似乎觉得很满意。

他的嘴巴松弛了一下，恢复到平常可爱的样子，说："你是认真的吗？好吧，那你怎样才像个小女人的样子？"

"对啊，我都是很认真的。你能不能原谅我？"

"没有什么好原谅的。你也不过是发泄了自己的情绪出来吓吓人，但是我也可以确定，你不是真的这么想的，而且说不定你说过就忘记了。"

"其实我有时是真的这么想的，但有时又不是。但是，我们从头开始吧。"

"你说的'从头开始'是什么意思?"

"我的意思是，我们重新再做朋友。"

"啊，朋友啊?"他有点不耐烦，"我还以为能够再进一层关系。"

"好吧，其实也可以这样，但是看你表现。"

"那我要怎么表现呢? 你说的又是什么意思?"

"我的意思啊，是你要想办法让我喜欢你啊，而且你从来没有说过你爱我。"

"哎呀，我的天啊!"他惊讶地失声大叫。

"这是事实啊。我跟其他人，只不过想要试一下你是不是在乎我，但是你一点都不在乎。"

"哎呀，但是你不是叫我暂时不要表白出吗? 还有你说得倒轻巧，哼，前两个星期真的快被你折磨死了，有好几次我都想冲过去杀死你，也杀死自己。不过我都控制住了自己，到现在也没有做出什么离谱的事情来。那你那边再戴上我的戒指?"

"啊? 不要。如果我还没到爱你爱得非你不嫁的地步，你千万不能再说我在调戏你，不过我也会尽量爱你的。"

"你不爱我吗，西泊? 自从我第一次看到你之后，我每天每夜都想着你，其他的什么都不想了。你一点都不在乎我，真的吗?"他脸色有点痛苦。

"噢，哈洛德，可能我已经快要爱上你了，不过你千万不要逼我。你如果喜欢的话，你也可以认为我已经跟你私订终身，但是我不能拿你的戒指。你先留着它吧，看看我们以后相处得怎样再说。"我在几步以外的地方找到了戒指，然后把它交给了哈洛德。

"我发了这样一次大火之后，你还会信我吗？你要知道啊，我常常是这样的。"他说。

"相信我吧，哈利，我很喜欢你这种脾气，而且很希望你再发一次。我不喜欢别人从来都不发脾气，或者可以说，没有什么东西可以让他们的内心泛起涟漪——这些人太拘谨了，我觉得太无趣。"

"但是我发起火来实在是太恐怖了。魔鬼才知道我发脾气的时候会做出什么事情来。你不怕我吗？"

"当然不会啦，"我大笑，"我肯定会跟你对着干的。"

"那还不如让一只小山雀来跟我对着干。"他打趣地说。

"哈哈，就算你像一个巨人，但是小山雀也是玲珑小巧、行动灵活的，完全可以跟你有一拼。"

"其实你说得也没错，不过一把它关起来，它也无可奈何。"他说。

"不过料你永远也没有办法关住它。"我反驳说。

"西泊，那又是什么意思？"

"我还能有什么其他意思吗？"

"我不知道。你的话里总是有四五个意思。"

"啊，那谢谢你了，比澈先生！你真的很聪明。我也觉得好欣慰，居然能够在闲聊之后透露出另外的意思出来。"

美妙的夏日在投入了地平线的怀抱渐渐入睡了，夜幕融入了黄昏。这个时候哈洛德与我拿起了篮子回到了网球场，两手空空，没有一颗樱桃或者草莓。打网球的人都已经停下来休息了，男人们在穿着外衣。哈洛德取回了外套穿上去，周围的人把注意力放在我们身上，说话取笑我们。

我的生日晚餐很美满。吃完晚餐之后我们都去客厅消遣。

舅舅送给了我一个大盒子，说里面是一件礼物。每个人都颇有兴致地看着我急忙地把它打开。他们觉得很有意思，因为里面什么东西都没有，只有一个洋娃娃，还有给洋娃娃做衣服的布料。我有点儿失望，但是舅舅却对我说，绣绣衣服，比去操心流浪汉和政治更加适合我。

晚上的其他时间，我都特别注重自己的行为举止。宾客们告别的时候，我抓住了机会与哈洛德最后说了说话。他低下了身子来配合我。

"既然我已经知道你很在乎我，我以后也不会再跟别的男人调情来惹你生气了。"

"不要这样说，我只不过是一时发疯。你喜欢怎么玩就怎么玩吧，我不想让你变成一个修女。我没有这么自私的。当我看着你的时候，看到你还是这么小还是这么年轻的时候，我觉得让你操心担心些什么是很粗鲁的。我这么穷凶极恶地发脾气，你不讨厌我吗？"

"不，我就喜欢这样，晚安！"

"晚安！"他回答说，然后握住我的手，"你真是这个世界上最好的小女人，我希望我们两个能够一起度过你余生的所有的生日！"

"看来，你说了什么话让哈利变得比下午可爱多了。"古德恰说。之后听到的是：

"晚安，博斯厄夫人！晚安，哈利！晚安，阿尔奇！晚安，古德恰！再见，克拉多克小姐！再见，梅尔文小姐！再见，杰·杰！再见，贝儿夫人！再见古德杰小姐！晚安，梅尔文小姐！晚安，古德杰先生！晚安，博斯厄夫人！再见，梅尔文小姐！大家再见了！"

那天晚上，我坐在写字台前——想了好久好久，那些傻傻的想法、悲哀的想法、快乐的想法、老旧的想法、青春和爱情的甜蜜的想法。我觉得男人并不是像我以前想的那样的，那些无懈可击和不可战胜的——他们毕竟还是有自己的感情和爱的。

我很高兴地笑了，自己对自己说："哈利，现在我们谁也不欠谁的了。"我脱了衣服睡觉时，发现自己白皙的肩膀和胳膊上——很容易出乌青的那些柔软地方——留下了很多印记，都是黑色的。

对于我来说，今天真是一个快乐的日子。

第二十六章　你永远不知道某一个日子
会给你带来什么

　　我再见到哈洛德·比澈的时候是 12 月 13 日，一个星期日。在大马路的边上，一部分灌木、一部分的菜园和果园形成了一个小小的围场，围场里的两棵树下面拴着一张吊床。我在吊床上轻轻地来回荡着，读着一本很有趣的书，吃着可口的鹅莓。

　　一看到哈洛德走近我的时候，我立刻假装睡觉，看看他会不会偷偷亲我。但是他没有，因为他不是这样的人。他把马拴在了栏杆上，纵身越过木篱笆，摇起了我。后来他还对我说，我睡得跟一根木头一样，一动不动的，他摇了我好久好久，我才醒过来。

　　我的头发披散了下来。我责怪他弄乱了我的发型，要他把弄坏了的地方整理好。他不知道哪里才是"弄坏了的地方"，只是觉得"这个样子看上去像个疯婆子似的"。

"男人真是奇怪的东西，"我说，"在一些方面，他们看上去好像有着最厉害的脑袋，但是在琐碎的事情上，他们却像猫头鹰一样愚蠢不堪。他们掌握地质学、矿物学、解剖学或者其他别的什么东西，毫不费劲，而这些东西，光是名字就让我觉得头痛。他们还能够驾驭政治或者去完成烦琐的修水库计划，还可以同时管理五个大牧场，但是他们就是缝不了一个纽扣或者整理好头发，就算这样能救他们的命，他们也做不了。"

我没有办法想象自己怎么可能会忘掉那个消息的。因为在那个又长又热的下午，哈洛德令我震惊的那些经历，也足够成为一段时间里大家的聊天话题了。

他来卡达加就是想要向我解释他的事情。他说他之前之所以一直没有说过，是因为他一直在等待着好转。

对于我来说，生意的打理就像一个谜。我根本不能解开它，因为我在那方面没有一点头脑。所以，那天下午哈洛德·比澈靠在我脚边的一棵树上，低身看着我懒洋洋躺在吊床上说出他的那番经历，我没有打算再正确地重复一遍。

他说的话里多次提及伪造契约、投资不善、债务、财产、个人资产和官方代理人——也不知道它们究竟是什么意思——自愿扣押，好像是此类的行内话，足够让一个昆士兰的大律师伤透脑筋了。

根据我的猜测，这件事情的重点应该是，被人羡慕、被人看作是"幸运者"的哈洛德·比澈，遭遇到了一连串前所未有的不幸之事。事实上，他并没有像别人看上去或者想象中的那么有钱，他的牧场主地位其实也没有那么稳固。两三年前某一个银行的破产剧烈地动摇了他；虱子瘟疫摧毁了他在昆士兰的所有财产，而今年的旱灾，让他在新南威尔士的情况几乎一样的糟糕。去年，他的羊毛被烧掉，他所委托的那个代理人的破产又把他推向了更深的泥淖。而最近，一个建筑公司——他留下的唯一支柱——也破产了，他完完全全陷入了困境。

他抵押了他的全部资产，如果通过了的话，他就会办理法律手续，宣布破产。他打算把这一次浩劫所剩的一点个人财产都留给姑妈们，而他自己，则打算留在五先令洼区，做一个围场巡逻工，靠微薄的钱为生。

我没有什么话可以安慰他。比千千万万个跟他遭遇到同样境况、值得别人同情的人来说，哈洛德·比澈并不是一个很值得可怜的人。但是，如果从另外一个方面来看，想到他是含着金钥匙出世的，而且一生下来就有很多钱，现在突然间沦落为一个普通的劳动者，也的确是足够倒霉的。

"啊，哈洛德，我为你而很难过!"最后，我有点结巴地说。

"不用为我担心。有很多可怜的人，虽然家里有很多很多的钱，但是身患着残疾，或者体弱多病，如果他们能够像今天的我这么强壮的话，就算是把财产全部抛弃掉，也是值得的!"他说着，然后把完美的身材挺直。在他轮廓分明的脸上，泛起了自豪庄严的色彩。哈洛德·比澈不是一个遇到困境就悲悲戚戚的懦夫。他绝对不会把自己在这件事情上所感到的负面情绪显示给别人看。但是命运的转折实在太突然，竟然把他都赶出了家门，这对于他来说肯定是一个很沉重的打击。

"西泊，我这几年一直都在担心会发生这样的事情。但是，既然现在已经变成了事实，也未尝不是一种严酷的摆脱。但是最坏的是，我不得不放弃一切赢得你的希望了，这是最坏的后果。如果我之前能够提供给女生的一切地位时，你都不怎么在乎我，那么现在我变成了一个穷光蛋的话，你就肯定连瞧都不会瞧我一眼了。现在我只是希望你能够找到一个好男人，他能够让你快乐，就像我曾经努力让你快乐一样。"

我坐着，想着我面前这一位自制力惊人的男人。想象一下，面对这样迫在眉睫的破产之事，他所经历过的伤心和无奈。但是，他的眉眼之间，竟然没有流露出丝毫窘迫之意。

"再见了，西泊，"他说，"虽然我现在已经是无足轻重的人物了，但是如果你还有能够用得到我的地方，尽管开口同我说。"

我记得他紧紧地握着我像机器般伸向他的软弱无力的手，之后慢慢地跨过了栏杆，慢慢地骑着马走了。宽阔的肩膀颓废地垂着，他的这种神态让我幡然醒悟。刚才我完全沉浸在他所说的不幸消息之中，一点也没有想到我本人对他的重要意义，但是我忽然间领悟到，哈洛德说我对他来说至关重要，而他向来没有胡说八道的习惯。

当命运向他微笑的时候，我调戏过他男子汉般的感情，而现在命运在他面前阴转多云，我却没有向他说一句友好的话，就这样让他走掉。我自己也曾经很穷困，我很明白这个世界有什么在等待着他。他肯定会发现，以前最喜欢逢迎他的人会第一个唾弃他。他会对爱情和友情的颂歌感到失望，会渐渐地变得玩世不恭，怒气冲冲。他会慢慢怀疑这个世界上是否还存在着无私善良的人性，我自己也曾经这样心灰意冷过，我很心急，不惜任何代价，我也要把哈洛德·比澈从同我以前相同的命运里解救出来。一个男人年纪轻轻的，就要尝到这样的苦涩，实在是很让人遗憾的。

牧场上有一道捷径，能够截住哈洛德。我怀着这些想法，披散着头发，连帽子都没有戴，气喘吁吁地爬上栏杆的时候，哈洛德刚好经过。

"哈利，哈利!"我叫着，"回来，快点回来! 我有话要对你说!"

他慢慢地扭转了马头。

"怎么了，西泊?"

"啊，哈利，亲爱的哈利! 我刚才实在想得太多了，一时间都没有跟你说什么话。不过你当然不会因为自己而觉得我很卑鄙地在乎你是贫困还是富贵。如果你还要我的话，就算你穷得像一只乌鸦，我到了二十一岁也会嫁给你的。"

"怎么可能有这么好的事情?! 我原本还以为你不要我了。西比拉，你这是什么意思?"

"就是字面的意思!"我回答，没有再解释什么就跳下了篱笆，几乎以来的时候那样的速度飞奔了回去。

跑到离家里还有一半路程的时候，我停了下来，回头看到哈洛德骑着马很神气地跑着回家，还听到他一边跑着一边用口哨吹着轻快的曲调。

在某一些方面，其实男人还是很脆弱单纯的。

我挖苦地笑了好久，然后叫着自己的名字:

"西比拉·佩内洛普·梅尔文，你的高傲有多厉害?! 简直是无与伦比! 你以为你真的这么重要吗? 可以帮一个男人渡过他生命的难关——他是一个健康魁梧的年轻人啊，身长六英尺三英寸，还是一个头脑冷静的生意人;有显赫的社会地位，结交过有影响力的朋友，品格纯洁的人;一个有生活经验的丛林人，一个聪明人，特别是，他是一个男人——一个男人! 这个世界真是为男人而建造的!"

"哈哈哈，你啊，西比拉，竟然这样想?! 你一个十几岁的黄毛丫头，一个又难看又穷又没有用又无足轻重的人，又瘦成了皮包骨，而且别忘了，你是一个女人——只是一个女人而已！只有一个堕落了的或者被人遗弃的男人才会劳驾其他人帮助他的！哈，哈，哈，你这个自负的人！"

第二十七章 因为什么呢？

比澈一家几乎马上就搬出了五先令洼区——在圣诞节之前。外祖母、海伦姨妈和杰·杰去那里与女人们告别，她们因为家族要在五先令洼区连根拔起而感到十分伤心，但也同意了侄子马上解决问题，白手起家。她们打算去墨尔本住——还说这样是"把自己藏起来"。哈洛德会在悉尼耽搁一段时间，把事情了结之后，他就去做随便什么可以轻易到手的工作。现在掌权的人请他先好好继续管理五先令洼区，但是他没有办法让自己接受这样的经理职务，毕竟他以前是这里的主人。既然五先令洼区已经不属于他了，他现在唯一的愿望就是离他的那些旧关系越远越好。

他送别了姑妈们，指挥手下的人把牲畜都集中起来，解雇了所有的女工人和部分的男工人，交出了五先令洼区的管理权。于是哈洛德·奥古斯塔斯·比澈，五先令洼区的老板，在 1896 年 12 月 21 日，星期一，永永远远地离开这片土地了。星期日，12月20日，他来同我们道别，而且还就我在前一个星期日同他说的话达成了谅解。不过说起来也很奇怪，外祖母从来就不觉得我和哈洛德之间有什么特别的关系。哈洛德总是沉默不语，在卡达加随便地来来去去的。她忽略了他会成为我男朋友的可能性，所以在我们的交往之中，她容许我们有像兄妹之间或者是堂兄妹之间相处的那点自由。

在这个特殊的下午，我们跟外祖母聊了一会儿之后，我知道他想要单独同我聊聊，所以我建议他同我一起去果园摘些草莓回来。别人都没有什么意见，我们就出发了。我们几乎还没有走到别人听不见我们说话的地方，哈洛德就开始问我之前说的话是不是认真的。

"当然是认真的，"我回答说，"也就是说，如果你真的是喜欢我，并且觉得在所有的女人之中选我是最明智的话。"

他还没有把想法说出来，我就在他凝视着我的剔透的眼眸里，找到了答案。

"西泊，你太了解我的感情和喜恶了，但是，如果我想要你为了我牺牲这么多的话，我就太卑鄙了。"

我知道我在对付着的不是一个傻子，而是一个聪明的、目光尖锐的人，所以我尽力不要表达出这样的自己来给他造成印象：就是说，我答应嫁给他是因为我不知道那一件事，而且那其实一点关系也没有。

不过我说："哈尔，你不觉得因为没了钱而抛弃我是很自私的吗？你年轻强壮，品行良好，又有影响力很大的人际关系，还有很强的工作能力和知识，所以，如果你能够勇敢地面对这个世界的话，你肯定不会失败的。去吧，就像你现在这样好好地站起来做人，如果你失败了的话，我到了二十一岁会嫁给你，我们可以互相帮忙。我很年轻，而且身体还很健康，还很习惯做一些辛苦的工作，所以，就算穷困一点，我也没关系的。只要你还要我，我就要你。"

"西泊，你很好心，但是我不能做一个卑劣的懦夫，让你这么迁就我。我知道虽然你看上去好像朝三暮四、三心二意的，还故意同我作对，但其实你是一个很可靠的人。可是，我现在这么穷，你真的还爱我吗？"

我很有力地答道："你觉得我是那样的人吗？喜欢一个人就是因为他有一点儿钱？嘿！我平常最讨厌的就是这样的人了。如果那个人是公爵或者是百万富翁，但是我不喜欢他，我也不会嫁给他的。我不是因为你有五先令洼区我才喜欢你的，因为你胸怀宽广，能容得下别人，还能让我觉得温暖；还因为你憨厚老实，很可靠，还因为你心地善良，身材高大——"

说到这里的时候，我觉得自己的声音在颤抖，我害怕自己会丢脸地哭出来，所以就停住了不说话。

"西泊，我会努力做好的，等到我能有个家的时候，就来娶你。"

"如果你愿意的话，不管能不能有家，你都要来娶我。但是我现在有一个条件：你不要告诉任何一个人我们已经订婚了的事。记住，你其实是完全自由的，如果你碰到一个更加喜欢的女人，你一定要老实跟我说。千万不要有那种傻乎乎又不平等的从一而终的想法。你要答应我。"

"好好好，我答应。"他很轻易就答应了。毫无疑问，他肯定像他之前的千千万万个人一样，觉得永远都不会有信守诺言的机会。

"同样的，我也会答应你，这四年里我绝对不会去看中另外一个男人。你也不必嫉妒或者担心。哈尔，你相信我吗？

相信我吗?"

他把我的手握在了他的手里,深情地凝望着我,我不由得非常感动,他说:

"在各个方面我都可以相信你,直到世界末日。"

"谢谢你,哈洛德。我们就这样说定了,好不好——那当然是就着现在的情况说的:如果以后情况发生了什么变化,我们商量的事情肯定也会有所影响,那也绝对不是不能改变的事情,我们可以订出更加完善的计划的。四年的时间不是很长,但到时候我也会努力变得更加善解人意——当然,那就是说,我也一向是这样的话。我们不要互相通书信或者以其他的方式保持联系,所以,如果你碰到一个比我更加好的人,而你自己也有意思的话,你是完全自由的。你觉得怎么样?"

"当然可以。这些小事情,你喜欢怎样解决就怎样解决。我只要能够通过这样那样的办法来得到你,我就觉得心满意足了,这才是我的唯一愿望。如果要完全改变过去的那些生活习惯,当然还是有一点困难的,但是有你的支持,对于我来说绝对是更好的。把你上个星期日说的话再说一次给我听行不行?西泊,你说吧,你说你愿意当我的老婆。"

我早就猜到他会这么说的,我也是相信"一不做,二不休"的道理的,所以,我已经想好了要把我的手放在他的手心里,而且做出他想要的那种保证。但是"老婆"这两个字还真的有点难倒我了。我很喜欢哈洛德——而且是到了这样的地步:如果我有一大笔钱的话,我也会很高兴地全部给他。我觉得我会让他有被奴役的感觉,但是我很爱他——身材魁梧、有男人味、讨人喜欢、身心健康的哈洛德——依我所见,他从头到脚都是最好的,但是他还是缺少一种让我希望成为他孩子的妈的力量。

至于要跟他倾诉我的感情吧——哈哈，他肯定会笑死的，然后把这些说成是"有趣的幻想"。他在这些问题上的看法，是世俗的、实惠的、平凡的平常论调，所以他肯定不会了解我。但是这又有什么好了解的，只不过是我的一些怪癖，同其他的女人不是很一样罢了。但是他还在等待着我说话。我已经把脚插进来了，已经没有办法完好撤回了。我没有办法说出"老婆"这两个字，但是我还是把自己的手放在他的手心里，看着他说：

"哈洛德，上个星期我说的话我一定会做得到的。假如你还是要我的话——如果我还是对你有什么用的话——那我一到法定年龄就嫁给你。"

他看上去很满意。

那天下午他来跟我们告别，因为他打算第二天一大早就离开五先令洼区，但是他在离开之前还有两三件小事要做。

我陪着他走了一小段路，他牵着马同我并肩走着。我们在一棵老柳树下分了手。

"再见了，哈洛德，我说过的话，一定都能够做到的。"

我抬起头来，他低身亲了我一下——真的只有一下——轻轻的、很温柔又很羞怯的一个吻。他凝视着我好长时间，没有说出一句话来。然后跳上了马，朝我抬了抬帽子，走了。

我目送着他远去，沿着白色的尘土飞扬的路，在夏天的烈日之下，那条路好像一条长蛇。我看着他，知道他和那条路一起消失在桉树和山核桃树组成的地平线背后。

我站着凝视着远处的山。山上，黄昏的时候。深蓝的梦幻般的夜雾渐渐变得浓重起来，眼泪悄悄地划过我的脸颊。

我并不是爱哭鼻子的人，但是我为什么会哭泣？我自己也不知道。虽然我肯定会很想念哈洛德的，但是我却不是因为他的离开而哭泣。难道是因为对爱情的失望吗？我说服自己，让自己相信，我就和爱其他人一样爱着哈洛德，现在的他很需要我，我不能够在这时候抛弃他。但是，但是，但是其实我并不想结婚。我真的很希望哈洛德能够要求我其他的东西，除了结婚什么都可以，因为——因为，我也不知道因为什么，我马上就觉得很愧疚了，我发现自己竟然这么自私，竟然一点也不愿意自己做出一点点的牺牲，来帮助一个好兄弟渡过人生的大难关。

"我总是觉得哈利肯定能够迎难而上，但是我想，就是不为那个穿短衣服留着小辫子的年轻人操心，最近的事情也够他忙上好一阵子了。"那天晚上杰·杰舅舅说。

"哎，西比拉，可怜的哈利走了：我们大家——甚至也包括你——都会很想他的，我可以肯定。我之前还以为他很喜欢你的。可能因为他的经济问题吧，他都没有同我们说过一次，不过也有可能是我们自己猜错了。"海伦姨妈跟我道晚安的时候说。

我没有说话。

第二十八章　不要吹嘘明天

　　失去了比澈，我们都觉得很难过。五先令洼区，舒服、好客的五先令洼区即将要倒闭，等待着解决比澈的负债。除了一个孤独的守门人，没有什么人会留下来了，想到这些就让人很伤心。在宽阔的老院子里，花朵不知不觉地结了籽，草坪上的草正转向枯萎；水果成车成车地烂在了果园里；狗窝、马厩、鸡舍、牛栏都被空空荡荡地遗弃了。但最让人觉得难受的是，我们想念着的这位皮肤黑实、沉着冷静、有绅士风度的年轻巨人，他那讨人喜欢的面容和魁梧身材，在卡达加总是很受欢迎。

　　好在圣诞节的准备工作让人手忙脚乱，很少有时间因为这些事情而发呆出神。况且，杰·杰舅舅在为旅行做准备，有好多事情要忙，整个家处在骚乱之中。

　　圣诞的时候我们玩得很开心，盛宴一个接一个，宾客络绎不绝，银行职员、古尔办公室的年轻人、牧羊工和女家教，都从附近的土地上拥过来，人数很多，而且我们都过得很快乐。

送礼的日子，舅舅动身去了新西兰，想将生意和娱乐结合起来，如果能够满意地成交的话，他就打算带一些种马回来。那年送礼的日子刚好是星期六，而我们最后的一批客人要到星期日才走。很多个星期以来，我们第一次得到这样的宁静，所以，下午我躺在吊床上晃来晃去，随意思考着什么。我带了很多无花果、杏子和桑葚过来，在桉树和雪松下的阴凉处，凉爽地享受享受。

第一件事情是，哈洛德的离开，而且我常常都会很想他。我不用因为订婚而觉得担心，因为四年的时间还是很长的。说不定，还没到那个时候，哈洛德就会喜欢上别人，而我就可以获得自由了。或者他会死掉，或者是我会死掉，或者我们两个都会死掉；或者远走高飞；或者会大哭几百天；或者唉声叹气；或者会干这些事情干那些事情。同时，我并没有想着这件事情，我有好多开心的东西可以去期待的。

二月底的时候，外祖母组织的野猎活动就要开始了。海伦姨妈、外祖母、弗兰克·哈登、我，还有其他好几位先生和女士，将要去远处的蓝山，度过最少十天最多两周的露营生活。那里有好多珍贵的动植物，琴鸟啊，香沟酸浆啊，蕨丛啊，还有让它们变得完美的景色。露营之后，姨妈和我要去悉尼度过三个月的时间，在那里，我们由艾佛雷德·格雷带领着到处观看，从蔓雷到帕拉美特；从圆形画到动物园；从剧场到教堂；从餐馆到监狱；从安东尼·哈登商场到帕特星期六市场。谁知道以后会发生什么事情呢？艾佛雷德答应过我，会找出色的大师来测试我的才能。我有可能实现自己的梦想，进入音乐圈吗？真是一个快乐的梦！除了结婚这件事，我就不能在其他方面帮到哈洛德吗？

对啊，没错，现在我的生活，是很快乐的。每一天得到的小小满足，都会让我忘记那些难以实现的雄心壮志。我从来都没有想过要写什么东西这件事。有时候我可能也会编一个小小的故事，如果这篇故事被登在报纸上的话，肯定会通篇充满着快乐与爱情，而它肯定也富有生活色彩。其实舒舒服服、安安分分地过日子，在绅士、淑女之流中生活也是一件很不错的事情。因为这些人知道怎样才能让自己的举止得体，他们之间相互尊重，一点也不用怕因为"献殷勤"而被人家挖苦。

我吃了个无花果，一个杏子，还有一两个桑葚，正要再认真读书的时候，却被沿途渐进的嗒嗒马蹄声打断了思路。我爬了上栏杆，想要看看是谁这么不要命，跑过来像要飞一样。他向着我勒紧了马绳，我认出了这个人，他是从狗陷阱过来的。他只穿了一件衬衣，坐骑已经是吐着白沫了，朱红色的鼻子贲张得很大，两肋之间急速地一起一伏。

"我说，小姐，你能不能快点帮忙去叫人来吗？"他说话的语气很急忙，"维姆彼特发生火灾了，我们缺少人手，我现在还要去匹姆勃朗叫人。"

"先站着，"我回答他，"但是我们家里没有人，只有乔·斯洛克，但是我听说他要骑马去河边走走，看看那些烟雾是怎么一回事，所以他应该会在那里。哈登先生和其他人都出去了，你快回到火灾的地方吧，我帮你去匹姆勃朗叫人来。"

"好啊，小姐，这里有两封信。我的老马太糟糕了，掉了一只马蹄，在狗陷阱就已经变成瘸子一个了，我还在装另外一匹马的马鞍，巴特勒太太就把信塞我的口袋了。"

他把信扔进了栏杆里面，调转了马头，朝着来时的路回去。而这两封信则掉在了地上，地址朝着上面——两封信上的笔迹都是属于妈妈的，一封是写给我的，另外一封给外祖母。我也没有把它们捡起来。妈妈给我写的信，内容也无非是想要我对外祖母好一点，比对她还要好——我不是很喜欢她表达的这些情感。

"你去哪里了？"我跑着穿过房子的时候，外祖母问我。

我给她做了解释。

"那你要骑哪一匹马？"

"老马塔特博尔吧。现在也只有这匹马在这里了。"

"那好，不过你要小心点，千万不要逼它跑过跳蚤河的那个缺口，不然它肯定立刻死掉的，它这么胖，又这么老。"

"好。"我回答说，然后抓起一个马勒，跑去了果园。老马塔特博尔都是紧急情况之下才会用的。我戴了一顶帽子，套上了女式马鞍，好像之前一样，纵身跳上了马，拼命地朝着距离这里七英里的匹姆勃朗那里跑去。来到跳蚤河的缺口时，我让它放慢了步调，所以耽误了一点时间，等到半个小时之后，我们才到达那里。人们听到了之后立刻就起身了，朝着火灾的地方飞驰而去。而我，则留了下来喝下午茶，然后从容不迫地骑着马回家。

看到卡达加的时候已经是夕阳西下的时候了。我知道家里的男人一时回不来，就骑着马穿过了围场，准备把牛赶进棚里。我把牛赶着回来，把小牛都关好，然后卸下了马鞍，牵着马回到果园。之后，我站在小山坡上，看着美好的景色。但是，等到阳光一消失的时候，风势减弱，气温也慢慢地转凉了。深蓝色的烟在半空中悬着，绕过了小山丘，好像蒙着的一层美丽面纱。那一天下午，我跨过了干旱的土地，但是在卡达加的附近，严酷的季节并不十分明显。灌溉使得这个地方穿上了美丽的衣裳。这个时候，我已经站在了及脚踝的苜宿地上。啊，我多喜欢这些没有规则可言的老房子啊。这里到处都是一片片低矮的铁皮屋顶，在青翠的树丛里、在花草里、在果木丛里探出了头来——这是我出生的地方啊——我的家啊！除了叮咚流水外，夜晚都是静悄悄的——这是夏天里的那种温柔甜蜜的安静。我伸出了手，拿起了旁边的深紫色桑葚吃了起来，甜甜的果汁染得我的手指、嘴唇还有牙齿都变成了紫色。这个时候，暮色渐渐变得深沉，我捡起了马鞍，拿着它踏上了归途，然后把它放在挽具房里。挽具房被无花果树和杏子树丛藏了起来，果树的枝丫上，硕果累累。两位女工已经在早上的时候出去过圣诞节了，家里只剩下外祖母还有姨妈。我听不到她们的声音，也没有看见她们，所以我猜她们应该是到外面散步去了。我洗了洗手，点起了灯，吃了她们给我留的饭菜。我忽然站了起来——完全不是我平时的粗枝大叶，还真是奇迹啊——我将一本书遗留在吊床上了，那本书的封面很精美，放在那里的话，肯定会被露水浸坏的。于是我推开了晚饭，出去拿书。在渐渐昏暗下来的夜色之中，我看到了两个白色的小信封。我捡起了它们，拿到灯下，打开了寄给我的那一封，读了起来：

    不用说，你也会知道我写的东西肯定不会是顺你心意的。不过，现在的你，应该放弃安乐生活，肩负起生活责任了。如果说你爸爸和平常有什么不一样的话，那应该就是变得更加懒了，酗酒的情况也更加严重。他背负了很多外债，经济上很困难，如果不是彼特·穆斯瓦特的话，他早就破产，成为一个穷光蛋了。你还记不记得彼特·穆斯瓦特？对啊，他是个很不错的人，借给了你爸爸五百英镑，利息是百分之四，也就是说，年息也要二十英镑。你说这些钱我们应该怎样还清？你爸爸像家里的猫一样，都没有任何办法了。现在，我要说说你的部分了。穆斯瓦特先生因为对你爸爸的友情，很乐意让你做他孩子的家教，来抵掉借款利息。我告诉你，1897 年 1 月 8 日，星期五的那天，你一定要去到娅农，他会在那里接应你的。一定要记住这个日子。很不好意思，我通知得这么紧，但是穆斯瓦特先生希望他的孩子能够快点上学，这个也是我们值得考虑的事情。或者你会觉得这份工作不像在卡达加的生活舒服。但是穆斯瓦特先生人很好的，他答应过会给你多点假期，他给你的钱也差不多二十英镑了。在这些日子里，那也算是一大笔钱了，因为他很容易找其他的女生，资质比你更好，而且工钱只是你的一半。也就是说，他完全可以让你爸爸付上这份利息，不算请家教的钱，他还能把剩下的十多英镑囊入口袋。你还要帮一下穆斯瓦特太太做做事情，或者缝缝东西，不过这也是对你有好处的，我希望你能够尽力让他们觉得满意，我还给你的外祖母写了一封信。

这封信真的让我毫无意兴，更加没有任何胃口去吃面前的晚餐了。穆斯瓦特家！送我去穆斯瓦特家！真是难以置信！这肯定是噩梦一场啊！穆斯瓦特家！

当然，我之前是从来都没有去过穆斯瓦特家的，但去过那里的人回来都说得绘声绘色：穆斯瓦特家的太太蠢钝如猪！哎呀，而且那个地方，因为太脏了，已经成为一个禁地。

妈妈这封信里透露的冷酷真是让我的心都凉掉了。为什么她从来不会因为强迫我去做什么事情而觉得有一点点的遗憾呢？反而，她的信上竟然全是得意之情，因为她终于能够结束我在卡达加的舒服生活了！她总是不希望我觉得快乐，我很痛苦地认为源头是因为我长得丑。一谈起葛蒂，她总是会说"我已经带葛蒂去参加那个活动了，我们实在是玩不起这么激烈的了，但是那个可怜的小姑娘，年纪轻轻的，却对这些没多大兴趣。"我比葛蒂长得瘦，长得小，而且，也不过是比她大十一个月。但是妈妈一说起她，总会说"你已经不小了，是时候考虑一下除了玩乐之外的事情了"。

长得丑的女生，命中注定就不能快乐，她们一定要天性异常乐观，才有可能希望在生活里面找到一点点的乐趣。

我的妈妈真是残酷、卑鄙又可怕！竟然要送我去穆斯瓦特家！我不要去——就算每天给我五十英镑，我也不要去！我不去！不，无论给我什么我也不会去！

我很不耐烦地跺着脚。后来，外祖母回来了，我把两封信都交给了她，气喘着等着她的处理。

"啊，孩子，那你有什么意见吗？"

"问我的意见？！我当然不去！我不去！我死也不去！啊，外祖母，你千万不要送我去那里——我宁愿死也不去！"

"亲爱的孩子啊，无论发生什么事情，我都不愿意与你分开，但是，我又不能够去干预一个妈妈与她孩子之间的事情。如果我是妈妈的话，我也不会希望别人过来干预的。我对任何的妈妈，也是这个态度，就算你妈妈是我的女儿，也是这样。不过，你出发之前，还有时间看看你妈妈有什么答复。我来写信给她吧，看看是不是真的没有办法。"

这位可爱的老婆婆，人生没有任何拖延的坏习惯。她一坐下来，立刻就开始写信。我也写了一封——希望妈妈能够

收回这个决定，求她留我在卡达加，而且，我还很肯定地对
她说，我在穆斯瓦特家，过不下去。

那天晚上我整夜未眠，所以我很早就起来，等着第一个
路人帮我们拿信去寄掉。

答复——至少外祖母已经接到了——来得比我们想象中
还要快。妈妈不愿意再纡尊降贵地给我写信，但是，在给外
祖母的信里，她把我说成了一个自私自利的家伙，心里没有
弟弟妹妹。说我肯定不会有出息的，每天就想着奢侈淫逸。
妈妈既然已经这样说了，那我是一定要去穆斯瓦特家了。

"我真的很为你难过，"外祖母说，"但我们实在没有别的
办法了，你去那里住上两三年，再回到这里吧。"

谁也不能安慰我受伤的心了，而且我也不喜欢听外祖母
说大道理。哎，如果舅舅在家的话，该多好啊！他肯定会帮
我脱离这个苦海的。姨妈也是给我说了一番道理，想改变我
的想法，劝劝我想想弟弟妹妹他们，勇敢地挑起家里的大梁。
但是我觉得这个担子实在是太重了，压得我都喘不过气来了。

离开卡达加，离开这样安乐的环境，对于我来说真是一
种折磨。离别前的日子已经慢慢过去了，我恨不得拼尽全力
去挡住时间无情的轮子碾过，更想让它倒退回去。晚上，我
难以入眠，只能以泪洗面，哭湿枕头。哎，我真的不想离开
我喜欢的外祖母和姨妈，也不想离开卡达加！

或者这也只不过是处于深深的爱而产生的幻觉，这里的
花朵好像特别特别的香；太阳落山的时候，那片阴影好像特
别特别的迷人！它轻轻柔柔，包含爱意地爬了过来，蜷缩着
身子，落到了这一片古怪老旧的土地上；两岸都长满了蕨树
的小溪流里，晶莹剔透的水从来就没有停止过奔流——这时
候的我哦，真真切切地看到了它，也听到了它；夕阳把挂在

后院洗衣间外面走廊上的镜子，照成了一团火焰。牧工们很喜欢在镜子面前梳洗自己。哎，我想起了很多很多，心里五味杂陈！我似乎还能闻到爬上了走廊柱上探出了园子门外的玫瑰发出的馥郁芬芳。握着笔写东西的时候，我眼前早已被泪水模糊，连字都看不清楚了。

离别之日总归还是来了——天气酷热，就算在阴凉处，气温也有华氏一百一十度。这是一个星期三的下午。弗兰克·哈登在那天晚上带我去古尔，第二天，就送我上车。星期四晚上的十二点或者是一点左右，我就会到达娅农。按照事先的安排，穆斯瓦特先生会在那里等着我，带我去旅馆休息，第二天早上再从那里去他家。

我的手提箱，还有其他要带的东西，都放在了马车上，几匹胖嘟嘟的马都已经套上了挽具，站在一棵大桉树的阴凉下，慵懒地用尾巴驱赶蚊蝇。弗兰克·哈登手里拿着马绳，等着我上车。

我好像发了疯一样，在房子里跑来跑去，想在最后看看亲切的墙角，还有画作。之后，海伦姨妈握着我的手，亲了亲我，说：“你走了之后，这间房子里的人会觉得很冷清的。不过，你要乐观一点，事情根本就没有你想象中的一半那么坏。”

我走出前门的时候，回过头来，看到她坐在了走廊的椅子上，双手捧着脸。美丽善良的海伦姨妈啊！我希望她能够想念我一点儿，少一点感觉到别离的苦痛，因为那一次分别在我心里造成的波澜，至今仍然汹涌。

外祖母给了我一个很紧实的拥抱，一直亲吻着我。我爬上了马车的前座，在护送人的旁边坐下了。他挥了挥马鞭——灰尘飞扬，车轮翻滚，我们就这样离开了——离开了卡达加。

我们穿过了潺潺流水的小溪，时值最后一批本地花儿争艳的时候，小溪两边的黑刺李灌木，开着数也数不清的乳白色小花，浓浓的清香，在盛夏的热气里，飘散得很远。阳光投落在我熟悉而感到亲切的土地上。我们爬上了一个高坡，房子，看不见了，清澈的小溪，也与我们挥别了。远处的左前方，已经能够看得见五先令洼区的树木了。那里，在音乐、花儿、青春、阳光、爱还有炎热的怀抱里，我过了很多个愉快的晚上，那些都是我生命里的黄金时期啊！但是现在，哈洛德·比澈，还有他的三十多个牧工在哪里呢？一个月之前，他们还叫他主人，任由着他差遣。

但是，这一切都过去了。在卡达加的愉快时日，已经过去了，就像周围的小山慢慢融入了深蓝色夜幕之后的模糊轮廓一样，淡化了。

第二十九章　我的旅程

这是一辆轿式马车，看上去与公共汽车有点像，遮篷和座位还有车轮平行。车子的后面不是门，只装着一块弹簧车式的大挡板，挡板已经被卸下来，我们爬进了座位之后，才又重新安装上去，遮住车尾的一半。行李靠着挡板堆起来，被绳子捆得牢牢靠靠。这样一来，站在地面上的人，也只能看到旅行者的头了。如果是遭遇翻车的话，我们都会陷入困境，因为唯一的出路只能从马夫座位背后爬出去，但是那个座位齐胸高，如果真的发生了什么不好的事情，那肯定是很尴尬的。

我和弗兰克·哈登很客气地道别了。我上身探出了窗外，挥动着手帕，直到他消失在马路转弯的地方。

那时是正午时分。就算在阴凉的地方，温度计上也起码有一百一十二度，而漫天飞舞的灰尘，更是可怕极了。腾飞的尘雾实在是太浓了，以至于我们从座位上看去，连拉着车的那五匹马都分辨不出来，所以，随时都有跟来来往往的车辆相撞的危险。车厢里面很拥挤，一共有十六名旅行者。大家坐好了之后，车子启动了，我才发现我是里面唯一的女性。我被夹在一个朝气蓬勃的年轻男子还有一个中国人的中间，对面则坐着一个土著黑人和一个长着红色胡子的男人。在离我比较远的那个座位上，坐着的是一位译员，他去看了自己选区里举办的新年赛马，现在正就着它高谈阔论，向他的同伴说着"那些马儿的表现"。我发现那个虎头虎脑的年轻人是一位职业的骑手。当他知道我是名震一时的养马人迪克·梅尔文的女儿之后，对我十分友好。他从座位下面的一个铁盒子里拿出两个苹果送给我，还拿出他的马鞭给我看。

我和那位骑手换了个位置，坐到了一个看上去有点书卷味的绅士旁边，在如烟的尘雾、轰隆隆的车声还有旁边座位传来的关于赛马的闲聊声中，对他说了一些对于某一些书的看法，他们对我都很好——送我水果，找水给我喝，还轮流照看我的宝贝帽子，因为它实在是不经压，在行李之间没有一个特别安全的地方让它待着。

还没走到一半的路程，那几匹马就已经筋疲力尽了。所有的男人就只能下车，在灰尘还有炎热之中，几英里几英里地这样走着，当然，这对于助长好脾气是绝对没有益处的，所以马夫备受嘲笑和指责。他已经在这五匹马的身上用坏了两条鞭子，劳累还有炎热弄得他挥汗如雨，顺着沾满灰尘的脸上滑落，留下一道道泥泞的沟壑。那一位职业的骑手也拿出了他的重量级马鞭帮忙，有一些乘客挥动着木棍，嘴里骂着什么。一位路过的牛车夫，因为实在太用力鞭打着马儿，以至于产生了可怕的结果，那些可怜的牲畜身上流着汗水和血水。

"真是见鬼！你为什么就不能弄几匹像样子的马来呢?!"那位红色胡子的乘客问他。

车夫解释，部长一行租走了他最好的马去观察矿井，而一位兄弟车夫，因为马匹被别人偷走了，被他借了两匹马。他实在没有办法了，只好用几匹正在休整的马来凑合凑合。另外，天气过于炎热还有人数超了，是这次事故的主要原因。但是，我们也还是想方设法赶上了火车，只不过来不及吃任何东西了。每个人看上去都像怪物，尘土把头发染得花白，也让我们的脸上堆满了污垢。这些男人对我可以称得上悉心照料，好像我就是被谁特意托付给他们似的。一个人买来了车票，另外一个帮我找到了座位；而第三个人则负责拿我的行李。换车的时候，他们一样考虑周全。我们踏上了新的旅途。外祖母为我收拾好的一大箱可口的食物，我都拿了出来与大家一起分享，男人们则提供了饮料，我们大家举行了一次很愉快的野餐。我们还把窗子放下来，透透新鲜空气。

我很喜欢火车的飞驰，也很喜欢听它的咆哮声，我很希望现在它能够永远永远地向前开去，这样一来我就不会有思考的时间，也不要让我停下来。可是，哎，一点二十分的时候，我们在娅农停车了。在那里，有一个男人一直在打听着一个叫作梅尔文的年轻姑娘。旅伴们帮我把行李都堆在了一起，我就下了车。

"再见啦，先生们！非常感谢你们对我的照顾。"

"再见啦，小姐。不用客气。我们当中或许还会有些人能够再碰上你呢。再见啦，再见。"

庞大的火车，仰天长啸，一阵颤抖之后，继续向前疾驰着，开向了夜幕，把我留在了一个小小的月台上。我觉得很孤独，也觉得很难过，但是没有人会知道，也没有人会在乎。

　　穆斯瓦特先生扛着我大多数的行李，我拿着剩下的一小部分，在黑夜里走得很艰难。我们两个人都没有说话。旅店的老板已经给了穆斯瓦特钥匙了，所以我们不要吵醒其他的住客就可以进去了。穆斯瓦特陪着我进去了卧室，我立刻钻进了被窝里。

第三十章　走向生活

这一段生活，在我的脑海里，留下了很难磨灭的印象。狂欢也好，出名也好，开心也好，甚至是，连诗人都没有办法形容的激动也好，都没有办法从我的记忆里面抹去，就算是我再痛苦地活上一百岁，我也不会忘记那些日子。所以，我要一字一句地，真真实实地，把它描写下来。

从娅农到穆斯瓦特的住所巴尼山一共二十六英里，他驾着一辆很轻便的马车，把我接了回去。

在这一路上，我很喜欢我的主人。当然，如果是就着能力来说的话，我们两个人完全就没有共同之处，很难成为和谐的朋友。不过，我很欣赏他在能够完成的小事情上所表现出来的通情达理，也很欣赏他做人的那种率性温谦的性格。但他确实也是个很无知的人，在他所能够胜任或者是他合适的那个领域里，他也没有什么远见，但是，就算是这样，他仍然可以称作是一名男子汉。

他跟我的爸爸在还是小孩子的时候曾经在一起。很多很多年之前，穆斯瓦特的爸爸，是我爸爸农场上的一名铁匠。两个很年幼的孩子，一起玩耍，虽然当时的地位相差比较远，但仍然成为好朋友，建立了真正的友谊。而这种友谊，直到今天，仍然继续着，而且，在今天接出了果实。我真的很希望当初这两位少年之间，心里怀着的是敌意，而不是友谊。

我们九点钟的时候，就离开了娅农的旅馆，下午两点钟左右的时候，才到达目的地。

我慢慢变得乐观起来，并且开始用清醒冷静的眼光来看待现实的一切。反正我迟早都还是要经受生活的历练的，为什么不能从现在就开始呢？或者穆斯瓦特并不是那么糟呢？虽然他们比较脏，但是，只要我能够巧妙地给他们一点建议，或者对此采取一些什么措施来，他们还是会乐意改变的。我不怕干活，我能做很多事情。但是，当我进入巴尼山的时候，早前一点的乐观想法，就像被牛奶场主对待多余的小牛犊一样，全部消灭掉了。我们驶下了坡，来到一道坑坑洼洼的路上。这条路通向他们的住宅，那间房子建在两座陡峭石山之间的一个峡谷之中。山上一棵树也没有，所以看上去，就像是一面狰狞恐怖的石墙，突兀地拔地而起，阴阴沉沉，像一座监狱。

六条狗、两头供玩赏用的小羊、两三头猪、二十几只鸡，还有实际上只有八个但是看上去好像有不下十二个的孩子，还有穆斯瓦特太太，一听到我们回来之后，一齐挤出了后门。因为无知，还有懒散，而不是因为贫穷——穆斯瓦特曾经向我吹嘘过他家在银行里殷实的存款——这些孩子是我见过最邋遢的调皮蛋！他们穿得破破烂烂，身上一些应该遮盖的地方竟然都赤裸着的。他们大多数长着红色的头发，还有大大的下垂的嘴巴。穆斯瓦特太太看上去其实也算是个挺顺眼的肥胖女人，没有文化，但是她的龌龊与零乱简直是到了让人讶异的程度。她光裸着的脚踝巨大而松弛，露在了不系鞋带的平头靴子上面。她的衣服破破烂烂的，靠着喉咙的那块地方没有扣纽扣，结果，露出了我有生以来见过的最脏的脖子。

她手里抱着一个孩子，像随意抱着的一卷破布一样，那个孩子死命地哭着，其他的孩子扯着她的裙摆，把头埋在了皱褶里，就像很多只鸸鹋围着。她向我打了个招呼，很响地亲了我一下，把手里的孩子给了大一点的孩子，一个十四岁左右的姑娘，然后一下子拿起我的手提箱，好像它只是羽毛般轻盈，然后迈着粗重的步子，消失在屋子里。她放好了箱子之后，回过头来，邀请我进屋，我跟在她的后头，她的孩子又跟着我，穿过了最脏的走廊，进了最脏的房间，坐在了最脏的椅子上，看着其他我有生所知的最脏的家具。

我很惶然地看着四周，这些污秽的、肮脏的极度的无知愚昧，让我觉得很压抑，我的四肢不由得颤抖了起来。我真的恨不得立马回到我喜欢的卡达加里去。还没待上多长时间，我就觉得自己在这里，真是没有任何办法活下去了。

"你吃饭了吗?"我未来的女主人粗声粗气的，说起话来很没有教养。我说没有。

"那你肯定饿死了。不过我立刻就给你准备好。"

她把一块脏脏的、皱皱的，看上去让人觉得很恶心的桌布，放到了沾满了灰尘的桌子上，然后，砰的一声压上一副肮脏的刀叉，两个开裂了的盘子，两只没有杯柄的杯子，还有缺了口的碟子。紧接着，她端来了一盘因为带有钾硝而发红的咸肉，一盘还没有烤透的黑黑干干的面包，然后返回厨房沏茶。她不在的时候，她的两个孩子开始打起架来，其中一个一把抓住了桌布，哐当一声，桌子上展示着的餐具全部掉在了地上，装着肉的盘子破了，肉掉在了全是灰尘的地板上。本来就一直在伺机等待着的猫和鸡，正好趁机下手了。

穆斯瓦特太太端着茶回来了，滴滴答答地洒了一路。她各打了一下两个孩子的头，然后把他们赶走，两个孩子像众所周知的小镇公牛一样，号啕叫着，我还真的为他们的鼓膜会因此破掉而担心，但是恐怕他们的妈妈连他们有鼓膜的这件事也未必知道吧。

她一下把肉抓起来，在油腻腻的围裙上揩拭了一下，拿在手里，等到找好了盘子才放下来。这个时候，其他孩子已经把其他的东西都收拾起来了，一只杯子破掉了，换上了另外一只也是没有杯柄的杯子。

这个时候，穆斯瓦特先生来到了，从碗橱的角落里拿出了一个酒瓶，喝了几口朗姆，然后邀请我坐下来，同他一齐吃饭。

这里没有牛奶。穆斯瓦特养的基本上全部都是羊。为数不多的奶牛之前还能供应家里喝的牛奶，但是由于天气干旱，它们已经好几个月没有牛奶产出了。穆斯瓦特太太因为没有糖而向我道歉，说是因为用完了，但还没想起来要去买。

"你真是个笨驴！之前我赶车上镇的时候为什么一句话也不说，我说不定要过好几个月才再去一次啊！不过其实糖也不怎么样，一段时间不吃这个没用又贵的东西也能照样过得好好的。"穆斯瓦特先生用说教的语气，结束了这个话题。

孩子们坐成了一排，张着嘴巴，惊讶的大眼睛里全是好奇，一眨不眨地看着我。我真的好想钻到什么地方去，尖叫几声，歇斯底里地发泄出我心里过分紧张的感觉。但是我还是拼命克制住了自己，问他们，是不是一家人都已经在这里了。

"除了彼特全部都在了，咦，玛丽·安，彼特去哪里了？"

"他去红山放羊去了，天黑才能回来啊。"

"彼特已经是个大人了。"一个男生说，很显然，他为家里的这个成员而觉得骄傲。

"就是啊，彼特已经是二十一岁的大人了，已经长胡子了，还会刮脸。"最大的一个女生说，她的样子告诉我，她很希望我会惊讶得目瞪口呆。

"她看到彼特肯定会很吃惊的。"一个女孩悄悄地说，但是却用让全部人都能够听到的音量说话。

穆斯瓦特太太告诉我，在彼特与莉莉之间，他们其实还有过三个孩子，但都夭折了。正因为这样，在今天缺席的这个儿子，比他的弟弟妹妹们的年纪都要大很多。

"那你已经是生过十二个孩子的人了？"我问她。

"是，这样说也没错。"她回答我，哈哈大笑起来，好像我刚才说的就是一个笑话。

"今天早上的时候，男孩子们在树上发现了一个蜜蜂窝，就一直在那里掏着。"穆斯瓦特太太继续说着。

"对啊，我看出来了。"我回答说。这里是蜂蜜，那里也是蜂蜜，哪里都是蜂蜜。在臭烘烘的桌布上，蜂蜜也变成了许许多多脏东西里的一种，地板上，门上，椅子上，甚至是孩子们的头上和杯子上，全部都是蜂蜜，穆斯瓦特很得意地说，这些蜂蜜要过上两三天才能够擦掉。

吃完了"饭"之后，我向他们要了一瓶墨水，还有几张纸，想给外祖母还有妈妈写上几句话，报报平安。我决定先用些时间整理一下思绪，然后请求她们把我从巴尼山里解救出来。

我请我的女主人给我安排一下睡觉的地方。她把我带到一间还算像样的小卧室里。如果我不觉得寂寞，也不希望洛斯·婕同我一起睡觉的话，我就自己一个人住一个房间。我看了一下虽然长得蛮好看，眼神温柔但是身体很脏的小洛斯·婕，然后告诉她心地善良的好妈妈，我一点也不觉得寂寞，因为我心里面虽然有一种实在是让人嫌恶的、让人觉得颓靡的寂寞，但是，它也绝对不是一个身体肮脏的野孩子做我的舍友就可以解决的。

她一走掉，我就拴紧了门，倒在床上哭了起来——我一时间泪水纵横，泪水灼烧着我脸颊。我哭着，浑身战栗着，脑袋一阵阵的痛。

啊，我周围的声音实在是太刺耳了！粗重的脚步声、粗俗而尖锐的嗓门都说明着他们不单缺乏教养，而且，简直就是毫无教养！同我在卡达加听到的外祖母那悦耳的声音、姨妈那文静低沉的声音完全不一样！而这样的差别，竟然偏偏是由我亲自感受，还要亲眼看见。

但是，我不久就安静了下来。然后责备自己真是一个大傻瓜，这样哭哭闹闹的。我要给妈妈还有外祖母写信，解释一下情况，肯定会吸引她们的注意，因为她们根本就不知道我所在的鬼地方究竟是什么样子。

我只要耐心多等待一阵子，我就又可以回到卡达加，享受舒舒服服的日子了。看过这个地方之后，尝过这里的滋味之后，我更加迷恋卡达加了。在离开卡达加之前，我在噩梦里见到过穆斯瓦特的家，但是，实际的情况竟然比我所梦到的更加糟糕！

房子是木板造的，没有扫石灰，屋顶压得低低的，近处的地方不见树的踪影，所以太阳晒下来的热气会让人没有办法忍受。它从两边的岩石反射了过来，都集中在房子上，它就像一个火炉，就连走廊也有一百二十度！我真的不明白穆斯瓦特为什么要把房子建在这个洞里，也许是因为靠近水源，才让他觉得这个地方还有什么可取之处吧。

想到自己对这里的一切不用忍受很久的时间之后，我的心情就变得舒畅起来。我擦了擦眼泪，离开了屋子，去找一个阴凉的地方。孩子们见我走开了，而且根据他们对我的那些议论我知道，他们觉得我不会马上就回来。我在与卧室相连的餐厅听到了他们的说话。

彼特回家了之后，孩子们围住了他，将新闻告诉他。

"她来了吗?"

"已经来了。"

"她长什么样子?"

"唉，完全是个小不点儿，还没有丽莎大呢！"

"而且，彼特啊，她的手太小了，跟雪一样白呢，就像妈妈从茶叶罐上面撕下来的那张画上面的女人完全一样！"

"对啊，彼特，"另外一个声音也附和着说，"她的脚也就那么一点点，走起路来一点声音也没有。"

"那不仅仅因为她的脚小，还因为她好像画里的人一样，有一双好看的鞋子。"另一个人说。

"她扎着的头发上有两条很大的缎带，一条在头上，还有一条在后脑勺，比丽莎放在箱子里面的那条准备上镇上用的小条好很多！"

"你说得一点都没错，"穆斯瓦特太太的嗓音响起来了，"她的头发长到了膝盖，扎起的辫子和你的胳膊一样粗。她写信的时候，动作实在是太快了，你完全看不到她的手在动。她写的东西文绉绉的，没有读过书的人一句也看不懂！"

"她有三根饰针，领带比你最好看的那一条还好看，就是你留着要去看苏塞·达菲的时候戴的那条还要漂亮!"丽莎神秘地咯咯笑起来。

"你不要再说了，不然我会扇你一大嘴巴。"彼特生气地说。

"她跟妈妈一点都不一样，彼特，这里很胖，中间很细小，好像很容易就能够折断一样。"

"一个下等人，却这样野心勃勃，"彼特说，"吉米啊，我敢肯定，她一定会让你坐得直直的。"

"我才要她坐得直直的，"吉米反驳说。他比丽莎要大一点，"她还以为自己有多时髦，其实还不是老梅尔文的女儿？受爸爸雇用。"

"我敢说，她不可能让我们屈服于她！才不管她的皮肤是什么颜色呢!"彼特很粗鲁地说。

肯定是因为这种想法，才会让他在下午晚些时候同我握手的时候神气活现，眼睛里还带有骄横之色。我很尽力地想要以礼相待，对他表现得很尊重，然后很好脾气地同他说天气的闷热。结果，他倒显得尴尬了起来，看到有机会脱身，才松了一口气。我暗暗地笑起来，也不用再担心彼特会惹什么麻烦了。

晚餐的时候，餐桌的安排同之前一模一样。餐厅里点着两只牛蜡烛，是最低级的牛油做的，那种气味就像是旅途里那位骑手说的那样，真的很难闻。

"给我们弹一首曲子吧，"吃饭之后，穆斯瓦特太太说，这个时候，丽莎和洛斯·婕已经清理好桌子了。残羹冷炙，统统都甩在地上，等明天的时候放鸡尽力啄着吃。

孩子们躺在老旧的沙发和椅子上，他们常常就这样睡着了，等到他们的爸爸妈妈也去睡觉的时候才把他们叫醒，他们吵吵闹闹的，而且，不管自己的身子有多脏，也不会把衣服脱下来，倒头就睡。

我立刻赞成了穆斯瓦特太太的想法。心想，我还要在这里滞留一段时间，至少还有这个能够安慰一下我的心灵，我要把所有的空余时间用来弹琴。我打开了钢琴的盖子，用手帕拂拭了一下琴键上的灰尘，开始弹起了科瓦尔斯基的《匈牙利进行曲》的开头。

我曾经听说过，有一些钢琴听起来就像铁盒子撞铁盒子发出的声音一样，但是这一架钢琴，比铁盒子的声音还要更加难听！每一个按下去的琴键不能再跳起来，而我想方设法让它们再起来之后，钢琴发出了叽叽嘎嘎的声音，那种不和谐的声音简直不能够用纸笔形容。在这样的东西上，是绝对不可能弹出什么好音乐来的。因为一开始它在这里就没有什么价值，在灰尘、炎热还有风雨中度过了不少年头。以前它也肯定曾经演奏过音乐，但现在，这种景象已经看不见了。

我心灰意冷地合上了钢琴，竭力忍住快要溢出来的眼泪。

"不好用吗？"穆斯瓦特太太问我。

"对啊，琴键都跳不起来。"

"好的。洛斯·婕，她弹琴，你去帮她拉键吧。"

我又试了一下，我弹琴，她拉键。但是我马上就发现在座的人根本没有一个会欣赏音乐，或者说，连一点点音乐都不知道是什么。所以我像发癫一样，两只手敲着琴键，每每当我所有的手指一起按下去的时候，钢琴发出的那种声音越响，他们就越喜欢。

第三十一章 走向生活 （续）

穆斯瓦特先生很友善地告诉我，我可以到星期一早上才开始我的工作，星期六和星期天可以先休息休息。星期六，天气闷热闷热的，真的很让人讨厌，这样的日子长得好像没有尽头。我收拾了一下自己的东西，掸了掸旅行衫上的灰尘，缝补了一些东西。第二天早上的时候，下起了雨，真是上帝的恩典啊！这几个月以来还是第一次下雨，也是我在巴尼山逗留的这段时间唯一的一次。

这真是一个让人讨厌的休息日。孩子们在雨里你推我我操你，就这样玩耍着，弄得全身都湿淋淋的，年纪小一点的那几个的情况更是不忍细看。而自始至终，他们的爸爸妈妈都没有说过他们一句。被雨水这样一淋，他们的身子觉得冷了，就坐在了地板上，很粗鲁地大嚷大叫着。

星期天的时候，彼特总是会骑着马出去遛几个弯，今天，因为天下起了雨，便偷空在家里睡个懒觉，还给狗做了个口套。

从早餐到午餐的这一段时间，我把自己关在房间里，给妈妈和外祖母写信。我没有写上什么愤怒的话，也没有说什么不该对长辈说的话语。我很冷静，而且很谨慎、小心地写了那些信，照着实际情况解释了一下，并说希望外祖母能把我带回卡达加，因为我实在是不能忍受在巴尼山的生活了。我对我的妈妈说，我又给她写信了，问她，如果她真的不愿意让外祖母收留我的话，那可不可以再帮我找一份工作——什么工作都好，我不会再有什么怨言的，只要可以不待在穆斯瓦特家就好了。我在信封上写了地址，贴上了邮票，然后把写好的信放在一边，等着机会把它们寄出去。

穆斯瓦特先生认识的字并不多，勉强还可以看看书，遇到长一点的单词便一边拼写一边认，遇到短的单词的话，则囫囵吞枣。早上和下午他都在认真地读着地方报纸——在巴尼山唯一能够看到的书刊。这一期的报纸上，刊登着一大串牲畜和农产品的价格，它完完全全把这一位读者吸引了进去。一位满腔艺术气息和儒才的高雅绅士，第一次拜读到某一些跟他意气相投的诗歌时所表露出来的狂喜，和穆斯瓦特先生在阅读着这一份长长的报价单时，所得到的心理满足比较起来，也不免相形见绌。

"真是见鬼！上个星期二猪开始涨价了！现在如果要凭着这个赚钱的话，也还正是好时候，"他会很激动地大声叫起来，或者嘴里嚷着"小麦的价格已经涨到一先令一蒲式耳了！天哪！今年我一定要多种一倍的小麦！"他很吃力地看完之后，又回到开头的地方。

他的夫人整个下午都坐着，也不动一下，只是嘴里念叨着什么，什么事情都不去做。我想找一些书看看，但是在这间屋子里唯一的书，是一本从来都没有被人看过的《圣经》，还有穆斯瓦特一直认真写着的日记。我被允许打开来看看，上面写着：

> 九月
>
> 1日：天气晴。去魔鬼河找一头母牛。
>
> 2日：天气晴。给栗色的那匹母马上了块马掌。
>
> 3日：天气晴。参加了陪审团。
>
> 4日：天气晴。把羊群都赶在了一起，一共有六十头母的，五十二头阉羊。
>
> 5日：天气阴。去了达菲家。
>
> 6日：天气晴。戴夫·达菲来我们家。
>
> 7日：天气晴。用绳子套住了红色的小母马。
>
> 8日：下大雨。卖掉了那头灰色马的小马驹。
>
> 9日：天气晴。上红山去找一匹马。
>
> 10日：天气晴。发现有三头羊死在了四方围场上。

我合上了日记本，放在原处，轻轻叹了一口气。这些小小的记事，都是日记本的主人狭隘、枯燥无味的生活里的真实写照。日复一日，年复一年，日记都一模一样的——对沉闷单调的生活做了沉闷单调的记录。我觉得，如果我要被逼迫着长时间过这样的生活的话，我肯定会发癫的。

"爸爸还有很多日记，你还想要看吗？"

日记都放在了我的面前。我问穆斯瓦特先生，在一年中，什么时候是最活跃的，他告诉我是剪羊毛和收割农作物的那段时间，我翻开了十一月份的那些日记。

一八九六年十一月

1日：天气晴。开始把羊都赶在了一起。

2日：天气晴。数了羊，有很多灰尘，少了二十头。

3日：天气晴。开始要剪羊毛。乔·哈利斯割伤了手，很严重，后来就回家了。

4日：下大雨。因为下雨了，所以暂停了剪羊毛的工作。

然后我跳到了十二月份的日记。

十二月

1日：天气晴。天气好热。打了六十袋麦子。

2日：天气晴。天气十分热。打死了一条蛇。

3日：天气晴。吹着热风。在河里泡了一会儿澡。

4日：天气晴。拿着卖羊毛的钱，每一头 $7\frac{1}{2}$ 先令，羊肚毛 $5\frac{1}{4}$ 先令。

5日：天气晴。热死了。收到了从塔特萨寄来的通知。

6日：天气晴。在达菲家看到了乔·哈利斯。

读这样的日记简直毫无乐趣，于是我想要跟穆斯瓦特太太说上几句话。

"你在发呆想些什么呢？"

"我一边看着下雨，一边想啊，如果这雨能够继续下些日子的话，每一头羊的价钱起码能多值一二个先令呢！"

我应该要怎样度过这一天啊？！我总是坐不住，就算是忙着做一件事情的时候也是这样的。杰·杰舅舅总是数落我，说我的心思可以同时分散到六个地方上去，连五分钟都坐不住。所以，要真的度过这整整一天，还真是难以忍受——书没得看，琴没得弹，外面下雨，地太湿，也出不去，没有人可以说说话，想睡觉又睡不着。为了解闷，我早早上床，等到很迟才起来。我没有任何事情可以做，就这样一动不动地坐着，像被发了疯一样的悔恨折磨着一样。我想着卡达加的这个时候会发生什么样的事情，上个星期的我们在做着什么，就这样想着想着，直到自己都开始厌烦了起来。

上学之前，我的任务是摆摆桌子，整理整理床铺，掸掸灰尘，扫扫地，还有给女孩子们"梳梳头"。放了学之后，我还要缝缝衣服，补补东西，又摆摆桌子，然后轮着来喂小孩还有熨衣服。听起来好像有好多事情要做，但实际上其实没有什么，我没有什么东西可以摆。至于熨衣服的话，除了我自己的那些，也不过是几件，因为穆斯瓦特先生和彼特也不穿白衬衣，只喜欢纸头领子。穆斯瓦特太太洗洗衣服，揩揩拭拭，还煮煮牛肉，烘烘面包。日复一日，年复一年，天天都是吃牛肉和面包，菜单几百年都没有变过。多数的九口之家的农村妇女，是没有什么闲情逸致做其他事情的，但是穆斯瓦特太太却自有妙计，可以每天都在脏兮兮的床上滚来滚去，跟脏兮兮的小孩闹着玩，这个小孩子长得很胖，跟穆斯瓦特太太一样的好脾气。

星期一早晨的时候，我把我的五位学生（丽莎十四岁，吉米十二岁，还有小一点的汤米，莎拉和洛斯·婕）安排在了后屋的小隔间里。这个小隔间被划作课室，还兼顾贮藏面粉和岩盐。像其他的房子一样，它也是木板结构的，才装上去没多久的时候也是很挺括的，但是在高温的炙烤之下，慢慢就收缩了，很多的缝隙大得能够伸进胳膊。星期——雨后——风就从这些缝隙里刮了进来，刺痛着我们的肌骨。不过，日子慢慢过去，炎热和干旱又开始无情地造次着。我们常常被这些强势的风吹得黝黑，房间里卷起了飞沙走石，我们只能抱住头，等风停。

星期二一个警察送回传票，我就把应该要寄的信交给了他，然后很着急地等着回复，希望能够早日高兴地脱离这个鬼地方。

离这里最近的一个邮局也要八英里，他们派吉米骑马去拿信，一个星期两次。每一个拿信的日子，我都是带着既期待又怕受伤害的心情，注视着这个孩子，沿着坎坎坷坷的道路朝着我们的方向骑马回来，但是，得到的回答始终都是"没有老师的信啊"。

一个星期，两个星期，慢慢地过去了。唉，这些看不到头的日子，是一种恐怖的东西，慢慢折磨着我。三个星期之后的一天，穆斯瓦特先生去了邮局，我事先是不知道的。他突然间给了我两封信。信封上面是妈妈和外祖母的笔迹——我一直着急地等待着的——而此时，回信终于到了。但是我却没有勇气在别人面前打开它。我整整一日，都把两封信放在怀里，等到我的工作结束了之后，我才自己一个人躲在房间，拆开信封，先看看外祖母给我的信，信封里还夹杂着另外的一封。

我亲爱的孩子：

因为我要等着与你的妈妈商量商量，所以这一封信等了很久才给你写。我很愿意把你接回来，但是你的妈妈不同意，所以我不能在你们之间干涉太多。我寄上你妈妈给我写的信，给你看看我在这一件事情上是怎样的处境。你要在那里好好做工。人生不如意事十有八九，我们应该顺从上帝的意思的，他总是……

妈妈给外祖母的信

我亲爱的妈妈：

西比拉竟然还敢给你写信，让你操心，我真的很担心。不要理她了，她只不过是不习惯那里而已，很快就会安下心来的。她总是给我惹麻烦，她抱怨的东西肯定是言辞夸大过的，因为在家里的时候，她也从来没有满意过，所以你就不要理她了。她这样倔强的性格，最后会落得怎样的下场，我心里肯定是很明白的。我很希望穆斯瓦特能够教育教育她，因为如果她再这样继续下去的话，对她完全没有好处。

她是一定要留在那里的了，所以，请你不要乱给她想些什么办法。

妈妈给我写的信

我亲爱的西比拉：

我希望你不要再去写信给你可怜的外祖母了，她也曾经对你很好啊。你应该要努力学着怎样去忍受不如意的事情。你不要指望在那里会和在卡达加度假的日子一样。小心一点，不要得罪谁了，不然的话，我们会很尴尬。那个地方究竟有什么不好？要做的事情太多吗？还是吃不饱？他们对你不好吗？还是有其他别的什么事

情？但是你为什么不能够理智一点去对待这些呢？不要
再跟我说换去别的什么地方了，因为这是不可能的。如
果你不继续留在那里的话，我们就没有办法还债务的利
息了。我一向对你也是不错的，至少你也要在这一件事
情上报答报答我啊。你应该很明白我们现在是什么环境
的。啊，求求上帝……

我真的恨死妈妈了，然后把她给我写的信撕个粉碎，丢
出了窗外。啊！这两封信竟然毫无同情心！是妈妈强迫我来
这里的：如果是我自己要来这里，后来又想要换个什么地方
的话，那就是不同的说法了。但是，是她不顾我的感受，逼
着我来这里的，但是现在，却对我的求救无动于衷，连妈妈
都忍心拒绝我的请求，我在这世上还可以向谁求救?！

妈妈同我之间完全没有共同语言，我们的性格也完全不
同。她是一个很讲求实惠的人，她心里希望的所有东西，全
部都是跟金钱有关的。她确实是一个很有贵族气质的小姐，
虽然没有诗人和音乐家的那些气质，但也可以就着这些话题
来跟别人攀谈，还很会弹钢琴，因为在她年轻的时候，她就
是被人朝着这个方面培养的。如果她生来是一个农民的话，
那她也会做一个农民，努力去实现一个农民会有的那些愿望。
但是她不理解我，就好像我一点都不理解我手表上有什么零
件一样。她一直都觉得我是那种图谋不轨的、离经叛道的、
鬼迷心窍的坏小孩，而她觉得她这样，正是把我引回正途。

她觉得，如果这么容易饶过我的话，那就是一种罪过了。
心里冷静下来之后，我也不去怨恨她的信了。她也不过是按
照她自己的想法来履行妈妈的职责，而且，外祖母也是因为
她对爸爸的态度所以才不来救我的。博斯厄家其实不是对爸

爸有恨意，只不过他们很讨厌他酗酒无度，所以，从来都不去波索姆谷，也没有因为爸爸的失败是因为值得同情的而给他什么帮助。

读完信之后我大声地哭起来，痛苦的感觉已经支配了我，让我哭得浑身都抽动着。我被穆斯瓦特太太砰砰砰的敲门声和询问惊醒了："是不是有哪里觉得不舒服啊，孩子？还是家里带来什么不好的消息了？"

我奇迹般地恢复了平静，然后回答她说，没有的事，我只是有点想家，很快就会好起来了。

我再一次写信给妈妈，但是我没有办法真的说我吃不饱，或者受到了他们的虐待，因为，根据穆斯瓦特家的条件，他们也算是对我不薄。妈妈对我的诉求无动于衷，然而告诉了我，不要再抱怨生活的无趣，如果起身收拾一下房子的话，对我而言会更好。

我按照妈妈的劝告，叫穆斯瓦特先生做了个围栏，把房子围了起来，不然的话，房门只要一打开，猪和鸡都一哄而入，也谈不上要保持房子的干净雅观了。

穆斯瓦特先生对我的意见有一点赞成的意思，但是他的太太很反对，说这样一来，那些家禽就不能吃上遗弃在地上的剩饭剩菜了。"但是把它们扔到围栏外面的话，不是很好就解决了吗？"我问。但是她又觉得这样的话，会很浪费。

然后我又提议，调一下钢琴的音，但是他们一起否决了这种可怕的浪费。"钢琴的声音这么好听，还有什么毛病？"

后来，我又建议，把孩子们都收拾得干净一点，整洁一点，但是反而因为这样，我受到了他们爸爸的侮辱。我希望他们能够穿得时髦一点，但是他说，如果这么做的话，他就好像我的爸爸一样，变成一个穷光蛋了。我发现这完全就已经是他们这一家人对我的看法了，我不过是手头拮据的梅尔文的女儿，所以，我对于这一帮孩子来说，完全无足轻重，所以，我很难做一个好老师。

有一天吃饭的时候，我问女主人，是否希望我教一下孩子们的餐桌礼仪。她的先生说："那当然希望了。"所以我就着手教了起来。

"吉米啊，你不能够把刀放在嘴巴里的。"

"但是爸爸也放了。"吉米说。

"对啊，"爸爸说，"我今天可是比没有把刀放在嘴巴里的人有钱呢。"

"丽莎，不能够把一大块面包硬塞在嘴巴里的。应该把面包切成一小片一小片的再吃。"

"但是妈妈也没有切啊。"丽莎回驳我。

"你还是不要教他们这些了吧。"穆斯瓦特太太咯咯咯地笑了起来。连她自己都不知道应该怎样去教他们的孩子，还因为无知，反对了我的权威。

那是我教他们的行为礼仪的唯一一次尝试。在赞成和反对力量这么悬殊的情况之下，教什么都是没用的。而且，家里的刀刀叉叉，完全不够一人一份，我没有办法告诉他们刀具的正确用法。

穆斯瓦特太太只有一个煮锅，什么东西都在里面煮。洗东西的也只有一个小桶。在吃饭这方面，除了牛肉和面包，很少有其他别的什么可以吃。这不是因为他们家里穷，而是因为他们不知道，也不愿意知道去改善改善。

对于他们来说，宗教啊，享受啊，礼仪啊，生养啊，爱情啊，体面啊，诸如此类的想法，都是为了钱，而他们积累钱财的唯一方法，就是靠着可怜的苦挣、苦省。

一个因为靠着经商能力，而从没钱变得有钱的人，一定是有什么别人值得羡慕的头脑的。但是，好像巴尼山的穆斯瓦特那样发家的人，一定是卑劣、贪婪、狭隘而且没有灵魂的——我觉得，他们是和我同时代里的人中，和我最格格不入的。

我再一次给妈妈写信，得到的答案，也是一样。我还有一个希望：我可以给海伦姨妈写信。她好像很了解我，也知道我有怎样的心情。

出于这样的想法，我想请她为我求求情。我一直觉得她是同其他普通教徒不一样的，也不会说什么伪善的话来。可是她给我的回信却给了我当头一棒！她说，在生活中，是充满磨难的，我应该努力而且耐心地肩负起这个小小的十字架，到了年底的时候，他们就把我接回卡达加。一年啊！我要在巴尼山待上一年啊！这样的说法竟然让我发癫！我提起了笔，给姨妈回信的时候，狠狠地责备了她一通，但是她不屑于给我回信。从那个时候到现在，她硬是没有理我，也不向我透露什么普通信息，也不会在写给我妈妈的信里面偶尔提一下我的名字。

海伦姨妈，甚至像你一样——世界上最好的女人——的情谊，也经受不了一个心灵不堪重负的孩子对你的歇斯底里的诉求，这个世界上还有什么坚如磐石的情谊呢？

前任的家教是一个脾性古怪的人，在来巴尼山之前，曾经在疯人院里住过院。她对孩子的管教简直可以称为放任自流，结果，他们一点儿也不知道应该要怎样约束自己，胆子越来越大。爸爸在家的时候，他们就不听我的话，当他离开的时候，我就备受他们折磨了。孩子们的妈妈总是对他们的恶作剧一笑了之，或者懒洋洋地听任自由，从来不去管教管教。

如果我走出屋子，想要摆脱他们的话，他们就会一直跟在我的后面，大声喊着叫着，来表示对我的轻蔑。我一骂他们，他们就马上过来正色告诉我，他们一点也不想要"向梅尔文的女儿屈服，因为梅尔文是这个世界上最让人讨厌的傻子，败光了身家，还要向爸爸借钱"。

如果我躲回自己房间的话，他们就会在房间的缝隙里给我塞木棍，还对我做鬼脸。我知道，就算是向他们的爸爸告状也是没有用的，因为他们的妈妈会撒谎，说一些偏向他们的话，所以他是不会拿我的话来反驳他们的。有一位女邮局长曾经有过类似的经历，她只不过是抱怨了一下吉米的调皮捣蛋，却被他的爸爸羞辱了一番，因为在他的眼里，他的儿子是最最完美的。

那个时候，穆斯瓦特先生常常不在家，因为天气干旱，有一些羊不得不转移地方饲养。所以，他特意在离海岸八十英里的地方租了一块地。他把羊委托给了一个人照顾，自己就常常去查看查看。有的时候，他会一连两个星期不回家，而彼特整天都在外面干活，于是这些孩子，就充分利用了我这种没有办法防御的处境。其实吉米才是罪魁祸首，如果没有了他，其他的人就会很容易对付了。

本来我是可以狠狠教训他一顿的，但是家里常常写信过来，叫我为人处世要谨慎一点，不要轻易得罪他们的爸爸妈妈。但我心里也明白，如果我想要改变他们的流氓习气，就肯定要采取些什么措施，但是，一旦采取措施，就肯定会立刻与他们的妈妈结下仇怨。但是，在穆斯瓦特出去三个星期的这个时间里，吉米真的是胆大包天，无恶不作，所以我决定采取断然措施来制服他。

我弄到了一根很小的鞭子——真的是很小的一根，因为他们的妈妈很反对体罚——而吉米，就像是之前在课堂上那样对我无礼的时候，我就打了他一下，打在了他的衣袖上。就这么轻轻的一下，就是连刚刚学会走路的小孩子也不会哭，而这一条大牛，竟然发出了像发了疯一样的嘶吼，张大了嘴巴，口水滴滴答答地流下来，流到了写字板的上面。而其他的几个则齐声大喊大叫，令人胆战心惊，搞得我也有点发慌了，但是我决定不再让步了。我又打了他一下，结果他又尖叫，又咆哮，让他的妈妈听到了，她颤颤巍巍的，好像踩在高跷上的一吨砖头，赶紧过来解救宝贝儿子，平常温柔沉静的眼神里，露出了大惊小怪之色。

她一把抓住我的胳膊，像在抖动一只老鼠一样，摇着我，然后把我的那根毫无攻击力的木棍折成一节节，扔在我的脸上，并拍了拍吉米的肩膀说：

"真是可怜的孩子！如果我早就知道的话，想碰我们吉米，她想都不要想！当然是你的蛮横无理了，如果我没有赶来的话，你肯定会打死他的！"

我径直走向我的房间，钻进了自己的卧室，那天下午就没有再去讲课了。孩子们把门的把手拍得咣当咣当地响，一边还嘲笑着我说：

"她以为自己打了我，但是妈妈却把她弄得服服帖帖。穷光蛋梅尔文那个老头的女儿，还想在我们面前显摆什么威风？我告诉你，没门儿！"

我装作什么也听不见，我都不知道向谁求助好。穆斯瓦特肯定会相信家人说的那一番说辞，我的妈妈肯定会骂我，她肯定会觉得这一切都是我的过错，因为我本来就讨厌这个地方。

穆斯瓦特太太叫我去吃饭，我说我不是很想吃。那天晚上我整晚无眠，打算孤注一掷。第二天早晨，我决定，要么制服他们，要么卷铺盖走人，我实在是没有办法再多忍受一分一秒了。如果在这浩瀚的人间，我就只有这么一点点的价值，那我还不如立刻死了算了——在必要时，亲手结束了自己。

第二天早上，一切照常。我仍然履行着我的任务，按时把学生带到课室。早上没有什么执意反抗的事情发生，但是我觉得吉米肯定是在等待什么时机跟我作对。这一天的天气很恐怖，灼热的风一直在刮，还夹杂着来自礼佛里那平原上的红色尘埃，空气里仿佛弥漫着一层淡淡的雾气。

厨房里的陶制品热得烫手，拿到餐厅的时候要用布来裹着锅柄。吃中饭的时候，我神不知鬼不觉地去到楹梓树丛里，又弄来一根尖尖的木棍，偷偷地把它放在课室里的面粉袋中间。一点半的时候，我带着学生来到了课室，很有信心地叫他们做作业。三点钟之前，一切还是风平浪静的。但是，三点钟的写作课一开始，就开始来事了。吉米在吸墨水的时候，故意用笔敲墨水瓶，发出"咯咯咯"的声音。

"吉米，"我尽量让自己看起来和颜悦色，"不要用笔这样戳瓶底，会坏掉的。吸墨水根本就没有必要把笔捅得那么深。"

"咯，咯，咯。"吉米仍然把笔弄得很响。

"吉米，你有没有听到我在同你说话？"

"咯"的一声，他又把笔捅进了瓶底。

"吉米！我在跟你说话！"

"咯"的一声，又响了起来。

"吉米，"我很严厉地说，"我再给你一次机会！"

他更加故意要跟我作对，更加起劲地把笔捅进墨水瓶了。丽莎很得意地"咻咻"笑起来，其他的小一点的孩子也不甘示弱。我很平静地把那条小木棍拿了出来，狠狠地揍在这个冥顽不灵的学生身上，他脏兮兮的大衣上立刻向外弹开了团团灰尘，他的笔从手指尖落下了，墨水瓶也倒翻了。

他故技重施——发出了震耳欲聋的声音，口水从咧开大叫的嘴巴边流了出来，落到抄写的本子上。他的弟弟妹妹们也很有默契地一起大喊大叫，我把鞭子打在了桌子上，威胁他们，谁还敢再吱一声，我就打他。他们一时间吓得目瞪口呆，都被惊吓得默默坐着。

吉米还在继续大叫着，我又打了他一下。

"马上停下来，先生。"

从门缝里，我看到穆斯瓦特太太来了。一看到她，吉米又重新号哭起来。我准备她来打我一顿。她身高五英尺九，体重有两百二十多磅；而我不过只有五英尺一高，体重也只有一百一十多磅——根本就是以卵击石。

不过我一时兴起，不但没有觉得害怕，反而还对这样一种迫在眉睫的对抗感到高兴，嘴里不自觉地说："来啊！我已经准备好了！无论是体力还是精神，都准备好要对付你了，对付十几个像你这样的人！"

我对人类的平等，有一种很奇怪的看法。我的想法说，瘸子与巨人，白痴与天才，都是相互平等的。如果因为瘸子没有什么力气，而要屈服于巨人的话，那么巨人因为拥有过分的体力，也一定要向瘸子让步。白痴与天才，穆斯瓦特太太和我的情况，也应该是这样看的。

我完全忘记了，不仅仅是我自己，而且是我们一家，都要倚靠穆斯瓦特他们。我只是想到，现在的她是一个人，而我自己也是一个人。如果因为她的年龄，还有做妈妈的身份，我一定要尊重她的话，那么，她从作为一个长辈，一个做妈妈的人这样的一个地位，顾念我的年幼，也应该与我宽厚以待。所以，我们是平等的。

吉米更加使劲地叫着，想以此来吸引妈妈的注意。但我的鞭子，也继续像雨点一般，落到他的肩上。穆斯瓦特太太已经走到了离门口还差一步的地方，然后，好像改变了主意一样，折回了低矮的厨房里。我知道，我获得了胜利。但是，这种制服来得太容易了，容易得让我觉得失望。吉米一看到自己被打败了，也就停止了哭喊，用衣袖擦干净了抄写本，很羞涩地继续抄写了起来。

那一天，穆斯瓦特太太究竟知不知道自己其实是错的，我不知道，不过有一点我还是肯定的，自从那一次之后，孩子们都变得听话了许多，我没有听到任何人提起过这件事。但是我也没有办法知道，这一次的"吵闹"，究竟有没有传到穆斯瓦特先生的耳中。

"日子多长啊，多长啊！"我在心里叫着。我走出了深及脚踝的灰尘，看到太阳就像一个火球，在那个二月的傍晚落在了山后。

第三十二章　在愚蠢就是幸福的地方，
聪明才是愚蠢

　　我一个人的时候，总是摆出一副忧心忡忡的样子，连平时对生活感到麻木的穆斯瓦特太太都能够很明显地觉察到了。

　　"虽然我不是很赞成过分的享乐，但是你最近真的是什么都太缺乏了。你总是闷在家里面，其实你可以和丽莎一起，去附近逛一逛，这样对你来说也有好处。"她说。

　　她所施舍给我和丽莎的那些享受，还有"逛一逛"，其实无非就是到附近的邻居家里串串门。跟穆斯瓦特一样，这些人都是养羊的选地农。他们对我都满不错的，我也发现，他们家庭环境比我的老板更加优越，这表现在他们的房子都很整洁大方。但是，他们也是一样，过着节奏很缓慢的生活。他们的灵魂，同样寄托在愚昧不足为道的浅见之上。他们没有谁是有钢琴的，这让我觉得很失望，因为，我对音乐的渴望，只有对这一门艺术富有满腔热情的人，才能明白的。

我借了一些书回来看，但是我所能借到的书，也不过是几本《少妇杂志》，就算是这样，我也如饥似渴地一下子把它们看完。

丽莎一走开，其他的女士们就问我究竟是怎样在巴尼山生活过来的，而且还说，那真是这个世界上最恐怖的地方，穆斯瓦特太太也是这个世界上最脏的动物，就算是一个星期给五十英镑，她们也不肯去。我不会说穆斯瓦特太太的坏话的，但是心里却非常愤怒，这样的生活，连除了做彼特·穆斯瓦特的太太之外，对这个世界没有其他奢求的女生来说也望而生畏，却硬是逼着我来过这样的生活！

我的妈妈还坚持要我定期给她写信，所以，我每星期一次将信冠上"黑人营地"几个字，同时还谴责了这个地方。但是，在妈妈的回信里，总是说，在这样艰难的时世里，我们应该好好感恩上帝，总算是能够吃得饱，穿得暖。我跟别人一样，都很明白这一点，也知道其实真的会有很多女生会争着来这个地方，但是，她们的性格与我完全不一样。当然，人在十七岁的时候，那样的理由，也觉得不会有多大分量的。

我的大弟弟，贺拉斯，也就是我妹妹葛蒂的孪生兄弟，开恩给我写了一封信：

> 你究竟为什么一直给妈妈写这些信呢？这些信又不能给你带来什么好处，但我们却因为这样而被数落了一番。这也只会让她更加坚定让你留在那里的想法。她总是说你那么自负，总是觉得应该得到更好的东西，现在的地方对你一点都不合适。她很高兴这个地方竟然是你所说的那个样子。它会对你很有好处，可以消灭掉你身上荒唐的东西——现在，你也应该理智一点了，调皮蛋。

收到你的信之后，她总是唠唠叨叨的，说希望自己一个孩子都没有生。她是一个多好的妈妈啊，我们却对她多差！你也还真傻，竟然不愿意留在那里，我真的希望能够离开这里，去穆斯瓦特家，或者是麦克·伯特家，我肯定会抢着去的！老头子最近还是饮酒作乐，在镇上游离浪荡，直到有人把他弄回家来。

我有一点讨厌他，下一个圣诞节之前，我要离开家里了，不然的话，我要改名换姓了。妈妈说，我一走，孩子们就会挨饿了。但是斯坦利已经长大了，长得跟干草堆一样高。我把这件事告诉他，他果然大吵大闹，但是他下一次也应该能够犁地了。我开始犁地的时候，比他的年纪更小呢。今年，我种了十四英亩小麦和燕麦，我想我收不到一推车的粮食。我好讨厌这个地方。从来也没在我的名下记过一分钱。但这也完全不能只怪爸爸的酗酒，就算是他滴酒不沾，情况也未必会变得更好。这里是世界上发展最缓慢的地方。

我要放弃这个地方，去剪羊毛或者赶牲畜。我好讨厌牛奶生产，它的进展比丧礼还要慢，去铁林格勒去抓负鼠也比这里的生活有趣得多。妈妈总是要我有耐心，等到干旱过去了的话，好季节来了，情况就好了。但是向我说这些话根本没有什么作用。我还记得雨季的时候，种什么东西都不好，因为每个人都种上好多东西，到头来，供过于求，没有市场。羊群因为烂足病死了，奶油也卖不出去，有东西卖不出去并不比没有东西可以卖好到哪里去。

总而言之，我真的恨死了产牛奶了！就像是孵鸡蛋一样，平淡无味！你要想一想，一个小伙子，一天到晚都坐着，拉着母牛的奶头，自己累得快要爆炸，然后，转动一个很陈旧的分离器，再用碟子冲洗，坐着一个妙龄少女应该做的工作。如果你是去野餐的话，才刚刚开始有一点兴致，又要匆匆忙忙地回去挤牛奶。然后把身上的衣物都换下来，还要洗上一个澡，不然的话，你认识的女生会因为在你身上闻出牛栏的味道，而不与你靠近。

我们见到过雨，却不知道雨的威力。我估计雨肯定会倾盆而下的，把干旱中残存的一点点东西都全部摧毁掉。蚱蜢吃掉了所有的水果，甚至是树皮。毛毛虫夺走了因为我们的肥皂水而幸存的几棵番茄。这里所有的酒徒和爸爸，都要求政府批准他们拖欠一下租金。我们还不知道政府是否同意，如果不同意的话，他们也只能容忍了。我们已经没有钱了，更不能说要勉强纳什么税了。

信写得很长，如果你说我的拼写和语法有什么不好的话，那我以后都不给你写信了，就是这样。你听我说，不要再给妈妈写信了，因为她根本不会理你。

你亲爱的弟弟：贺拉斯

原来是这样！妈妈一点都不可怜我，我越是向她求情，她越是要让我在这里继续受苦受难，所以我就不再给她回信了。但是，我还是继续着和外祖母的通信，在一封信里，她对我说（那正是二月的时候），哈利·比澈仍然在解决着他在悉尼的事情。不过，等到那件事一完成的话，他就去昆士兰了。他已经把他的案子托付给了他在兴旺时认识的一位牧场主。他会首先考虑管理或者监工这两个方面能够找到的工作。不过，现在他受托要照顾的一千六白头阉牛，要把它们从卡本塔利亚湾附近的一个牧场赶到维多利亚。杰·杰舅舅还没有回来，他把旅行路线延长到了香港。外祖母担心他会用太多钱，因为现在还在旱灾时期，很难做到收支平衡的。她还很担心会被迫依赖银行生活。她也担心我在这个地方不安心。当然，生活是很枯燥无味的，但是对我的名声也毫无妨害，相反，在这样一个生动活泼的环境里，会有好多难以抵抗的诱惑。为什么我不能这样看这个问题呢？

外祖母寄来了一份《澳大利亚人》的报纸，它对于我，还有孩子们来说，都是一种很大的享受。孩子们对生活中最普通的东西都不知道。对他们来说，看到这样一份附有插图的报纸，已经是一件值得记在日记本里的大事件了。这一期刚好用一页的篇幅刊登了十一位澳大利亚歌唱家，我们的目光落到了中间的一位歌唱家美尔巴夫人身上。她穿着什么衣服，我已经没有任何印象了，但是她确实是很明艳照人。漂亮的头上戴着一顶王冠，浓密的头发随意披散，有线条感的胸脯和胳膊都裸露着。

"她是谁啊？"他们问。

"美尔巴夫人啊，你们从来都没有听过她的名字吗？"

"美尔巴夫人是谁啊？她是做什么的啊？是个王后吗？"

"对啊，是一个王后，一个很伟大的歌唱王后。"出于对我们澳大利亚自己的歌唱家、世界上最杰出的歌剧女演员之一的美尔巴的敬佩，我向他们稍微描述了一下她的名声，告诉他们，最近有人愿意花四万英镑，请她去美国歌唱三个月。

他们表示怀疑。四万英镑啊！比爸爸近来买到而且付清的选地钱还要高出十倍啊！他们告诉我，说谎是没有用的，没有人会把钱付给一个唱歌的女人，就算是一镑也不会给。看，苏塞·达菲就是莫拉姆皮其这里最好的歌手，但是，只要谁叫她唱她就唱，也不用钱。

这时候，原本不在这里的吉米也跑过来凑热闹了。他凝视了一会儿，然后对别人没有发现的东西说出了看法。"嘿！这个女人打着赤膊呢！"

我尽力想向他们解释，在上流社会的有钱人里，晚上都习惯于这样的穿着，看上去很漂亮。

穆斯瓦特太太说了我一顿，怪我把这样的照片给孩子们看。

"她肯定是那种很大胆的女人。"吉米说。而丽莎则说她是个疯子，她说"她在照片上竟然上半身是赤裸着的，真是让人觉得吃惊。你会觉得她应该好好打扮打扮自己才是的。"

丽莎当然是遵守这样的原则的，她那张由一个旅行艺术家拍的照片可以作证。拍照片时她穿了两副不合身材的护腕，戴上了彼特的手表，还装扮了一点绳子啊，兽皮啊，花啊，还有很多华而不实的小玩意儿。

"根本就没有美尔巴夫人这个人吧，那只不过是在说大话而已。"穆斯瓦特太太说。

"你听过格拉德斯通吗？"我问。

"没有啊，那是哪里啊？"

"那你听说过耶稣和基督吗？"

"当然听说过啦。对啊，他们和上帝都有关系，不是吗？"

从那个时候开始，我再也不打算向他们介绍我们的名人了。

啊，我多羡慕他们对愚蠢的满足啊！他们就像是池塘里的鸭子，而我就好像一只被迫在沙漠里生活的鸭子，永远不切实际地渴望着水塘，但是除了在梦里，却永远与水无缘无分。

第三十三章　我和穆斯瓦特先生吵了架

　　来巴尼山里的都是男人，而且都是有什么事才会来的。女人们把这里看作禁地。有一些人告诉我说要来看我，而不是要看穆斯瓦特太太，因为她总是默许小朋友们很粗鲁地对待客人。偶尔有几个人过来做做客，穆斯瓦特都会坐定下来，点上烟斗，然后很恶俗地一边往地板上吐痰，一边聊着天，几个钟头几个钟头地说着羊毛的价格啊，雄性牲畜的繁殖能力啊，牧草的不足啊——唯独一个字都不提政治和时事新闻。甚至连巴特勒的那件"山上谋杀"案，他都不会说一个字。我不知道这里的这些人，是不是连他们的总督和总理的名字都不知道。

　　让我觉得深深担忧的不是低级的饭食或者是他们脏兮兮的煮饭方法；也不是穆斯瓦特先生与别人聊天的时候每隔五分钟都会说两次的"该死"；也不是这些孩子们总是对我的爸爸品头论足，或者是绞尽脑汁折磨我——而是，他们正在扼杀着我沉闷而单调的生活。

我很迫切地希望会发生一些什么事情。"烦恼"这两个字，已经不能够形容我对生活的那种感觉了。我现在过着的生活和一个吉普赛人被关禁闭没有什么区别。

每天晚上，穆斯瓦特先生都会坐在家人的中间，想着他已经比邻居富了多少；里斯那个老头靠着什么生活，谁的羊种最好；谁数牲畜的速度最快。叨叨念念地，直到这样利欲熏心的话让我觉得昏眩，于是我偷偷地跑了出来，跑到星空之下，平复一下自己激动的情绪。这已经成为我的习惯了，每一个晚上，我都会悄悄地来到房子里的人听不见的地方，唱着我在卡达加所听过的歌曲，细细回味着我在那里度过的每一天、每一个小时，直到我觉得已经吃不消了。我基本上都会放任自己没有节制地做着这件事。我经常会跪在温软的夏日天空之下的那片焦枯的土地上，祈祷着——有点不切实际但却满怀着热情的祷告，但这些祷告我从来都没有得到过回复。

我还以为在夜里的漫步还没有引起过别人的注意，但是我想错了。穆斯瓦特先生好像一直觉得我有一个情人，但从来都没有当场抓到我。

对于他来说，一个小女生在晚上偷偷溜出去看看星空、想想梦想，是一件绝对不可能的事情，就好像对于我来说，飞行是一件不可能的事情一样。而且他的灵魂很低俗愚昧，就算是我向他解释清楚，他也一定会觉得我是个疯子，觉得留我在那里是很危险的。

他的儿子，彼特，有一个叫作苏塞·达菲的女朋友，住在莫拉姆皮奇的另外一边，离这里几英里远的地方。每一个星期天，还有一个星期里的两三个晚上，彼特都会去跟她约会。当他很迟才回来的时候，我常常能够听到他马蹬的"嗒嗒"声，还有拴马链的"叮叮当当"的声音。但是有一次，当我在外面逗留得有点久，回来得有点晚的时候，看到他经过我身边回家。我一动不动，只是站着，他没有发现我，他的马反而受到了很大的惊吓。

我觉得他会以为我是一个鬼，所以就喊了一声："喂，是我。"

"哎呀，真是活见鬼！这么晚了你在这里干什么?! 真的不怕鬼吗?!"

"啊? 不怕。我觉得我有点头痛，睡不着，就出来走走，看能不能缓和一点。"

这个时候，我们离家里还有大概四分之一英里的路程，所以彼特放慢了速度，与我一起回去。他所知道的那一点点礼仪，并不足以让他明白现在应该下马与我一起走的。粗鲁与无知其实还是有一点分别的。彼特其实并不是粗鲁的人，他只是无知而已。因为同样的理由，他让他的妈妈喂猪、擦靴子还有劈柴，而他还能在旁边心安理得地坐着，吸吸烟、吐吐痰。这并不能说明他没有男人气概，因为就他所知道的男人气概，其实就是这样做。

第二天下午，当我自己一个人在教室的时候，穆斯瓦特先生蹑手蹑脚地进来，结巴了好一会儿，才滔滔不绝地说：

"我一定要告诉你，一个小姑娘家三更半夜出去和男人私会我是绝对不同意的。如果你真的要求爱，而对方又是一个正经的人，你大可以在房子里待着。我不反对你和我们彼特谈情，但是你们家没有钱——其实你本人我还是蛮喜欢的，不过我们已经为彼特想好了另外一条路了。他跟苏塞·达菲的关系几乎已经落实了。达菲老头儿还有一点点家产，所以我才想彼特娶苏塞，我不希望你打扰他们。"

彼特"个子高挑，满脸雀斑，黄色的头发带有一点红色，一副乡下人的面容"① 像米德尔顿的杂工一样，"又没有观点，也没有想法"②，但是他也有一身足够谋生的本能和普通的丛林生活技巧。凭借着这样的本领，他可以埋头苦干，赚到一点钱。他长了胡须，交了女朋友；他穿着紧身的衣服，踩着长马刺，走起路来侧着身子大摇大摆，那样的神态介于羞涩与浮华之间；他像别的男人一样，很喜欢自己的领带；他心地善良，为人也诚实，连一只苍蝇都不会去杀死；他从早到晚，都在上帝给他安排的那一块地方里像一只阉牛一样很满意地履行自己的职责。就我所知道的，他从来都不洗澡。根据他自己的那些生活原则来衡量，他确实是一个男子汉。就像我知道有代数这样的课程一样，他也知道外面还有一个世界，但是就像我对代数毫无兴趣一样，他对外面的世界也不以为然。

这是我对彼特·穆斯瓦特这个年轻人的评价。我绝对尊重他处在他自己的位置上，我也相信他也同样尊重我所处在我自己的位置上的。但是，就算命运把我们放在同样的轨道之上，我们的生活却像水中的油一样，彼此分离，相互排斥，永远也不会有融合的那一天，直到最至高无上的权威——死亡，把我们都从这个世界上带走。

但是，与彼特·穆斯瓦特结婚?!

惊吓和嫌恶一时间让我不知道说什么好，但是我却没有

_____

① 引自当时澳大利亚著名诗人劳森所写的诗歌《米德尔顿的杂工》。
② 同上。

心情去笑这件事的荒谬。这个时候，彼特的爸爸接着说：

"我为你喜欢上彼特而觉得很遗憾，不过我也相信你是一个通情达理的人。你看看，我有这么一大群孩子，这个地方每一个人都分一点，其实到手的也不多。听我说吧，达菲那个老头很有钱的，但只有两个小孩，苏塞和米克。我也可以给你介绍介绍米克——可能他不像彼特一样有绅士风度。"他思索了一下，很明显，他对自己瘦长的儿子觉得很骄傲。他没有再往下说下去了，因为我就像一只冒着泡泡的发酵饼干一样，突然间爆炸了：

"闭嘴！你这个什么事情都不知道的老东西！你怎么敢这么没有礼貌，把我的名字同你的乡下佬儿子相提并论。他就算是个百万富翁，我也觉得被他碰一下也是一种侮辱！如果你觉得我在晚上是在跟谁出去见面的话，那你这一次就失败了。我走开一会儿，只不过是想离开你家里那种让人窒息的气氛，出去透透气。你不要以为你好像一个奴隶一样埋头苦干，拿到一点点钱，你就是一个绅士了！看你还敢说我的名字，还胡说八道我要跟这里的某一个人结婚。"说完之后，我昂首走进了自己的房间，然后大哭起来，直到声嘶力竭，气得都要病倒了。

这样的单调而肮脏的生活真的快要把我逼得精神失常了，但是，我又找不到什么方法去躲避它。我考虑过一些不切实际的计划，想着逃走，只要这个工作不是这么沉闷的话，我做什么都没有关系。除了折磨人又让人发疯的单调，我什么都可以忍受。但是，我对我弟弟妹妹的爱又会让我冷静下来。我不能做出一些什么离谱的事情，让他们对我敬而远之。

在精神方面，我已经是这样委顿了。如果哈洛德·比澈来到这里，而且计划要立刻结婚，我肯定会马上擦干净我所划下的细细界线，说我愿意。但是他没有来，我也不知道他现在究竟过得好不好。我很想他。与我今时今日所见到的人相比起来，他多可爱啊！多好啊！并不是说要以他们的地位与看法来相比，他比他们要好，而是因为他的看法——也不完完全全是因为他的看法，因为哈洛德·比澈没有什么哲学头脑。不过，他会让客室增辉的家具更加具有艺术性。他很安静，话少，像个彬彬有礼，又有迷人豪侠风度的王子。

下面的一段关于他的消息，是来自复活节里我收到的外外祖母的一封信：

　　那一天，除了哈洛德·比澈，谁还会这么突然地来看我们呢！他瘦得就像一根束缚刑囚的柱子，面庞被太阳晒得黝黑黝黑的（我笑了起来，我之前根本就没有想过他的脸会比以前更加黑）。因为出了疹子，他之前还差点死了——在昆士兰赶牲畜的时候淋了雨得的病。他病得很厉害，结果只好放弃照顾一路赶去的一千六百头畜生。他是来向我们辞别的，因为他下星期要去澳大利亚西部了，看看在那里有没有挽救命运的机会。我担心他会像年轻时的查特斯一样，发誓不发达就不回来。不过，就像他自己说过的一样，如果还活着的话，三年之后的圣诞节一定会回来。他为什么要在规定的时间回来，我不知道，因为他从来也不会说很多话，而现在就更加不喜欢说话了。他是一个从来就不会流露情感的人，不过他肯定会深深切切地体会到丧失了原来的地位的那种痛苦。他说让你去做家教真的很可惜，因为这会扼杀你的活泼和乐趣。这还是我第一次听到他对别人的事情发表一点议论。弗兰克·哈登叫我帮他问候你。

家教这份工作确实让我产生了像哈洛德·比澈所说的那种不好的后果，但这其实并不是家教本身的原因，而是我做家教的地方对我造成的伤害——而我妈妈却说这样是有好处的。

我常常一连四十八个小时都睡不着，整晚整晚地哭泣，直到我的眼睛周围都出现了黑圈，怎么洗都洗不掉。邻居们把我说成是那种"娇弱容易伤心的家伙，就算是不笑会死，也不肯再笑一笑"。与之前在卡达加的那个小女生相比，现在完全是另外一个人了。那个时候，她常常因为是个调皮的姑娘而受到责备，一个带着男孩子气的女生，一个高声大气"男人婆"，一阵风一样，看见什么都会笑得停不下来。现在我变得神经质，门一开，或者一听见意外的脚步声，都会整个人吓得跳起来。

我对穆斯瓦特先生这么激烈地说了自己的想法之后，冷静下来，觉得还是应该要向他道歉的。因为，根据他的那种处世哲学（而这也是判断我们同伴的公正的方法），他已经像是一个仁慈的爸爸一样对待我了。我是他照顾之下的一个年轻女生，如果因为我在晚上出门的时候受到了什么伤害，那他肯定是要肩负起责任的。他已经很厚道了，很主动地给我提供了一个合适的人选来促进这件事，也允许我在他的监督之下"谈情说爱"。我的脾气，还有愿望，让我对他给的那些意见觉得厌恶，但是，这绝对也不是他的错，只不过是我自己的不幸。是啊，错的人是我啊。

带着这样的想法，我踏着深及脚踝的灰尘，在后门走来走去的猪和鸡之间穿过去，去找我的主人。穆斯瓦特太太正在教吉米怎么宰羊，而且要把它清理好，准备拿来吃；而丽莎一边喂着小孩，一边看着他们宰羊，唠唠叨叨地说着一些在技术上的意见，说的话却完全不合语法。彼特和更小的孩子们都出去了，为了砍一些树，给羊儿准备饲料。斧头的撞击声还有莫拉姆皮奇河的潺潺流水声，都在夕阳之下荡漾着回音。他们会马上就回来喝茶的。我想着那个场景正是"老羊真是瘦得可怕，小羊却长得很肥美。哎呀，羊一进到丛林，树枝什么的，全部都被嚼个烂碎——有一些树枝啊，长得和铅笔一样粗"。

上面的这些话在前天、昨天是这样的说的，今天、明天、后天也会这样说，除非我的主人改变了什么主意，不然的话，那才是他最爱的话题。

我很清楚在什么地方能够找到穆斯瓦特先生。他最近买了一对用来留种的公羊，每天晚上都要欣赏两个小时。我来到公羊平时吃草的地方，果然，找到了穆斯瓦特先生。他的嘴里叼着一根烟斗，目光炯炯，仔仔细细地看着他的宝贝。

"穆斯瓦特先生，我来是向你道歉的。"

"没关系的，小姑娘。那是你在火头上说的话，我一点都没有放在心上。"

"可是我其实并不是在发火。我说的每一字每一句都是真的，不过我要为我自己说话时候的粗鲁态度而向你道歉，我没有权利这样跟你说话。而且，我要告诉你，你不用担心我会跟彼特私奔的，或者有幸让彼特对我产生爱慕之意，因为我已经与另外的一个男人订婚了。"

"啊呀，真是该死！"他大声叫起来，在他又干又皱的烟草色脸上，除了好奇之外，没有其他的表情。他并没有因为我对他的态度而觉得愤懑。

"那你是不是很快就要结婚了？他是不是很有钱？他是

谁？我想他一定很体面。你年纪还很轻呢。"

"对啊，因为体面，所以他也很有名的，不过我要到二十一岁才会嫁给他。他很穷，但是很有前途。你要答应我不能告诉别人，因为我不希望别人知道，只不过跟你说说，怕你担心。"

他说让我放心，他一定会保守秘密的，我知道我可以信任他。但是我喜欢的人很穷，这件事让他觉得很不安。

"小姑娘啊，千万不要跟没有钱的人结婚！听我说——不管他的人品有多好，你们都是不相配的，不要这么匆忙，你有你自己的美丽，海里总是会有好的鱼游出来的。你长得有点矮小，我自己是比较喜欢长得壮实高大的女人的——不过不要灰心丧气。我听说有些男人是喜欢矮小一点的女人的。不过，我已经说过，我自己喜欢长得壮实高大的女人。"

"是啦，你自己就娶了一个长得壮实高大的傻女人。"我暗自思忖。

请不要误会。我从来就没有想象过自己会比穆斯瓦特家的人高出一头。恰恰相反，他们自身比我优越得多。在道德方面，穆斯瓦特先生真挚、纯洁，在他所立足的小小地方里，他是一个通情达理而又与人为善的人。穆斯瓦特太太对他很忠实，脾气也很好，对什么都心满意足，而且年复一年地毫无怨言地承受着人类最无情的最痛苦的职责——生孩子。

她对自己国家和自己的创造者——上帝，所做出的贡献，远远不是我能做到的。

但是，我对于他们的生活扭曲着我的灵魂而感到无奈。大自然塑造了我们每一个人，我们自己却对此没有任何发言权。我不可能去改变自己的肌体，来吸取巴尼山所能提供的充足的精神养料。

第三十四章　再见了，巴尼山

　　六月过去了，到了七月。七月也过去了，八月来了。我终于再也没有办法忍受下去了。就算是走，我也要离开这个鬼地方。我以后要做些什么，我一点也不知道，但我也不在乎。唯一的念头就是要离开巴尼山，离得越远越好。有一天晚上，我收到了我弟弟妹妹的好几封信。我很为他们而苦恼，就把信放在枕头底下了。我已经好几个晚上没有睡觉了，身体虚弱，精神恍惚，我把头枕到了信的上面，打算在出去准备茶点之前打个小盹。然后，我知道的事情，已经是穆斯瓦特太太一手拿着蜡烛，另一只手一直用力地摇着我，说：

　　"丽莎，快，去把窗给关上。她这样睡在风口上，会冷到身子的。她怪里怪气地唱啊唱的，肯定是在做噩梦了，摇都摇不醒了。你哪里不舒服呢，孩子？你是不是生病了？"

　　我不知道哪里不舒服。但是后来我知道，那时候我又哭又笑，求着外祖母和一个叫哈洛德的人来救我，还一直念叨着"我受不了了，我再也受不了了"。我的举止实在是太奇怪，穆斯瓦特大吃一惊，连忙去离这里最近的十七英里之外的地方请医生过来。第二天早餐的时候，医生来了，帮我把了脉，问了我几个问题，说我是精神崩溃。

"啊，这个孩子精力已经耗尽了，自然会得脑病的!"他大声嚷着，"她一直在做些什么事情? 她好像受了很大的压力。她一定要休息好，改变一下生活环境，多出去参加参加活动，吃一些有营养的东西，不然的话，她的脑子肯定会坏掉的。"

医生给我开了一瓶补药。穆斯瓦特夫妇却因此而惊恐不已。这两位可怜的好心人，对此十分认真。但是他们就像我对月球内部毫无头绪一样，也根本一点都不知道为什么我会精神崩溃，却把这归因于不值一提的家教工作还有屋里的帮工。

穆斯瓦特太太宰了一只鸡，煨好了给我补身子。她为这一盘菜加了很多调味品，但是鸡的身上还残留着很多鸡毛，而且鸡肚子里的东西还没有清理干净。我实在没有什么胃口，所以真的无福消受这只鸡，但是我也装作很想吃的样子，就是想让这一位善良的厨师高兴高兴。

他们打算立刻就给我的爸爸妈妈写信，告诉他们我什么时候上火车。他们说我实在是病得太严重了，没有办法执笔写字。本来首先想丽莎代笔的，后来是吉米，但是穆斯瓦特先生自己完成了。

"当然啦，他妈的! 这样正经的大事情，还是由我来写最适合的。"

于是，笔、纸、墨水都放在餐桌上，而这一项伟大的宣布，在孩子之间传开了，"爸爸要亲自写一封信呢!"

我的房间门朝着厨房开着，所以我躺在床上也看得见整个过程。穆斯瓦特先生把裤子塞到了平常拿来做皮带的马鞍带上，脱掉了外套，折好，放在椅背上，挽起袖子，帽子一直拉到眼睛的上面，面对着书写的用具，"摆好了姿势"。他对书写的用具觉得不满意，说那些墨水里全部都是"水"，笔头也不够"尖"，而那些纸，简直就是"垃圾"。但是别人跟他说，这是他特地为自己买回来的上好货色之后，他就认认真真地埋头苦干，用了三个小时，写了半页纸的信，而且，书法、结构与拼写等方面，都让他的日记大大逊色。这一封信也达到了目的，我的爸爸妈妈回信说，如果我哪天回到古本的话，到时候会有一个邻居在镇上接我回家的。

现在，事情都已经解决了。我不需要再拿着脏脏的课本来教脏脏的孩子们了；也不需要再教他们不愿意去学的功课了；也不需要再把着丽莎油腻腻的手指，去摸好像发了疯一样的钢琴上面的黄色琴键，徒劳无功地教她弹钢琴了（她妈妈要她一天跟我学两次）。于是，我觉得自己好像从身上消灭掉了一座大山，我很奇迹般地活过来了，起了床，开始整理行李。

一想到我马上就可以挣脱巴尼山的钳制手铐之后，我很高兴，但是在轻松之余，却也混杂了一点点的遗憾。小孩子们也并不总是大胆的，但若我说我希望弄到一只鹦鹉的羽翼，或者是一块水磨石头，或者其他好像是此类的东西，我敢肯定，过了一段时间，我出房间门的时候，就会发现这些东西被偷偷放在门口了。这一些目光柔和的小孩子们，抢着帮我捎带信件的特权，也只是想让我开心一点。可怜的丽莎，还有洛斯·婕，模仿着我的穿着，还有行为举止，那样虽然有点可笑，但也觉得悲哀。

他们围着我与我告别。我说当然会给你们写信的，对啊，一定会写的，他们也会给我回信，告诉我那匹栗色的雌马长得好不好，在哪里能够找到黄色火鸡的窝，说等我好了之后，一定要再回来，肯定不会再给我好多工作了，我可以多多骑马出去散散心，保持身体健康，等等。穆斯瓦特太太急着告诉我，希望我向我的妈妈解释，我的病不是她穆斯瓦特太太的错，让我过分劳累而"倒下"，因为我从来都没有抱怨过一句，而且一直都好像很健康。

穆斯瓦特先生那张黑黑的、朴实的脸上，闪着和蔼的光。他在送我上火车的时候，说：

"对了，告诉你爸爸，不用担心那笔钱了，我肯定不会与他过不去的。如果有我能够帮到你的话，我也绝对很乐意的。"

"谢谢你，你真的很好，你已经帮了我很多了。"

"很多?! 当然，该死，如果人们不互相帮忙的话，那活着还有什么意思呢! 如果人家是真的有感激的心，再多的忙我也会帮，我不在乎的。不过，该死的，忘恩负义的话，我可不能够忍受。"

"再见了，穆斯瓦特先生。谢谢你。"

"再见了，小姑娘，如果你那个小伙子真的没有钱的话，就不要跟他结婚了，他配不上你的。"

第三十五章 重回波索姆谷

　　九月里的一个霜冻的夜晚，他们期盼着我回家。孩子们蹦蹦跳跳地、热热闹闹地迎接我。当时我的那个邻居，把我和行李都放在波索姆谷之后，自己就匆匆忙忙地离开了，要在天黑之前赶回家里去。孩子们立刻就把我拥到红彤彤的火炉边上去。

　　爸爸正坐着看着书，很轻地和我打了招呼之后，又继续慢慢地看他的报纸。妈妈紧紧地抿着嘴巴，很得意地说："你倒好像找到了一个比家里更差的地方。"这一句话，是迎接我回家的玫瑰上的一根刺。不过葛蒂的招呼并没有带刺。她长得多高啊，真漂亮！她特地为我准备了好吃的东西作为我的晚餐，放好了平常只是招呼客人的时候用的餐具，这让我很感动。男孩子们跟小奥罗拉叽叽喳喳地和小鸟一样围着我转。一个给我拿了我不在家时买的汤盘子给我看；另外一个给我拿来了图画书，他们还不管天黑非要我去看一个鸡舍不可，他们说："这里都是贺拉斯和斯坦利做的哦，没有人帮过一点忙的哦。"

在穆斯瓦特太太家住过之后，听到妈妈有教养的声音，看着她走路贵妇般的优雅身材，真是一种惬意，一种安慰，一种享受。这个地方，与巴尼山相比，简直就是皇宫！仅仅是因为这里干干净净、整整齐齐，到处都是高雅的痕迹。但是，同样的，它也印上了贫穷的标记，因为这里的许多东西，在一年多之前我离开家时觉得已经是"坏了"的时候，现在还在用着。

我仔细地打量着我的弟弟妹妹们。我离开家的这段时间，他们都长大了，单就年龄来说，他们的个子都很高。有几个不算是真的很漂亮，但是看上去全部都很顺眼——我是他们中最缺乏形体魅力的一个——他们也常常觉得不满意，就像一般的孩子，也希望得到他们得不到的那些东西。不过他们还是孩子，都是正常的，都是可以理解的，不像我，光有一颗狂热的心，却因为渴望着那些不可能得到的东西而常常感到苦痛。

哎，如果我能够同我心里想的坐在同样的高度上，我就会把这一只脚放在君主光裸的脖子上！

我动身去卡达加的时候，爸爸还在就出卖自己男子气概的问题而与啤酒进行着"谈判"；但从我回家的那一刻起，我发现他们已经"商量好了"，他悲哀的外表还有颓废的行为，就是一张很明显盖着印章的收据。别人已经没有办法再从英俊的面容还有阿谀逢迎的举止中把迪克·梅尔文认出来了。"聪明的迪克·梅尔文""快乐的好家伙梅尔文""地地道道的绅士"与"有男子气概的梅尔文",曾经也是布鲁格布朗、宾宾东还有宾宾西的地主。现在,他从来不会去制止家里面的不良倾向,他的这副坏样子对孩子们的成长百害而无一利。

那一天晚饭过后,妈妈私底下向我诉说了她的忧虑。她很后悔,当初她是不应该结婚的;她的丈夫,不单单是个失败的人,而且现在看来,她的孩子以后也一样会是这样。她说我一点都不称职,不然的话,应该继续在巴尼山工作下去的;还有贺拉斯——也不知道他以后会怎样。上帝肯定会因为他对爸爸的不尊重而责罚他,再要把他与我们大家团结在一起,怕是不可能的了,等等,等等。

那一天晚上睡觉的时候,葛蒂把她的烦恼像乱麻一样,也向我摊开了。有这样的一个爸爸确实很可怕,她为他的那些行为而觉得很羞愧。他常常会跑到镇上去,等到妈妈跟在后面去叫他,或者是某一个邻居好心带他回来的时候才肯回家。全部钱都付给酒店老板用来偿付酒钱了。葛蒂穿着外祖母送给她的好衣服,被别人看到的时候也总是觉得很羞愧,因为邻居们都说梅尔文家应该先付清债款,而不是先把自己家的人打扮得像个富贵人一样。她觉得很无奈,她也很讨厌家里这种不顾穷困局面,还要尽量保持体面的做法。

我安慰着她,说,唯一重要的,是我们自己没有觉得自己有不对的地方,其他的就让别人去说,满足一下他们自己的狭隘之心吧。我快要睡觉的时候想着,爸爸妈妈对孩子们负的责任,是比孩子们对爸爸妈妈负的责任要大的。在这一方面没有尽到责任的爸爸妈妈,就和道德沦丧的人一样糟糕,会像小偷一样,让社会堕落,也会慢慢地腐蚀我的国家。

第二天,当我们第一次单独在一起的时候,贺拉斯抓住了机会向我倒苦水。他也是一样,很讨厌波索姆谷:再咬牙多过一年这样的生活，他就要弃而出走，就算是去流浪，他也不会后悔。他不愿意毫无止境地工作下去，而让那些"老板"把全部的成果都吞噬掉。而且，生产牛奶根本就没有什么收益，最近不是旱灾就是水灾，再不然就是虫灾。

在弟弟妹妹们中间生活，我的身体很快就恢复了很多，妈妈因为这样而说，我其实一点儿病都没有，只不过是下定了决心要好好折磨她一番罢了。还说我是因为缺少锻炼，身体机能才会出现一点混乱的状态，其他什么病都没有，还叫我赶快回去巴尼山。而穆斯瓦特又这么好，纯粹是因为友情而把钱借给我爸爸，无论是给我施加压力还是软磨硬说，我都不会顺从，在我这一辈子里，就这么一次，真的什么都够了。外祖母希望我们中的一个能够去卡达加，妈妈想把葛蒂送过去。为此，我们把这位漂亮的女生送到了一块舒服的、能够给人带来快乐的土地上，在自己的亲属间生活。

我仍然留在了波索姆谷，沿着枯燥无味而又狭窄的生活轨道，重蹈覆辙，日升日落，做着无穷无尽的工作。偶尔能够参加一次野餐或者葬礼，或者是在小镇上度过一天（因为星期日我总是会去教堂），已经是我的最大享受了。我很喜欢风琴音乐，还有静态建筑的那种宁静和安详。如果能够早点去，看着身穿漂亮衣服的教徒鱼贯而入，也能够得到不同的感受。服装，还有女人，都是美丽的。教堂的执事者，在他们自己的特别领域上所展示出来的能力，实在是让我叹为观止。正规的参观者当然要付费而坐，座位是为其保留的。但是在定等划级的方面，执事者也显示了他们的才能。他能够将平民从贵族或者暴发户之中剔除掉，很巧妙地把他们分类，坐在相应的位子上，就像一个老练的卖马人在生意中筛选着自己的牲口。所以，当全部听众都到的时候，坐在教堂中间还有前面的，都是一些手指白皙、珠光宝气的贵人；坐在会众中最高位子的，其祷告的声音清晰分明的人，是一个靠着侵占寡妇房产而发家的人；而那些以出卖劳力来养家糊口的人，却被安排到了角落或者是两边；那些穷得买不起一件像样的衣服的人，因为自尊，因为骄傲，索性就不来了。

"唱诗班，起；手风琴，起；"枯燥乏味的祷告做了起来（啊，来呀，我们一起来敬仰它啊，跪下来，跪在我们的造物主上帝的面前），布道也开始了，讲的多半是人们心里所重视的那些罪过，古时候的人的习惯，现在的教规还有礼仪。演完戏之后，当我离开了教堂，内心的强烈渴望好像也有了一点点基督徒的习性。

啊，一个牧师会站起来，在一本万全之书上解释一种有着上帝的宗教，一种很虔诚的宗教——基督教，它抹去了那些以高尚为中心的冷冰冰的传说，筑起了很多大厦，有钱的人斜躺在大厦的那些丝绸做的垫子上，而穷人只能在大厦的阴影里慢慢死去。

干燥而炎热的夏季过去了，冰冷无情的冬天到了。以后，热辣辣的夏天还会再一次来到。葛蒂离开的时候，热气已经耗尽了。我在挣扎着，在上帝呼唤着我去过的那一种生活里，尽力去完成我的责任。有时候，我也会获得一点点成功。我没有书，没有报纸，除了农村的环境，还有农民无穷无尽的工作，我们什么也没有。

我在慢慢培养着身为农民的愚昧——这种愚昧，是满足现状的动力，而满足现状，则是幸福的基础。但是，这一切又像是毫无用处，仅仅是来自另外一个世界的一个音符，都会拨动我心里的琴弦，沉睡的灵魂就会醒过来，产生强烈的共鸣，渴望着某一些农民生活所没有办法提供的东西。

　　然后，我又束缚着我自己的灵魂，直到这种热烈的渴望慢慢消沉下去，变成一种让人嫌恶的无声的失望。如果我能够得到老约伯的特权——去诅咒上帝并死去——我肯定会迫不及待抢着去做的。

第三十六章　人一走 茶就凉

葛蒂去了乡下之后，我收到了很多她的来信。但是，时间一长，信的篇幅就慢慢短了，信与信之间的间隙也慢慢拉长了。

外祖母给我写来了一封信，说到了葛蒂："我发现，就年龄来说葛蒂比西比拉年轻很多，但却不像西比拉那么心野，那么难教。她对于我来说，是一个很大的安慰。每个人都在夸赞她长得好看。"

葛蒂的一封信上说：

朱利叶斯舅舅上个星期已经从香港和美国回来了，给每个人都带了很多有趣的礼物。他有好多礼物是送给你的，但是因为你不在，他就送给我了。他说我是他的一个很漂亮的孩子，还说我一定要永远跟他一起生活。

信念到这里时，我不禁独自叹息了起来。杰·杰舅舅也曾经对我说过同样的话啊，但是现在，我又在哪里呢？我总是想念着我喜欢的那些故人，那些旧地，但是葛蒂却给我写信说，我已经被他们忘记了，不再被他们所想念了。

葛蒂是 1897 年 10 月份的时候离开我们的，大概是在 1898 年的 1 月份，从卡达加写来的信，满满的都是关于比澈的好消息。说他已经恢复了在五先令洼区的地位了，就像我在的那时一样。

我从外祖母写来的信中知道，哈洛德的爸爸的一个老情人，暗暗地把自己的一笔遗产划给了她失去的情人的儿子。这一份财产主要是以债券还有股票的形式赠予的，虽然哈洛德想要真正拥有它还要再等待一段时间，但是他已经可以毫不费劲地得到任何数目的预款了，所以他立刻回去，赎回了五先令洼区。

我真的是做梦也没有想过会发生这样的事情。没错，我是常常这样说，如果哈洛德不是一个现实中存在的人，而是一个小说人物的话，那他的某一个亲戚或者会刚好在这段时间死去，然后他凭借着遗产恢复原先的地位。但是，现在却在现实的生活中发生了这一场变故，真是让人始料未及，而且它确确实实影响到了我自己的生活。但是，我对这件事情又有什么想法呢？

我觉得，当我手上拿着哈洛德重新走运的消息，暗地里却产生了一种如释重负的感觉时，我才意识到，我对哈洛德根本就没有作为妻子的爱。

他现在又是一个有钱人了，他不再需要我了，我的义务也就终止了。我重获了自由，他也不会希望被我拖累，会在美丽和匹配的高度上，重新做出自己的选择。他完全可以买一个公主回来当老婆，如果他有那种想法的话。

葛蒂在一封信上对我说：

> 你以前对我说得很多的比澈先生，已经回到五先令洼区住了。他把自己的姑妈也带了回去。每个人都去那里祝贺他们，确实热闹了一番。海伦姨妈说他（比澈先生）保守。他想要每一样东西都保持原来的样子。我相信他现在比以前的任何一个时候都要富有，每个人都为他的幸运而觉得高兴。上个星期他来我们这里两次，今天晚上才走的。他的话很少，我不知道为什么你会觉得他很了不起。我觉得他太迟钝了，本来还有好多事情想对他说呢。不过他很和气，我蛮喜欢他的。他好像还是很记挂你，说你是一个很勇敢的年轻人，骑马的时候跟老尼克像极了。

我写了一封信给五先令洼区的主人，说我想知道，我所听到的那些关于他走运的消息，究竟是否真实。他的回复在下一次的回程邮件中就收到了。

我亲爱的小西比拉：

> 是啊，感谢上帝，这些全部都是真的。那一位老妇人给了我将近一百万的遗产。这就像是个童话故事一样，而我也知道，今天应该要怎样去珍惜它。如果不是我还记得我们之间的约定，我早就给你写信告诉你了。我只是想等着事情都办好了，再过来，亲自领你。因为，如果你同意的话，我们就没有必要再多等一两个月了。我确实疲于奔命，如果要重整旗鼓，也的确要多花一点力气。不过，情况实在是太好了，简直让人难以置信！我

们竟然又恢复了原状！我已经见过葛蒂几次了，觉得你对她的那些形容确实一点都不过分。我就不再在信里表达对你的爱意了，不然的话邮局肯定会"爆炸"的，因为我肯定会做得太过分，而全部的官员都会来找我索赔了。把你的东西整理好，因为一两个星期之后，我就会过来占有你。

你忠实的

哈尔

我把这封信撕成了两半，扔在火里。

我知道哈洛德肯定会说到做到的。他是一个个性坚强很有决心的人，一旦打定主意要跟我结婚，肯定什么都不顾的。不过我能够偷偷看到他现在还不知道的东西——可能他已经厌倦我了，而为美丽的葛蒂所着迷。

生活的波澜打击了我，让我写了下面这封不愉快的信：

新南威尔士州，古尔

五先令洼区牧场

H. A. 比澈先生大鉴

先生：

来函敬悉。很高兴知道你确实走了好运，可喜可贺。相信你肯定会健健康康，长命百岁，财富享用不尽的。你不必考虑要为了我而承担什么义务了，你完全是个自由的人。

希望你能选择一个为你的品味还有聪慧增光的人。

祝君好

你忠实的

S. 佩内洛普·梅尔文

我把这封信写好然后寄过去之后，哈洛德·比澈就显得很遥远了。还不到两年之前，我曾经很熟悉他脸上的每一条皱纹，每一个表情；熟悉他高大魁梧的身材的每一个轮廓；熟悉他洪亮却有教养的声音里的每一个音调。但是现在，他完全已经是上个世纪的一个影子了。

他回信问我：你这是什么意思？是开玩笑吗——是你那爱折磨人的老脾气吗？你能够立刻给我解释解释吗？他至少在这两个星期内没有办法来看我了。

我解释了一下，写得很短，说我说的那些都是真心话。他给我回了一封信，跟我的一样短。

亲爱的梅尔文小姐：

对于你的决定我感到深深的遗憾。不过，我相信，我有足够的男子气概让我不去爱上任何一个女人，更不要说你了。

你诚实的朋友

哈洛德·奥古斯塔斯·比澈

他没有要求我说明为什么要这么做，而是无可非议地接受了它。当我读着他的信时，他又好像以前那样靠近我了。

我闭上了双眼，脑海中出现了一个古老而又茂盛的庄园，就在一条有很多牲口来来往往的大路旁边，那一条路还是从礼佛里那一直通往蒙纳罗呢。晴朗的白天，正对着那些已经成熟的或者是正在成熟的花朵，无精打采地笑着告别。空气里充溢着牲口的味道，还能听到网球手的愉快的呼喊。我能够感觉到哈洛德的心怦怦乱跳；他热乎乎的呼吸冲着我的额头而来；他因为愤怒而显得沙哑的声音在我的耳边响起。我能够想象出来，他在写那封信的时候，棱角分明的嘴巴紧紧抿着，变成一条阴郁的直线，就好像我生日的那时候一样。不过，那一次经过我的安慰之后，他又回复了平时讨人喜欢的神情，但是这一次，我却没有在场。他会发一会儿火，仅仅是一会儿——像他这样一个坚强的重要人物，是不可能对一个女人，一个女生，一个孩子——一个如我一般孱弱而且又没有什么重要意义的人心怀恨意很久的。那么，可能几年之后，我再见到他，而他已经是另外一个女人忠实而又可爱的丈夫的时候，可能他还会觉得有点困窘。但是我肯定会让他觉得舒适自在起来的，一起笑着说起被他说成是傻乎乎的青春时代，他会像喜欢着身边的兄弟一样喜欢着我的。对啊，肯定会这样的。小小的信笺，在火中变成了灰烬。

我的浪漫爱情，到此结束了！它就像我生活中的其他梦想一样，都变成灰烬了。

我手里还拿着他接受了我的回绝的那封信，还沉浸在一种不受控制慢慢滋长起来的失落感时，我才发现，我快要爱上哈洛德·比澈了。我的生活里所能拥有的东西本来就所剩无几了，而现在，偏偏连他都失去了，我深切地觉得惋惜。

我们心中最珍贵的宝物，就是知道某一个在我们生活中不可或缺的人正在赶来，这个人是我们生活里的一部分，就像我们是他们生活里的一部分一样。我们可以确定的是，我们的死，会在他们的生活里留下一天或者是两天的空白。除了是丈夫，或者是妻子，这个人还有可能是谁呢？我们的爸爸妈妈还有其他的孩子和他们自己要照顾，我们的兄弟姐妹终有一天会成家或者出嫁，不住在一起，我们的朋友也会是一样。但是，丈夫就不同了，而我却丢失了这么一个机会。不过，在以后的日子里，我知道我的做法是很明智的。

葛蒂在给我写的信上说:"哈洛德·比澈让我称他哈利,上个星期他带我去五先令洼区玩了,真有趣!"

另外一封信上又说:"哈利说,无论是在卡达加,还是在其他的地方,我都可以算是最好看的女生。他送给了我一个可爱的手镯,我真希望你也能够看一下。"

或者这样写:

> 昨天,我们一起去上教堂了。哈利与我骑着马去的。下一个月在维姆彼特要举行一场一流的舞会,哈利说,大部分时间我只能跟他跳。弗兰克·哈登上个星期乘船回英国去了。我们又请了一个新的牧羊工。他长得比弗兰克好看,但是我一样不喜欢。

外祖母和海伦姨妈写给妈妈的信,也证实了这些话。外祖母说:

> 哈利·比澈好像真的很喜欢葛蒂。我觉得这很好,因为他家里很有钱,而且,他又是一个性格稳重的青年。别人说因为他的脾气差,没有一个女人可以跟他一起生活的;不过,我一向挺喜欢他,而且我们也不能要求一个人完全没有缺点。

海伦姨妈也说道:

> 如果年轻的比澈马上踏上"问爸爸"① 的短途之旅,

---

① "问爸爸":哈洛德要跟葛蒂求婚的话,要先来征得葛蒂爸爸的同意。

你们也不要大惊小怪的。他在这里已经过了一段日子了，一直在问去波索姆谷最方便的路线。你是否还记得他？我想你在的那阵子他不在这里。他是一个蛮难得又可爱的年轻人，我觉得他除了有钱，也会成为一个好丈夫的。他跟葛蒂会形成鲜明对比的。

有的时候，读着这些书信，我会觉得很生气，而不是觉得很痛苦。我曾经说过，爱不可能持久。常理也告诉我，爱是属于长得漂亮而富有魅力的人的，根本就不会属于我。我永远都是一个流浪的野孩子，从爱的世界的这一头，漂泊到另外一头——是我自己亲人里的一个外人。

不过，还有其他的事情让我更加操心。贺拉斯已经离开家里了，他说他"实在是太厌恶在老头子的专制之下生活了，节奏又慢，实在是太糟糕了。"乔治·梅尔文伯伯以前经常真心真意地帮我们家饲养母牛，现在他也愿意带走贺拉斯，爸爸也同意他离开。乔治·梅尔文在内陆地区有一个好大的牧场，一台大型的剪毛机还有其他的设备。所以，十六岁的贺拉斯心里揣着强烈的希望，在一个毫无春意的春天的早晨，还没等日出，就坐在马背上出发了。他把自己在这个世界上的所有家当都捆绑在了马上，放在面前。那匹马很勇敢地踏上一个星期的旅程，它的骑士也很勇敢地坐在马鞍上，没有一点点的悔恨——十几岁的人通常都是这样的，尤其是男生。他把我，把没有树荫遮挡的任由太阳炙烤的木屋，留在了小山的这一边。我目送着他，直到他落在乱石山上的马蹄声慢慢地远去，他的身影也消失在长在西边山脊的桉树中。他走了，这就是生活。我坐了下来，把脸埋在围裙上，想哭，却哭不出来。这又是一件我不能缺少的东西，却又在我清苦的生活中消失了。

没错，在我和贺拉斯的相处之中，是少不了磕磕绊绊的。他总是嘲笑我矮小的身材和平庸的相貌，我常为此夜不成寐。不过我当然对他是没有什么抱怨的，只是在心里诅咒着那位捏土造人的陶瓷工而已。

而且，在家庭不和的时候，他是唯一一个能够站出来为我说话为我解围的人。爸爸不起什么作用，妈妈又一直觉得我很坏，而葛蒂，除了漂亮和可爱之外，却有一种墙头草的天性。不过贺拉斯一旦为我说了什么话，我就永远不会忘记。我好想念他在家里的日子，想念他想弹奏喧嚣的大海和喜剧曲的时候；敲打着旧钢琴上四个没有声音的琴键的时候；想念他对着马刺、马鞭还有纯种马的那种精力充沛的讨论的时候；我好想念他对着佩特森还有戈登的诗歌片段活灵活现地表演的时候，还有他在家里出出入入，猛然砰地一下关上大门、小门，逗着小猫小狗，捉弄着其他孩子的时候。

第三十七章 1898 年 12 月 3 日

这一天很热很热，简直是热到最高点了。爸爸为了救几只小燕子，将一些用水湿过的袋子盖在了燕子的巢窝上面的屋顶上。我们家的厨房与房子，是由一片镀锌的铁皮篷帐连接的，燕子也在下面筑起了巢，巢窝与铁皮离得很近很近，所以，那些小燕子简直是完全置身于炙热之下，幸亏爸爸的那些湿袋子，它们才幸免于难。我还要负担一整天的繁重工作，因为前一天工作的劳累，今天一早我就已经觉得很疲惫了。这一个星期，附近一直燃起林火，昨天已经离我们家很近了，所以我被叫了出去，整个下午都在烈日之下一桶一桶地送着水。我们在边上的围栏上开了个口，大火才被扑熄。爸爸和弟弟们只好停下手来，不去收割那些少得可怜的麦子，先把围栏修理好，因为旱灾之中幸存下来的那一点点牧草已经很宝贵了，一定要好好地看管，免得被邻居的牲畜毁掉。

我烤好了面包，烧好了菜，刷干净了地板，粉饰了壁炉，擦净了铁做的盘盘碟碟和刀具，揩好了窗，扫了院子，做了数也数不清的零零碎碎的事情。下午两点半的时候，我整个人都脏脏的，而且觉得非常疲惫，但还有更多的工作等着我。

我的一头一直都吃得半饱的小牛犊病得很严重，我要先带它去看兽医，然后自己才能够洗个澡，收拾一下自己，准备再去做差不多完成的家务事。

妈妈正在忙着做一整堆让人讨厌的针线活，这是她这一辈子的操劳里最没有出息的工作，很辛苦。爸爸在大太阳底下辛苦工作，而我的任务也很繁重。天气很炎热，旱灾又一直不见缓解，这样的日子却偏偏没有尽头。看着挨饿的小牛犊，我少不了要说教起来，然后咆哮发泄自己。这就是生活啊！我的生活！我爸爸妈妈的生活！也是我们这里周围所有的人的生活！如果我是一个好女孩，无条件听着我爸爸妈妈的话，那么，我的酬劳就是永远地过着这样的生活！哼！

这些异教徒的思想被慢慢靠近的脚步声打断了。我没有回过头去看来者何人，但是我相信，肯定是无关紧要的人物。我和小牛犊的样子都显得好奇怪，那头小牛犊是我们家的牛里最可怜而且是病得最厉害的，而我，穿着澳大利亚农民的工作服。破破旧旧的裙子，围着麻绳带，又破又奇怪的靴子上沾着墙粉；为了图个凉快，我把棉纱衣服放得松松垮垮的。我头上还戴着一顶破破烂烂的太阳帽，手里拿着一瓶蓖麻油。

我觉得他应该是某一个邻居，或者是哪个茶叶商人，而且打算把他带到妈妈那里去。

那个人的脚步在我的身边停住了。

"你可不可以跟我说——"

我抬起头来，一看，哎呀，旁边站着的竟然是哈洛德·比澈！他跟以前一样高大魁梧，但是比以前晒得更黑了。他穿着一套灰色的西装，头顶戴着一顶柔软的时行凹陷帽子，看上去好时髦。我还是第一次看到他穿白衬衣高领呢。

我真的希望他立刻当场爆炸掉，或者我能够钻到一个地洞里，或者那头小牛会掉头不见了，或者会发生其他什么事情。

当他也认出我来之后，立刻就沉默到了极点。不过从他的眼睛里表露出来的明显的怜悯之情，确实深深地伤害了我。

我有一种自我怜惜的本能，但是我的自尊心会让我马上拒绝别人施舍的某一些同情之感。

我能够感觉到我的心，冰冷又苦涩，我的行为，冷淡又僵硬。这个时候，我站起来，有点唐突地说：

"比澈先生，真的没有想到。"

"你不会觉得不高兴吧，我希望。"他很高兴地说。

"我们先不要谈这件事了，快进屋子里躲一下太阳。"

"我不着急的，西泊，我能够帮帮你看看那头可怜的小东西吗？"

"我只不过想试着帮帮它，让它再活一次。"

"如果它真的活下来了，那你打算怎么办？"

"等到它长到一岁吧，那时候卖了它可以拿到半克朗的钱。"

"如果你现在就用枪打死这头可怜的东西，你或许还能够卖得更好的价钱。"

"当然，对于五先令洼区的主人来说，也确实应该这样的，但是对于我们来说，我们必须处理得更加谨慎。"我的语气显得有点刻薄。

"我没有想要惹你生气。"

"我没有生气啊！"我回答，然后领着他朝着房子的方向走去，很痛苦地想象着。哈洛德肯定心里也很纳闷，为什么两年之前竟然傻到这种程度，竟然爱上了这样的一个小家伙。

谢天谢地，我从来就不会为我的妈妈而觉得羞愧。我做了个介绍之后，她起身来招呼哈洛德的时候，我也没有这样的感觉。她就是一位贵妇，看上去也很像。就算她有一大堆粗糙的东西要缝缝补补，就算她的裤子上的补丁实在是太多而几乎足可防弹，就算她的手从裤子口袋里伸出来时，被人看到的是一只因为繁重劳动而变得粗糙、红润的手，就算她生活在最最普通最最穷困的农民的家里（但是这个家，没有办法掩盖这样的事实：她也不是一直都过着这样的生活），她依然像一个贵妇。

我让他和我的妈妈待在一起，然后自己快步走去马房，将压在哈洛德的马上的那些行李、马鞍、马勒都卸下来之后，把马放到了附近已经没有牧草的围场上。

之后，我坐在了厨房里的小矮板凳上，因为自己有着比现在地位高的想法而觉得无比痛苦。

几分钟之后，妈妈很匆忙地走了过来。

"哎呀，你是怎么搞的啊？我知道你肯定不愿意面对这样的尴尬的情况啊，但是，也不要因为这样而不开心。我去给他准备一些茶点，你先去梳洗一下吧，慢慢地可以帮我一些忙。"

我找到了我的小妹妹奥罗拉。两个人爬进了窗子，到我的房间，把自己收拾得干净了一些。我穿上了白色袜子，白色鞋子，给小妹妹也系上了一个干净的围嘴儿，梳了梳她金色的卷发。她完全就是我的——跟我睡觉，也很听我的话，也很支持我，而我呢——嘿嘿，我很崇拜她。

墙上面有一个洞，我可以透过这个洞去看外面，而别人也不会发现。

　　妈妈一边分着下午茶，一边跟哈洛德聊天。再一次看到这个男子汉，我确实很高兴，我的心情也好转起来。就算是家里很穷，但是这里毕竟还是一个干净的地方，因为我今天擦洗了一个早上。我开始想到这些的时候，就觉得男人其实也没有那么可怕，他们让人觉得贫穷的痛苦不及女人让人感到的一半。

第三十八章 很久很久以前，当日子又长又热的时候

接下来的那一天是星期日，也是个大热天。我提议下午我们去教堂，但却受到了爸爸的责骂，他说这完全是个疯狂的主意。在热辣辣的天时，居然要无端地走上两英里路！大旱时节，马匹是我们的珍宝，我们不舍得白白在闲游中浪费掉它们的力气，只能自己走着去教堂。让人奇怪的是，以前，只要能够弄到马匹来代步，哈洛德是从来不会愿意行走的，但是这一次，他却希望可以走着过去。这样，吃完午饭以后，他，斯坦利，还有我，便一起出发了。对于在波索姆谷附近居住的乡民来说，上教堂是一个星期里最重要的一件大事。这是一座不信奉国教的人做礼拜用的小教堂，每个星期日，都会有一位文理不通的俗气之人来主持礼拜仪式。但是会民却由各个派系的教民组成的，他们上教堂大多数是因为想要在仪式的前后坐在教堂外面的木头墩子上，天南地北地聊着

黄油的价钱啦，旱灾的情况啦，或者是最近的一些八卦啦，而对于宗教仪式的本身，他们兴趣乏乏。

我知道，哈洛德的出现肯定会引起小小的轰动，也会为他们无尽的想象力和八卦提供谈资。无论跟谁在一起，他都显得那么的与众不同，在这些每天辛辛苦苦的选地农之间更是鹤立鸡群。严酷的灾情已经为他们本来就憔悴的面容增添了几道哀愁的皱纹。我为我过去喜欢过的人而觉得自豪，在体态上，他无意中流露出来一副贵族的气派，看上去完全是个有头有脸的大人物——不是那种浑身黝黑，胡子刮得一干二净，到处炫耀着洁白的衣领和袖子，在办公室和大城市的街道上看到的那些人。而是举止不拘谨，脸容黝黑的牧场主般的体面之人，浑身散发着阳光和马鞍的味道，还有广阔的村野气息——一个地地道道的男人，没有一点儿的阴柔之气，他能够挥洒自己的汗水，为自己挣来面包，也有一双随时随地准备好要予人帮助的手。

我们一走近，他们的目光都投射了过来。我明白，现在他对我做的任何出于礼节上的关怀，如系鞋带、拿《圣经》、撑太阳伞什么的，都会被他们看成是对情人献的殷勤。

我把他带到一片桉树荫下，介绍给在那里的木头墩子上坐着的男人，然后撇下他让他跟这些人聊聊天，自己则朝着另外一个桉树荫下坐着的女人那里走过去。在不远的地方，孩子们分成了三组，我们也总是这么划分的。如果一个年轻小男生专门挑某一个女生聊天，那么他只能厚着脸皮，心甘情愿受人取笑。

我跟女生们还有女人们，都一一打了招呼，从这个小组的一个老太太开始的。她把《圣经》里头的第五诫所包含的那种冷嘲热讽，作了很完美的说明。以前的她每天每天地干活，后来年纪大了，干不动了，才停了下来。现在的她，每天都无所事事，痛苦而厌世地想着自己什么时候才进棺材。她总是很喜欢在我的耳边说折磨她的"关节炎"，唠叨着她"还要等多久才能够看到上帝"。不过，今天她对于哈洛德的出现很好奇，以至于没有任何工夫去想自己的事情了。

"嘿，西比拉，这个男人是谁啊？他是不是你的男朋友啊？当然，他是我所见过的男人里，算是很不错的那种了。"

我正想要说他的身份，却被一个走过来的牧师给打断了，我们都进了带着铁皮房顶的房间里，去做祷告。

仪式结束了以后，一个小女生接近了我，悄悄地问："西比拉，那个是你的男朋友，对不对？我看到他在教堂里一直看着你呢！"

"哎，不是的。不过我会介绍你们认识的。"

而事实上，我也这么做了。他们讨论着炎热的天气，还有干旱的情况，我打量着他。他没有一点儿粗俗不堪或者是势力的那些坏习气，短短的逆境时间，也已经把他个性里的那一种粗鲁打磨得一干二净，让他成为一个无论男人还是女人都为之敬慕的人：对于女人来说，是因为他体格高大，个性温柔，细细地点缀在下巴的棕色胡子——当然，还有他的钱；而对于男人来说，是因为他就是一个好汉。

我知道，他跟我来教堂，是想要在跟我爸爸妈妈说他跟葛蒂的事情之前，先找个机会跟我聊一聊。但是斯坦利一直都跟着我们，他始终还是个孩子，一点也不能放松警惕。除了正正经经的聊天之外，他没有其他机会说别的话题了。天气热得出奇。我们不停地擦着汗，赶走脸上的蚊蝇，步伐落地的时候，惊起了一大片的蚱蜢。它们吃光了果园里面的所有的水果，啃烂了树皮，毁坏了无数的树木，现在，它们正在打算把荆棘的叶子也扫光。在刚才我们路过看到的一个除了杏、梅、桃的果核挂在光秃秃的树上的院子，这成了被蚱蜢蹂躏的铁证。天气太热了，我们除了东聊西聊之外，根本没有办法集中到一个话题上。我们闲逛着的时候，一条黑色花斑的毒蛇经过了我们走过的路。哈洛德找来了一根木棍子，把它给打死了。斯坦利把它放在了附近围栏上方的铅丝上。然后我们又就着这件事说了一会儿的蛇。

一阵海风吹来，蓝蓝的，夹杂着肆虐在道卡姆瓦尔和邦波拉这两个地方的山林大火的味道。从东边吹过来，呼啸着擦过山峦，把周围的景色都蒙上了一层浓浓的雾霾。太阳已经失去了中午时的光彩，气温忽然下降了很多，阵阵寒气透过我的单衫，我也看到了哈洛德裹紧了自己的大衣。

斯坦利还要去赶牛，虽然这些牛都瘦得皮包骨了，但是它们还是早晚被圈起来，奉献几滴牛奶。他在刺槐丛中的一个偏僻的小角落，那个荆棘丛生的地方，就撇下了我们，穿过围场，去赶牛。哈洛德和我，都不约而同地放慢了走路的速度。

"西泊，我有话想要跟你说。"他诚诚恳恳，然后停下了脚步。

"好。就像贺拉斯喜欢说的那样，'单刀直入'地来吧，不过，要是这是什么可怕的事情，就说得缓和一点吧。"我嬉皮笑脸地说着。

"当然，西泊，你肯定能够猜到我想说什么的。"

没错啊，我肯定能够猜中，我知道他想要说什么。而正是因为知道，我的心才一阵阵地隐隐作痛。我知道他想要跟我说，我是对的，他才是错了的那个人——他确实找到了自己更加喜欢的人，而这个人，是我的妹妹。他觉得，在一展身手把她赢回来之前，需要先跟我解释一下。虽然我因为对于他的缺乏爱情而拒绝了他，但是，当这样唯一一位假装爱过我的男人对我说，他确实是搞错了，因为他喜欢的是我妹妹的时候，我会觉得痛苦。

除了荆棘里那些蚱蜢嗖嗖嗖的声音，四处寂静无声。我知道，他希望我可以帮助他脱离困境，但是我觉得很窝火，就是不想帮忙。我抬起头来看着他。他是一个身材高大，气派十足的男人，为人真诚，而且家里富有。他爱着我的妹妹，她也会跟他结婚，两个人以后都会过得很幸福。我觉得很痛苦，上帝对一个人过分偏爱，却对另外一个人如此残酷——并不是我想要这个男人，但是，为什么我跟其他的女生这么不一样呢？

不过我想到了葛蒂，她长得那么好看，那么女孩子气，那么容易被人了解，有着那么天真烂漫的姿态。我心软了。我性格这么乖戾、古怪——说话直言不讳，没有迷人的魅力，也没有好看的样子和那些小小的可爱的优点。所以，我和葛蒂两个人，谁不会选她？我的这种个性，完全和一般开心的青年不一样，这是我自己本身的不幸，绝对不是谁的错，为什么要和这些年轻人去闹脾气呢？

我不是什么超级英雄，我只是生活在丛林里的一个普通女生。所以，我要认认真真地利用这一个机会。我将目光从脚边的那些稀稀疏疏、干干瘪瘪的牧草上移开，抬起头来，把手搭在哈尔的肩膀上，踮起脚来，让我的五尺身材能够跟他处于同一水平之上。我说：

"对啊，哈尔，我知道你想说什么。你全部说出来吧，我不会发脾气的。"

"喂，看看你，这么敏感！你常常不理我，我都不知道应该怎么说起，如果你知道我想说什么，那你能不能预先给我一个答案？"

"好吧，哈尔。不过还是你先说吧，因为我不知道需要一些什么条件……"

"条件?!"他急忙抓住了这两个字，"如果单单是因为这些条件而让你难以开口的话，那么有什么条件你自己说吧，只要你嫁给我就可以了。"

"嫁给你，哈洛德?!你是什么意思，你是否知道你自己在说什么?!"我大声叫起来。

"你看!"他回答我，"我就知道，你肯定又把它看成了一种侮辱了。我知道你是这个世界上最骄傲的女生。我也知道你很聪明，我一点也配不上你。但是我很爱你，我能给你所想象出来的一切。"

"哈尔，亲爱的，先让我解释一下。我没有觉得这是一种侮辱，我只是觉得，太吃惊了。我以为你想要对我说你喜欢葛蒂，希望我不要把我们之间的那些愚蠢的玩笑告诉葛蒂，以免把事情弄得不开心。"

"跟葛蒂结婚?!哎，她不过是个孩子而已。事实上，还是一个小娃娃。跟葛蒂结婚?!我真的一点都没有想过。西泊，你觉得我会是那种人吗？"他的口吻有些责备的意味。

"不是的，哈尔，"我立即回答说，"我没有觉得你是那种人，但是我觉得这个世界上，只可能有那样的一种人。"

"天啊!西泊!难道你二月份给我写的怪信都是认真的吗？我从来没有把它当回事啊，只是以为你又要跟我故意作对，闹着玩的。你忘记我了吗？你该不会是把我们两年前的约定，也就是你刚才所说的关于我们两个人之间的关系，看作是没有意义的玩笑吧？你真的是这么想的吗？"

"不是的，我没有把这个当成是玩笑。但是我以为你要表白自己喜欢葛蒂，然后会把它说成是玩笑。"

"葛蒂！漂亮的小葛蒂！我从来都没有把她看作是我的什么人，只把她看成是你的妹妹，到头来，也是我的妹妹。她只是个孩子。"

"孩子！她都十八岁了！比你第一次问我要不要嫁给你的时候还大上一岁！而且她长得很漂亮，甚至比我在最好的时候，还要可爱二十倍！"

"对啊，我知道你年轻很小，但是那时候你身上已经没有孩子气了，至于样子，那算不上什么东西。如果美貌是一个男人所需要的所有，那么他只要有钱，什么时候都能够金屋藏娇。但是，我想要的是一个真心的人。"

"世界充满了愚昧和罪过，"

我说，"爱应该联系在能够联系上的地方，

因为美貌可以轻易取得，

人却不是每天都被人喜爱。"

我引用了欧文，雷美迪斯的诗句。

"对啊，"他说，"这就是为什么我只要你。你考虑一下吧，不要再说不要了。你没有生我的气吧，有没有啊，西泊？"

"生气，哈尔？如果我因为被人喜欢而生气，也太不近人情了！"

哎，既然我的内心有爱，为什么我就是不爱他呢？为什么他看上去这么谦卑，谦卑得让我很生气呢？我实在是太软弱了，哎，太软弱了！我需要一个有主见的、很强势的男人，能够帮助我渡过生活的难关——一个在命运的工厂做了苦工的人，他受过很多苦，也能理解人。但不是他，我绝对不能够嫁给哈洛德·比澈。

"喂，西泊，小家伙，你意下如何?"

"说?!"于是，话从我都嘴巴里涌了出来——"我说，不如你还是离开我，去和另外一个应该和你在一起的女人结婚吧。那种所有男人都会喜欢的女人，一个很传统的女人，她会按时做着应该做的事情。你就不要管我了。"

他很痛苦，也很激动。一个酸楚的表情显现在他的面容上。

"不要这么说，西泊。因为我的举止有时候很粗鲁，我身上也有过连我自己也觉得很惊奇的东西。"

"粗鲁的人是我，"我说，"我说起话来不合妇道，令人生厌。我希望我已经从来没有说过那些话。哈尔，做你的妻子，或者是随便哪一个男人的妻子，我都是不及格的。哎，哈尔，我从来就没有骗过你啊！这个世界上还有很多品行优秀的女人，只要你一开口，她们就会嫁给你——你就跟她们之间的一个结婚吧。"

"但是，西泊，我只要你啊。你是这个世界上最好、最真实的女生啊。"

"哎，当然，你又打起巧言石了①。"我打趣说。

他既觉得生气，又觉得有趣，这两种情绪在他身体打着架，都希望以压倒性的优势在他脸上表露出来。他说：

"你真是这个世界上最奇怪的女人。一会儿又不理人，一会儿又比谁都要高兴。然后你又板起脸，严肃对待，像个老娘一样。"

---

① 巧言石：爱尔兰布拉尼城堡的石头，传说亲吻了这个石头会变得花言巧语，阿谀奉承。

"对啊，我就是这么古怪的了。如果你是比较理智的人，你早就应该同我一刀两断。更奇怪的事情还有啊，不瞒你说，我还喜欢男人们永远都不会原谅女人做的某一件事情。你会避我远之，就像听到别人说我是一条蛇一样。"

"什么东西？"

"我喜欢写故事，文人们说，我肯定会变成作者的。"

他哈哈大笑——那种温柔但淳朴的笑。

"可是这对我很有用啊。我宁愿每天干活都不愿意写一封短短的信。所以，除了偶尔帮助我一下之外，你喜欢写多少就写多少，我还可以给你一间书房，如果你喜欢，我可以马上送给你一车的纸和墨水。你要对我说的可怕的事情就是这么一点吗？"

我低下了头。

"好了，那我现在可以要你了。"他温柔地说，轻轻地把我抱起来，抱在胳膊肘里，这个动作多么柔情蜜意啊，又那么真诚。我痛苦地大叫起来，"啊，哈尔，不要，不要这样!"然后挣脱了他。我明白自己根本不配这么做，然后感觉十分羞愧。

他的脸一下子就涨成了红色。

"我就真的这么讨厌吗？连碰你一下你都没有办法忍受吗？"他问我，脸上的表情一半是迷茫、一半是生气。

"啊，不是的，当然不是这样的。如果你了解我的话，我是真的非常喜欢你的。"

"了解！我要了解的就是你是否喜欢我！我爱你，而且我也有很多钱。什么东西都不能分开我们。既然我知道你喜欢我，我就一定要你。我要豁出去了，就算是魔鬼在我面前我也不在乎。"

"你同魔鬼之间会有一场厮杀的,"我诡黠地说,还取笑了他一番,"老魔鬼会死死抓住你的,我敢打赌,他会质疑你的权利。"

无论什么时候,哈洛德的幽默感和他的身材都不成正比,这一次,他还是没有搞清楚我话里的意思。

他恳切地拉住我的手,就像是两年之前妒火中烧的时候拉住我一样。他拉着我到他的身边,眼神沉郁,带着恳求的表情,声音喑哑。

"西泊,我可怜的小西泊,我肯定会对你很好的!你想要什么,就有什么。你知道你的拒绝对我来说意味着什么吗?"

不能,我是绝对不能让步的。他可以给我一切东西——但是不能驾驭我。他是一个说到做到的人,他许下的承诺不是心血来潮,随便说说而已。但是,不行,不行,不行,就是不行,他不是我喜欢的那种人。我想要的爱情需要互相了解,需要经受磨难,需要理解对方。

"西泊,如果你不回答的话,我可以把你当成是我的人吗?你一定要这样啊!一定!一定啊!"

他的呼吸热乎乎地渐渐逼近我的脸颊。他那张给人好感、没有保留的男人的脸贴近了——实在是太近了,很危险。他对我的喜爱让我很陶醉。我可以没有顾虑地去相信他。无论怎样,他一点都不讨厌。去等待那个了解我的、吃过苦的、又能够理解我的男人又是什么意思呢?可能我永远都等不到他了,而且十有八九他也不会喜欢我。

"西泊啊,西泊,难道你就不能给我一点点的爱吗?"

他的神情有一种吸引人的魅力,上帝很大方地给了他男人的阳刚之美。但是我呢,艰难而且不合我意的生活,已经把我变得非常脆弱。他正在把我吸引过去,我简直没有办法拒绝。对啊，我会做他的妻子的。我觉得头晕目眩，猛然转过头，深呼吸一次，又吸了一口气，那种凉爽的新鲜的空气，让人想到了生活里的广阔大海、涓涓细流，还有争吵，还有斗争。我原来的情绪恢复了，一时的脆弱也消失了。除了我自己，我觉得，还有其他人要考虑，那就是哈洛德。如果有一个高人能够驾驭我的话，那么我就不会伤害到别人。可是，对于这样一个男人来说，我恰如操在一个新手的手中的双锋利剑——随时都会割开他的手指，然后刺中他真诚的心。

我没有办法让他知道，我对他的拒绝是为了他好。他就像一个可爱的孩子，非要一件危险的玩具。我想要满足他，但是后果不堪设想，而且责任实在太重大，我不敢走出这一步。

"哈尔，这是不行的。"

他放下了我的手，站了起来。

"就是到天亮了，我也不会接受你的回绝的。你为什么不要我呢？是不是因为我的脾气不好？这个你不用害怕啊。我不会伤害你的感情的。我又不喝酒，又不抽烟，也不会常常骂人，我也从来没有败坏过任何一个女人的名声。如果你和普通的女人一样，我肯定不会屈尊自己去娶你，硬要违背你的意思。但是你就是这么一个古灵精怪的小家伙，我担心是不是有什么明明很容易解决的小事情，但是你却因为它们而犹豫不决。"

"对啊，这就是一件小事情，但如果你非要解决它的话，你得把这样一个东西都斩草除根。因为这件小事情就是我自己。我跟你一点都不配，非要跟我结婚显然是很不理智的。"

"但是我是唯一一个跟这件小事情有关的人，如果你只是为了你自己而觉得担心，那我觉得很满意。"

　　我们一时间没有话说，面面相觑，过了一会儿，一声不响地走回家了。因为心情不好，两个人已经不能像平时一样，一边走一边嚼着丛林的叶子了。

　　那一晚上，等到家人都睡着了以后，我想了很多。其实这件事，确实很吸引人。哈洛德会对我很好，也会帮我脱离我所憎恨的贫穷生活，去享受富裕的安逸生活。如果我真的不愿意走出这一步的话，将来，我或者还是过着我现在所过的生活，直到我死去。跳出这个火坑的唯一方法，就是结婚，而哈洛德·比澈给我的，便是一个千载难逢的机会。可能他能够很自如地应对我，那很不错啊，嫁给他还是很好的。

　　我觉得人还是要结婚的，我觉得婚姻是到现在为止为了补充国家生员而提供的最明智也最体面的方法。不过，婚姻在我们的生活中是一个很严肃的话题。我同其他的女人一样，都是适合去结婚的，但是只能跟一个比较与众不同的男人结婚——而他，并不是哈洛德。隐藏在我心底的那种女性想法又开始滋长起来，很明确地帮我指出了这个问题。于是我拿起了笔：

　　亲爱的哈洛德：

　　　　明天早上我已经没有机会再跟你说上话了，所以我要给你写这封信。请不要再跟我说结婚的事情了。因为我已经下好了决心——一定不和你结婚。至此之后，岁月长河，每当我想起曾经这样被人爱过，哪怕不过是短短的几个小时，我也会觉得十分安慰。但是，并不是说我不喜欢你，我爱你，多过爱我所见过的其他男人。但是，我从来就不想要嫁给谁。你没有钱的时候，我愿意答应你的请求，是因为我觉得你需要我。而你现在又有钱了，你不会再需要我了。做你的妻子，我配不上你，因为你是一个极好的男人，而不自知。你一旦下定决心，就不会轻易转变了，所以，你可能会一时觉得孤独或者是不安，但是，你会发现，你对我所拥有的想象，很快就会消失不见。哈尔，这个只是你的想象而已。你照照镜子吧，你会看到镜子里的人高大魁梧，是一个魅力十足的男人，没有一点女性的影子，所以你的爱，只不过是转眼就灭掉的火焰。我不是说你朝三暮四、反复无常，这不过是男人的一种特点。而你是一个男人，是一个真真正正的男人。你看看你的周围吧，有这么多女人追随你，在里面找一个比我更加适合做你妻子的人、一个更加符合传统礼数的女人吧。你给了我最高的荣耀，我很谢谢你。但是你把这一份荣耀保留起来吧，给更加值得享受它的人。慢慢地，你会因为我的离开而拥有的自由感到高兴的。

再见了，哈尔！

你真诚的朋友

西比拉·佩内洛普·梅尔文

写完这一封信之后，我钻进了被子里，躺在我的妹妹旁边。虽然室内的气温还是很高，房间里还是很热，但是我居然发起抖来。于是，我把身旁这个胖嘟嘟的、已经睡熟了的金色头发的小女生搂在了怀中，让自己感受一点活着的、真实的，而又有温度的东西。

"哎，罗莉啊，罗莉！"我轻轻地说着，寂寞的眼泪像下雨一样，淋在了她的身上。"在这个世界上，难道就没有一个坚强而又真实的朋友，指引一下我这个空洞残酷的悲伤小剧场——生活——的意义吗？难道生活就是永远这么可怕、这么孤独？为什么我不能像其他的女生一样，温顺、漂亮又单纯呢？哎，罗莉啊，罗莉！为什么上天要生下我来？在这个世界上，我对谁都没有用，给谁都不会带来愉快！"

第三十九章　看不起小事情的人，
　　　　　　终究是会失败的

I

第二天的早晨，哈洛德吃完了早餐以后就动身离开了。分手的时候，我摇了摇头，然后把昨晚写的信塞在他的手里。他骑着马，慢悠悠地沿着路走去。我坐在园子门口的阶梯上，两只手捧着脸，仔细地想着自己的情况。我已经可以看到我以后的生活也是贫乏又单调的，就像哈洛德走着的那一条干枯的小路。今天洗洗衣服，明天熨熨衣服，后天擦擦地板烘烘面包，然后无休止地循环。我们可能偶尔会看到某一个邻居，或者是一个卖茶叶的商人，一个流浪汉，或者是一个亚述人的小商贩。我们工作得很辛苦，耗费很多力气，流很多的汗，还要同水灾、火灾、虫灾畜病做斗争，才能够糊口。从受到的教育和训练来看，我也只配做我现在所做的事情，要不然，就当一个普普通通的女佣，而那份工作甚至比这个还要糟糕得多。我可以自己做出选择，但是，我已经受够了这种生活，什么时候才是尽头呢？它又有什么意义？有什么目的？有什么希望？又有什么裨益呢？

我知道，与世界上的很多人相比，我已经在生活中享受了很多好的东西，但是知道别人患了麻风，也不会觉得自己的癌症比较容易忍受啊。

妈妈尖利又生气的声音惊吓了我。"西比拉！你这个没有道德的懒丫头！就知道坐在那儿想坏事！可怜你的妈妈一直围着洗衣盆转！你坐在那里，那么闲，等一下你又开始埋怨生活过得太苦了，一天到晚只是干活！"

妈妈对衣服吹毛求疵的态度着实让我很吃惊。在我们看来，我们的衣服，邻居的衣服，或者整个世界的衣服，甚至于这个世界的本身，就是糟糕透了也是没有所谓的。

"西比拉！你太邋遢了！洗衣服竟然这么随随便便！你先把斯坦利的衣服放到锅里去煮，你看都掉色了！你爸爸最好的那一块白色的手绢应该放在第一锅的！怎么现在还在这里！"

可怜的妈妈脾气越来越坏，因为天气的炎热，还有日夜操劳，让她日益疲惫，也因为我在精神恍惚的时候，继续做着错的事情。但是她最后的爆发，却是因为我不小心把桌上的一只旧杯子推倒了下，摔碎了。

我很激动，因为就算我做了一件是设计好的坏事情，她也不会这样骂我的。我是应该被她骂的——我粗心大意，而且家里已经没有多少杯子了，我们又买不起新的。不过我激动的，是因为我们的生活竟然已经贫乏、单调、狭隘到这种地步，连无意中打碎了一只杯子，都值得被大骂一顿。

哎！妈妈！我还可以回想到十九年前，她曾经是一个真正贤良淑德的女人，但是，洗洗刷刷、缝缝补补、家里的穷困、丈夫对她的忽视还有那些不是娇弱的身躯能够承受得来的重担，把她原本的那些优雅个性全部都扫光了。如果我们能够团结一致的话，那么我们荒芜的生活，肯定会出现好转的。唉，如果我能够对图案、菜谱、买卖还有传统的观念有很深的兴趣，那该有多好啊！你可能可以理解，我希望能够感受到海洋的波涛汹涌；希望能够听到大手风琴嘹亮的声音穿过灯光微暗的拱门；或者希望在金碧辉煌、人潮汹涌的大厅里，听一下小提琴的啜泣；或者仅仅是希望被人流推着往前走。

啊，雄心啊，希望啊——你这残酷的魔鬼！

> 跳跃着的火光上有一个灵魂，
>
> 绯红的火上有一颗心，
>
> 这颗心啊有一个名字，
>
> 仅仅是一个名字，叫希望！

对于那些还在结实的胸腔里剧烈跳动着的年轻炽热的心来说，最甜蜜的事情，就是行动了。

可是，不，我的那些性格，我的妈妈没有办法理解。但是，从另一方面看，我妈妈的那些性格我也没有办法理解——她勇敢、乐观向上、相信上帝、不畏前行，努力让我们家人团结起来——这样的一切，倒让我变成了一个掉进泥潭不肯出来的胆小鬼。

这样单调又酷热的日子，什么时候才能够结束呢？结束以后又会有什么好的事情呢？一个星期接一个星期，无数个星期的日子还在等待着度过，全部都是一样的。

如果一切的生物的灵魂，都能够用音乐表达出来，那么其中的一些，就只能够用大手风琴来表达；剩下的一些可能要用到这个管弦乐队；有一些只有以小提琴的细腻哀伤，才能够表达出来意思。还有很多可以比喻为普通的钢琴，吵吵闹闹的，不成调子；有一些可以比喻为玩具口哨的那种微弱的声音；而我呢，听上去就像一个生锈了的听筒里敲着的两根钉子。

那我为什么要写东西呢？人们写作又是为了什么呢？有谁能够来听听我说话呢？可是，就算是有谁来听了，又怎么样呢？

我已经说出来了我周围的情况，狭窄的思想，麻木又单调的工作——真的又单调、又没有目的、又没有任何价值的生活。不过，我的心啊，耐心一点啊，我可以肯定一个目的。可是目前，全家只有我，最适合在普通的酒家里等待，以便在爸爸喝醉的时候能够照顾他。做这些的事情，妈妈会觉得伤心，弟弟们去的话又很危险，而葛蒂，是很难想象是会去过问的。但是，这件事对于我来说并没有什么关系的，我有能力不会让自己受伤，如果它会让我而觉得痛苦，让我不相信上帝，那好吧，那又有什么关系呢？

II

然后，我从葛蒂那里收到了一封信，信上面写着：

我想，你看到了哈利一定很开心吧。他没有事先跟我说要去你那里，不然我会让他带点东西过来。我还以为他会跟我说很多我很想知道的事情，但是他什么都没有说，只是跟我说你们都过得很好。几个星期之前他出去旅游。一开始的时候我还蛮想念他的，因为他对我很好。但是现在我不想了，因为受到哈利的托付来看管五先令洼区的克里顿先生，跟哈利一样，常常过来，而且他还比较有趣。他每一次过来的时候都会给我带一些好东西，杰·杰舅舅因为这样而取笑我。

有着像蝴蝶一样的天性的、愉快的葛蒂！我真羡慕她，而同葛蒂的信同时来到的，是外祖母写来的信，信里面再一次说到了哈洛德·比澈。

我们猜不透哈洛德·比澈究竟在想些什么。他一直以来都很成熟稳重，而且不愿意离家远走，就算是很短的时间也不愿意。但是现在，他竟然想起来要去美国，而且不环游整个世界就不回家乡。他并没有打算要看些什么东西，因为据他的姑妈收到的电报说，他今天在这个地方，第二天又去到几百里之外的其他地方了。他是突然之间有这样一种疯狂的想法的。我问过奥古斯塔，他们的家族里有没有人是患过精神病的，她说据她知道的，没有。在旱灾时节把全部的管理工作都托付给克里顿和本森是很不明智的做法。对于一个有见地的人来说，像他这样的，就应该从上一次的事情里吸取教训才对。我对他说，如果他再不谨慎一点，他就可能又变成穷光蛋了。但是他说，就算他的钱化成灰了，他也不会在乎的。因为，他说，财产对于他来说，带来的只是坏处，而没有其他用，也不知道他说的话是什么意思。如果要对他做的事情找什么原因的话，我觉得他也只能是精神失常了。我之前还以为他喜欢葛蒂，但是我问了葛蒂，他好像没有对她说过什么话。那他那个时候为什么要去波索姆谷呢？我觉得很纳闷。

对于哈洛德·比澈来说，旅游确实是一件很意外的事情。他很明显是讨厌旅游的，而且从来都没有在悉尼或者是墨尔本待过几天，就算是谈生意或者是牲畜展览的时候，也是这样。

关于他为什么要来波索姆谷，大家都很好奇，也有很多猜疑，不过我还是保持了沉默。

第四十章　故事说完了， 一天也过去了

> 别人也很辛苦很紧张，
> 身上的担子比我的还重；
> 他们筋疲力尽，却从来不埋怨不吭声——
> 这我知道，但是我要大声地叫出来：
> 我知道，岁月会怎样摧残，
> 会怎样把时间万物清洗，
> 但是我还是带着可怕的期盼希望着，
> 怀着到了极点的悔恨痛苦着。
>
> A.L. 戈登
>
> 波索姆谷 1899 年 3 月 25 日

圣诞节又到了。与一年五十二个星期天不一样的是，这一天多出了梅子布丁、烤火鸡，还有几瓶自制的啤酒。新年曾经迎来过仲夏里金合欢树的甜蜜和芳香，还有桉树和黄杨

开出的花朵，现在又已经消失了。紧跟着来到的是二月份。三月份也没有什么不同，我的生活也还是那副样子。

我的将来会怎样，真的一点都不知道。今晚的我特别疲累，所以对这些，已经一点都不在乎了。

> 岁月统治着我们每一个人，而事实上，
> 在希望破灭之前，那些生活并不能由我们安排，
> 而我们这些妇女，更加没有办法选择自己的命运。

时间的老人做得非常彻底，等到希望这个大骗子逐渐变成了缥缈远走的梦时，人的脖子也就开始习惯于它对自己的桎梏了。

今晚的这一刻我开始觉悟到，生活中的万物是多么渺小啊，真的是渺小到了极点。

空怀着希望究竟又有什么意义呢？不管是皇帝还是奴隶，我们都一定会死掉的。当死神来敲门的时候，只要我们的生活是实实在在的——能够为我们的灵魂带来安稳的，这样的生活是伟大的还是渺小的，是快节奏的还是慢吞吞的又有什么关系呢？

> 但是，最顽强的生命，往往是最脆弱的
> 最勇敢的人和最好的那个人
> 都轻易地倒下了——但那没有什么关系
> 现在的我，只希望休息

疲惫的心在绝望的胸膛中慢慢地跳着，休息的时候才能让它得到最好的解脱。

我的心真的很累。哎，今晚的它，多么痛苦啊，不是一颗年轻的心渴望着要战斗的痛苦，而是一颗苍老的心，早已败下阵来的那种又迟钝又麻木的痛！

够了，那些悲观的喊叫和吐苦水，真的是够了！够了！现在，请聆听一下其他主题的轻快的歌吧：

我觉得很自豪，我是一个澳大利亚人，是南十字星座的女儿，也是广袤的丛林的孩子。我很感谢，因为我是个农民，是我们民族里的一部分，像一个男人应该做的那样，靠着自己的勤劳过日。我很开心，因为我没有做寄生虫，也没有做吸血鬼，只是躺在丝绸上，吮吸着别人物质或者是精神方面的劳动成果。

啊，我那些被太阳晒得黝黑的兄弟们——澳大利亚的勤奋的儿子们！我爱着你们，敬仰着你们，因为你们很勇敢、很善良，也很真诚。我不单单能够看到你们那些年轻力壮的、心怀希望的人，也能够看到那些头发上缕缕哀愁银丝的、肩上扛着养活一家人的重担、辛辛苦苦地过了大半辈子的人。我能够看到，你们没有怨言地同水灾、火灾、牲畜病患、虫灾、旱灾、经济萧条还有病痛做着斗争，还能够抽空向其他不幸的兄弟伸出援手，与此同时，还能说说笑笑、性格乐观。

至于我的姊妹们，我确实从心底里喜爱你们，同时，也为你们而觉得可惜。勤劳的女儿啊，你们刷刷洗洗，缝衣做饭，挤奶修园，还有做蜡烛，裱糊，把家里装饰得大方别致，充分利用好狭窄而且黄土飞扬的生活之旅上的几处绿洲。我真心希望自己能够有这样的资格，去加入你们的队伍，成为一个典型的澳大利亚的农民——生性乐观、勇敢而诚实！

我爱你们，我真的爱你们！你们勇敢地向前走着，就算阶级的绳索在你们的身上束缚得越来越紧。再过几代，可能你们就会像俄国的那些农民一样，受到奴役。我发现了这个问题，但是对于帮助你们却无能为力。我那些没有什么用的生活，也将会在同样的辛苦中度过——我也不过是你们中的一员，不过是一个多余的丛林的平民百姓，一个小女人！

红日渐渐西下。它离开的时候，向着饥饿的牲畜，还有干旱的贫地会心一笑，眨着眼睛。太阳渐渐地向着桉树杂生的地平线靠近，把云彩染成了橘黄色、深红色还有银色，最后又变成了金色！太阳一直往下落，往下落。金灿灿的，艳丽夺目的日落景观消失了，长长的阴影急着把地上的一切都覆盖起来。笑鸟很愉快地大声笑着，还模仿着"晚安"的叫声。乌云慢慢淡了，变成了灰绿色、绿色，还有灰色。星星很羞涩地向外面窥探着什么，小鸟温柔的叫声在沟壑中响了起来，带着对所有人的爱和祝福说一声——晚安了！再见！